I0563969

* 9 7 8 1 9 9 7 5 0 3 1 0 1 *

-------------------------انتشارات آسمانا-----------------------------

بالشت پَرِم شوهر

کتاب اول از سه گانه
سفیران سفر

فاطمه زارعی

نشر آسمانا، تورنتو، کانادا
۱۴۰۴/۲۰۲۵

بالشت پَرم شوهر

نویسنده: فاطمه زارعی

ناشر: آسمانا، تورنتو، کانادا

طرح روی جلد: واحد طراحی نشر آسمانا

براساس نقاشی‌ای از رضا زارعی

صفحه‌آرا: واحد طراحی نشر آسمانا

نوبت چاپ: اول، ۱۴۰۴/۲۰۲۵

شماره آی‌اس‌بی‌ان: ۹۷۸۱۹۹۷۵۰۳۱۰۱

آسمانا

بالشت پَرم شوهر

کتاب اول از سه‌گانه
سفیران سفر

فاطمه زارعی

تقدیم به شما، از آشناییتان خوشبختم! خوشبختم! خوشبخت!

اگر مادرِ پدرم و پدرِ مادرم باهم صاحب فرزندی می‌شدند، یقیناً آن فرزند من بودم؛ اما آن‌ها این کار را نکردند و نسلی را به دردسر انداختند و به‌هرحال من به‌دنیا آمدم.

این‌ها همه افسانه‌اند، نام‌ها هم همه تصادفی.

۱

سلام آقاجون! دلم رضا به بخشش شما نیست؛ اما چه کنم؟ مُقَدَّر اینه. جز اینکه صبح چشم به روی شما باز کنم و صبح‌به‌خیر بدم، چاره‌ای نیست. گرچه شما بی‌وفایی کردی، ولی من جز وفا چه کنم؟ پشتم خمیده و یارای خدمت نمی‌ده؛ وگرنه بیشتر رسیدگی می‌کردم. الهی تصدّقتون بشوم، دلم آروم می‌گیره روی ماهتون رو می‌بوسم، اگر این سلیطه‌خانم این‌قدر مانع نشه. یک هفته اتاقتون نیومدم، دلم سیاه شد. اما چطور ببخشم شما رو؟ یک هفته قهر کردم، طاقت نیاوردم. گفتم بیام دست‌بوس. باز هرچی باشه، شوهرم شمایی و معجر سرم شمایی. باز هم «هر چه آن خسرو کند شیرین بود.» اگر دردم از شماست، درمونم هم از شماست. اما تا رنجش هست، بخشش در کار نیست. چرا با من چنین کردید آقا؟
آخه آقا این دختر چی بود شما پس انداختی که بلای جون من شده. نه ادب داره، نه احترام سرش می‌شه. درشتی به مادر رو نه از من دیده، نه از شما. از کی آموخته، نمی‌دونم. حیا نداره. می‌گه زیاد حرف می‌زنم. شما رو دارم لازم نمی‌بینم خدا رو شاهد بگیرم. شما بهتر می‌دونی که من پرچونه نیستم. شکوه‌ای هم اگه از روزگار کرده باشم، خُب دلم پردرده. دخترۀ بی‌حیا جلوی من می‌ره می‌نشینه روی زانوی شوهر خرگردنش. آخه عیب نیست؟ یک کلام گفتم: «از مادرت حیا نمی‌کنی، از دخترت حیا کن.» بهش برخورده و می‌گه من حسود خوشبختی‌اش هستم. دلش از قلدری شوهرش پره داد و هوارش رو سر من می‌زنه. بهش گفتم: «چته! شیر داغ دهنت رو سوزونده ماست رو فوت می‌کنی! شوهرت چس‌نفسی می کنه جرات نداری چیزی بهش بگی اونوقت به من می‌گی پرچونه؟» حرف‌های این دختره رو می‌شنوم، قلبم می‌گیره. دخترۀ وقیح شوهرش را چی می‌بینه که جرئت می‌کنه او رو با جمال شما قیاس کنه؟ به چی‌اش حسودی کنم؟ به قدش که مقابل سروِ قامت شما یک قارچ سمی بیشتر نیست یا به صدای انکرالاصواتش؟ والله بعد از صدای پرنیان شما، هر صوتی به گوش آدمیزاد ناخوشه. خدایا به همین قبلۀ رب‌العالمین پردۀ رویم رو بپوشون و راحتم کن. بمیرم این لاطائلات رو

نشنوم. از خونه‌اش اومدم بیرون. حالا هی تلفن می‌زنه دعوت می‌گیره، لب حوض رو بوسیدن و توی حوض هم چسیدن. دیگه اگر به پام بیفته هم نمی‌رم اونجا. مگه خر سیاه گازم گرفته که برم خونه داماد؟ شما که مثل نقره پاکی برام دعا کن که همین بشه، شبی تب و روزی مرگ و تمام! خلاص بشم. شما رو قسم می‌دم من رو دعا کنی؛ ولی بخشش رو فراموش کن که یارای بخشش ندارم، هرگز، هرگز، هرگز!

تو خونه پسر زندگی کردن هم همچین باب‌میل نیست خاصه که از درست این دختر زبون درازش فاطی به ستوهم. زبونش عین دم‌زرچی (عقرب) زهر داره. ولی هرچی باشه خونه پسر خونهٔ خود آدمه.

- نن‌جون خانوم باز شما این قاب عکس رو ورداشتی؟ کج شده.
- نه. با این قوز پشت چی‌کار دارم به قاب عکس؟ قدم نمی‌رسه؛ وگرنه خودم درستش می‌کردم. شما که هیچ توجه نمی‌کنین.
- همین دیروز صافش کردم.
- کثیف شده بود. آوردم پایین تمیزش کنم.
- چطور کثیف بود؟ دیروز قبل از آویزون‌کردن، تمیزش کرده بودم.
- هیچ هم تمیز نبود. خودم تمیزش کردم. نظافتش رو من می‌کنم غرش رو تو می‌زنی؟ بار رو مادیون می‌کشه گوزش رو کرّه می‌ده؟
- نن‌جون خانوم باز قاب عکس رو آوردی پایین که ماچ کنی؟
- حیا کن دختر. این چیزها به من نمی‌چسبه. من از نقره پاک‌ترم. خدابیامرز یه عمر التماس کرد ماچش کنم، نکردم. حالا از پس نظافت خونه‌تون برنمی‌آیین به منِ پیرزن بُهتون می‌بندین؟
- پس این جای لب چیه وسط صورت آقاجون حکمت؟
- لعنت بر شیطون! چه می‌دونم! حالا می‌خوای همهٔ لکه‌های روی شیشه رو بدی انگشت‌نگاری و ببینی کی عکس رو ماچ کرده؟ اهل خونه همه تخم‌وتَرکهٔ خودش هستن. لابد کار خودتونه.
- از دیروز جز من و شما کسی خونه نبوده. یعنی می‌گین کار منه؟

- ساکت بچه! با من جر نکن. همه گیسان من از دست تو سفید شد ولی تو خونه‌داری و نظافت یاد نگرفتی. صد بار گفتم ظرف‌های شام باید شب شسته بشه باز امروز صبح تو آشپزخونه تلمبار ظرف عین لونهٔ کلاغ بود.
- چه فرقی می‌کنه؟ ظرف‌ها که پا در نمیارن برن. صبح همه رو می‌شورم.
- خیلی هم فرق می‌کنه. جن و پری شب‌ها میان هرچی ظرف نشسته باشه رو لیس می‌زنن.
- پس دیگه من اصلاً شب ظرف نمی‌شورم. جن و پری گناه دارن. بیچاره‌ها گرسنه می‌مونن. الان شما ظرف رو بهونه کردین که جواب من رو ندین؟
- ای پینتی خانم! به‌جای اینکه عین کارآگاه‌ها استنطاق کنی، برو قرص قلب من رو بیار تا پس نیفتادم.

این زن دیوانه است. هی به مادرم می‌گویم فکری به حالش بکنید؛ ولی نه او و نه پدرم عین خیالشان نیست. پدرم نمی‌خواهد باور کند مادرش پاک عقلش را از دست داده. بابابزرگ حکمت حدود سی سال پیش عمرش را داده به شما. به شما که چه عرض کنم، انگار عمرش را داده به این نامیرای حشری.

تنها عکسی که از پیرمرد موجود است و احتمالاً تنها عکسی است که در طول زندگی کوتاهش گرفته، همین است که در خانهٔ ماست که کاش همین را هم نگرفته بود. اینکه می‌گویم زندگیِ کوتاه، خیلی هم کوتاه نبوده. به‌هرحال صاحب زن و زندگی و تعدادی فرزند و حتی نوه هم بوده و به‌گفتهٔ بزرگ‌ترها شصت‌وپنج سال زندگی کرده. ننجان هم آن‌موقع حدود شصت سال داشته.

عکس، تابستان‌ها فقط یک عکس بود. تابستان‌ها او به طالقان می‌رفت که به‌قول خودش چراغ خانه‌اش روشن باشد و آب‌وهوای ده سرحال بیاوردش. اول پاییز وقتی که مدرسه‌ها باز می‌شد ـ البته نه برای مدرسه رفتن ـ ننجان

به تهران و به خانهٔ ما می‌آمد و از فردایش عکس دیگر عکس نبود بلکه آقاجان حکمت بود که می‌شد فردی از افراد خانه. هر روز، اول صبح، صورت‌نشسته سلام بلندبالایی به شوهرش می‌داد و احوال می‌پرسید و طوری رفتار می‌کرد که انگار جواب سلامش را هم گرفته.

عکسِ توی قاب پیرمرد کچلی بود شبیه به عموجان بزرگه. مفلوک و غمگین به‌نظر می‌آمد. یک دستش شبیه به ژست رایج عکس‌های قدیمی در زیارتگاه‌ها، روی سینه قرار داشت ولی عکس توی عکاسی برداشته شده بود. قیافه‌اش هم با آن چشمان خیس که از زیر یک خروار پلک چین‌خورده به‌سختی باز شده بود، در آستانهٔ گریستن به‌نظر می‌آمد. نور گرد سفیدی هم دور سر مرحوم قرار داشت. صاحب عکس با صورتی مظلوم و دستی روی سینه و دکمه‌های تنگ تا زیر گلو بسته و کت سیاه با شانه‌های مالیده، مرد مغموم رنجوری می‌نمود که نمی‌توانستم بفهمم چطور این زن هر روز با دیدنش خارشک به خشتکش می‌افتاد و به هر قیمتی شده، می‌خواست لب‌های قیطانی پیرمرد با آن گوشه‌های آویزان را از روی شیشهٔ یخ‌کرده ببوسد.

عکس بیچاره مثل روحی سرگردان هر بار توی اتاقی به دیواری آویزان بود. اما فرقی نمی‌کرد، هر قدر هم که جابه‌جایش می‌کردم، باز می‌رفت سراغش. قاب را بردم زدم توی اتاق خودم. بابا گفت:

- چرا این بیچاره رو هی نبش قبر می‌کنین؟ بذارین یه جا آروم بگیره.
- خواب آقاجون رو دیدم. می‌خوام عکسش توی اتاق خودم باشه.
- چطور خوابش رو دیدی؟ اون که قبل از به‌دنیا اومدن تو، به رحمت خدا رفته.
- باشه. خواب که این چیزها سرش نمی‌شه. بهم گفت از سر راه برش دارم.
- عجب! حالا اتاق نشیمن خونهٔ ما شد سر راه!

قاب را بردم اتاق خودم و دور از دسترس او، بالای قفسهٔ کتاب، زدم به دیوار. چند روزی غر زد که: «چرا عکس را چسباندی به سقف.» توجه نکردم. دست از غرزدن برداشت و فکر کردم مشکل حل شده؛ اما نشده بود. یک روز دیدم عکس سروته به دیوار است و چراغ سقفی اتاقم هم سوخته.

- ننجون خانوم باز شما رفتی سراغ عکس؟

به روی خودش نیاورد و خودش را زد به نشنیدن. گوشش سنگین بود ولی من بهقدر کافی بلند گفته بودم. وقتی به صرفش نبود خودش را میزد به آن راه و تندتند تسبیح میگرداند و صلوات میفرستاد. صندلی را از پشت میزتحریر پیش کشیدم که قاب را درست کنم. هل شد و گفت:

- بچه جان مواظب باش! اون وامونده خرابه و سر جاش بند نیست. نخوری زمین!

شستم خبردار شد که رفته روی صندلی و برای حفظ تعادلش، سیم چراغ را گرفته و حتماً اینقدر تکان خورده که چراغ سوخته. دیوانه شدم.

- شما رفتی روی این صندلی که قاب رو برداری؟ این صندلی گردونه. خدا رحم کرد نخوردین زمین. شما از جون این عکس چی میخواین؟
- من که کاری به عکس ندارم ولی تو پتیاره از جون من چی میخوای؟
- این عکس چرا سروته شده؟
- من چه میدونم. شاید اون خدابیامرز خوش نداره اونجا باشه. گذاشتیاش تُک آسمون. بهنظر راضی نیست.
- الان انتظار دارین من بپذیرم کسی از آدمهای زندهٔ این خونه دست به قاب نزده و اون که مرده، قاب رو سروته کرده؟
- تو که خوابش رو میبینی، ازش بپرس. اگه میتونه برای عوضکردن جاش دستور صادر کنه، حتماً میتونه عکس رو هم سروته کنه.
- لامپ رو هم حتماً اون سوزونده.

- صدهزار لعنت خدا بر جان شیطان! خدایا پردهٔ روم رو بپوشون. این ماده‌گرگ چی از جون من می‌خواد؟ می‌خواستم از دست شما خودم رو بکشم. می‌خواستم دستم رو بگیرم به سیم برق که اون هم خدا نخواست. دیگه از امر خدای پروردگار که نمی‌تونم عناد کنم. اون صندلی وامونده خودش رو کشید یه طرف، سیم هم برقش رو دریغ کرد؛ وگرنه همون دم خلاص شده بودم. یه ثانیه هم راضی به این زندگی نیستم. ابریشم ببین چه خوار شد، پابند خر عطّار شد! من باید به این گوزقوطی جواب پس بدم.

یکی از کارهای بسیار بدش این بود که مرا ماده‌گرگ صدا می‌زد. مادرم مداخله کرد و طبق معمول با جانب‌داری از ننجان و چشم‌غره به من ماجرا را ختم کرد. نمی‌دانم چرا دروغ‌های شاخ‌ودم‌دار این پیرزن را می‌پذیرد و هرگز به رویش نمی‌آورد. به‌هرحال کوتاه نیامدم و رفتم توی آشپزخانه سراغ مادرم.

- بابا این زن دروغگوئه.
- ساکت!
- هم درغگوئه، هم بدجنس.
- بچه دهنت رو ببند. احترام بزرگ‌تر رو نگه دار.
- اقلاً قبول کنین که عقلش رو از دست داده و ببرینش دکتر. هزار بار گفتم، باز هم می‌گم! باید بره سرای سالمندان. هم برای اون خوبه، هم ما. شاید همون جا برای خودش پیرمردی پیدا کنه. اقلاً برای آدم زنده قر و عشوه بیاد؛ بلکه دلش راضی شه.

غائله به نفع او ختم شد؛ ولی دیگر به عکس دست نزد. خب، من هم همین را می‌خواستم. اما بعد از دو سه روز به مصیبت دیگری دچار شدم. می‌آمد توی اتاق من می‌ایستاد روبه‌روی قفسهٔ کتاب. سواد نداشت و کتاب تنها چیزی بود که به‌کارش نمی‌آمد ولی طولانی کتاب‌ها را نگاه می‌کرد.

- ننجون خانوم کاری دارید؟
- قربون قدت، قدم نمی‌رسه. بیا اون کتاب رو بده ببینم.

- کدوم کتاب؟
- اون بالایی.
- این؟
- نه، اون بزرگه.
- بفرمایین.

معمولاً بزرگ‌ترین کتاب را انتخاب می‌کرد و می‌نشست روبه‌روی من توی آفتاب و کتاب را ورق می‌زد و با هر ورق با صدای بلند صلوات می‌فرستاد. البته خودش فکر نمی‌کرد صدایش بلند است؛ چون نمی‌شنید. هرازگاهی چیزهایی هم می‌گفت.

- ماشاءالله چه اسبی!

و دوباره ورق می‌زد و صلوات می‌فرستاد. بعد از چند دقیقه که خسته می‌شد، ورق می‌زد و الله‌اکبر می‌گفت که از صلوات کوتاه‌تر است و یواش‌یواش فقط به یک یاالله بسنده می‌کرد.

- این شاهنامه‌ست؟
- نه.
- این افراسیاب نیست که سرنگون شده؟
- نه‌خیر.

بعد از چند صلوات و الله‌اکبر اگر به عکس برعکسی می‌رسید و متوجه می‌شد کتاب سروته است، بدون صلوات و طوری که من متوجه نشوم، کتاب را یواش برمی‌گرداند و به ورق‌زدن ادامه می‌داد.

- این‌همه دانش به سر صاحبش سنگینی نمی‌کنه؟ کی کتاب به این بزرگی رو نوشته؟

البته من جوابی به این سؤال‌ها نمی‌دادم؛ چون این قبیل سؤال‌ها معمولاً فرمایش‌های ذهنی خودش بود و اصلاً قصد نداشت اسم نویسنده را بداند.

کم‌کم جانمازش را هم به اتاق من منتقل کرد. بعد از نماز هم جمع‌اش نمی‌کرد. جانماز ولو را نمی‌شد بدون دیده‌شدن جابه‌جا کرد ولی من هم کوتاه نمی آمدم. تا می‌رفت دست‌شویی جانماز را برمی‌داشتم و می‌بردم اتاق

خودش. روز بعد باز با جانماز می‌آمد. کتابی برمی‌داشت و این بار هم جانمازش را پهن می‌کرد و می‌نشست سر سجاده و شروع به ورق‌زدن می‌کرد. یک روز پتویی هم تا زد گذاشت زیر سجاده که از نشستن طولانی استخوان کونش ناراحت نباشد. انگار خیال داشت تا ابد بست بنشیند روبه‌روی عکس. میز کار مرا هم هل داده بود و کمی جابه‌جا کرده بود که سجاده‌اش توی آفتاب باشد. چهارپایهٔ کوچک توی حمام را هم آورده بود گذاشته بود کنار کتابخانه تا دستش به همه‌جا برسد. چون نمی‌توانست زیاد سرپا بایستد، توی حمام برایش چهارپایه گذاشته بودیم.

قبلاً حمام به حمام یعنی هفته‌ای یک بار موهای حنابسته‌اش را می‌بافت. شروع کرد هر روز موهایش را توی آفتاب شانه‌زدن. چارقد سفیدش را می‌انداخت روی زانویش. موهای تنک بلندش را با طمأنینه و عشوهٔ زیاد شانه می‌زد، می‌بافت و ته بافهٔ آن را که به باریکی دم موش بود، محکم گره می‌زد. گره را با آب دهانش تر می‌کرد و چند دقیقه بین دو انگشت نگه می‌داشت تا گره بسته بماند و در تمام این مدت هم با عکس حرف می‌زد.

گاهی با لبخند گاهی با چشم خمار و کمی اخم. گاهی که از جایی دلخور بود، با عکس قهر می‌کرد. از عکس رو می‌گرفت و بدخلقی می‌کرد. داستان‌های قدیمی را به رخ پیرمرد می‌کشید. برای اینکه بی‌وفایی کرده و زودتر از او مرده، توبیخش می‌کرد. البته شک داشتم که دلش می‌خواسته زودتر از شوهرش بمیرد؛ ولی خب پیرمرد هم بی‌اجازه مرده بود و او را بی‌شوهر گذاشته بود و این نابخشودنی‌ترین کار دنیا بود.

با اخم می‌گفت: «ای رفیق نیمه‌راه، بعد از تو یه روز موندنم هم اضافه بود. حیف شدم. بی‌تاجِ سر موندم.» بعد چشم‌های خیسش را تندتند به‌هم می‌زد و عینکش را از چشم برمی‌داشت و دست‌هایش را به استغاثه به‌سوی عکس می‌برد و با صدای لرزان و پرسوزوگداز به آقاجان می‌گفت «به جدم قسم بیا من رو ببر. به جدت قسم بیا من رو ببر. بعد از تو می‌خوام دنیا نباشه، بیا من رو ببر.» و همان‌طور که اشک‌هایش گوله‌گوله می‌ریخت، از قیافهٔ بی‌احساس و بی‌حرکت آقاجان حکمت کلافه می‌شد و رو برمی‌گرداند و از اتاق می‌رفت

بیرون تا آقاجان حکمت از تنهایی غصه بخورد و دل‌تنگ بشود و به التماس بیفتد تا دوباره به حرمت جدش با عکس آشتی کند. البته هیچ‌یک سید نبودند؛ ولی پای «جد» همیشه در میان بود.

گاهی با صدایی مثل بچه‌گربهٔ مریضی که دمش زیر پا مانده باشد، برایش آواز می‌خواند. دو سه خطی می‌خواند و وقتی به قسمت بی‌وفایی در شعر می‌رسید، چانه و صدایش می‌لرزید. پلک‌های مرطوبش را هی به‌هم می‌زد و خواندن را قطع می‌کرد و ماجرا با قطره اشکی و گاهی فحشی به روح آقاجان خاتمه می‌یافت. بعد هم توضیح می‌داد که مجبور است آواز بخواند.

- خدابیامرز عاشق صدای من بود. من هم واقعاً صدا داشتم. گردنم به این بلندی بود.

برای نشان‌دادن بلندی گردنش یک دستش را می‌گذاشت پایین گردنش و دست دیگر را تقریباً بالای پیشانی و با اشارهٔ چشم به فاصلهٔ بین دو دست می‌گفت: «به این بلندی.»

- چه ربطی داره؟

- بله که ربط داره. گردن به اون بلندی که فقط برای خوشگلی نبود. به‌گمونم، امر از خدای پروردگار، دو تا حنجره پشت هم توی گلوم داشتم. خدابیامرز همیشه اصرار داشت براش بخونم من هم دریغ می‌کردم. خب حق داشت. صدام خوب بود و هرکس شنیده بود، عاشق صدام شده بود. صدام بلند بود و دَروهمسایه می‌شنیدن. می‌گفتم مرد، می‌خوای حظِ تو، بشه معصیت من؟ تنها پشیمونی‌ام توی دنیا همین یکیه که چرا براش نخوندم. الان هم آواز خوندن برای عکس بی‌جونش چه فایده! ولی چاره‌ای هم نیست. باید مثل به‌جاآوردن نماز قضا برای عکسش بخونم.

کم‌کم داشت مثل سرطانی پیشرو و مرموز و مهارنشدنی، شکل اتاق مرا تغییر می‌داد. کلافه‌کننده بود؛ مخصوصاً وقتی مهمان داشتم. مهمان را قبضه می‌کرد. کسی جرئت نداشت طرف مهمان برود یا خدای ناکرده با مهمان حرف بزند. طرف را گروگان می‌گرفت و راه نجاتی هم نبود. مهمان خیلی

دوست داشت و متأسفانه جوانان را بیشتر و یکی از دوستان مرا هم، علی‌الخصوص. فرحناز همکلاسی و دوست صمیمی‌ام بود از دبستان تا به الآن که سال اول دانشگاه هستم. او اغلب به دیدنم می‌آمد.

هرچه نن‌جان از او خوشش می‌آمد، او از نن‌جان بدش می‌آمد. داشتیم سر همین اختلاف پیدا می‌کردیم. بهم برمی‌خورد که آن‌قدر علنی از نن‌جان بیزار بود؛ اما نمی‌توانستم خیلی هم ناراحتی‌ام را ابراز کنم، چون بیچاره حق داشت. مهم‌ترین دلیلش هم روبوسی صمیمانهٔ نن‌جان بود که هیچ‌کس این صمیمیت خیس و بادکشی را دوست نداشت. بماند که اجازه نمی‌داد ما باهم حرف بزنیم و متکلم‌وحده و مع‌الغیر را یکجا قورت داده بود و یک‌تنه از سلام تا خداحافظی را به عهده می‌گرفت. در همین زمینه، یکی از سیاست‌هایش این بود که ما را به کم‌حرفی نصیحت می‌کرد و می‌گفت: «گر سخن نقره‌ست، خاموشی طلاست.» خلاصه بد مادرقحبه‌ای بود.

فرحناز قرار بود بیاید و باید قبل از رسیدنش راه فراری پیدا می‌کردم.

- نن‌جون خانوم چرا نمی‌رین اتاق خودتون. برای مطالعه آروم‌تره.
- پیر مضحکهٔ جوونه و فقیر مضحکهٔ دولتمند!

همین که کلمهٔ مطالعه از دهنم درآمد، فهمیدم اشتباه بزرگی کردم و مغلوب و سرشکسته باید دست از مانور نجات بردارم.

- منظورم اینه که توی اتاق خودتون آرامش دارین. من موقع مطالعه بلند می‌خونم، شما اذیت می‌شین.
- نمی‌شم. اینجا آفتاب‌سوئه، برام بهتره. استخون‌هام آروم می‌گیره توی آفتاب.

قبل از اینکه راه‌حلی پیدا کنم، فرحناز رسیده بود. در باز بوده بنابراین دیگر زنگ نزده و وارد شده بود. دم در اتاق من ایستاد و تو نیامد. از همان دم در سلام کرد. نن‌جان همان‌طور که توی آفتاب نشسته بود، جواب سلام گفت.

- فرحناز جان بیا نزدیک‌تر. من اگه از جا بلند نمی‌شم، ملاحظهٔ شما رو می‌کنم.
- خواهش می‌کنم. راحت باشین.

- بحث راحتی نیست. پیر اگه به جوون تواضع کنه، بخت جوون خواب می‌ره.

با این کس‌کلک‌بازی بیچاره را مجبور کرد بیاید مقابل او بنشیند و بعد به همان روش ناجوانمردانه با او روبوسی کرد. بعد هم دستش را ول نکرد و همان جا کنار خودش نشاند و شروع کرد به حرف‌زدن. دیگر از دست خود خدا هم کاری برنمی‌آمد. باید بی‌خیال معاشرت می‌شدیم.

با ناامیدی بخاری را زیاد کردم. به‌هرحال باید کاری می‌کردم. بعد از چند دقیقه همان‌طور که بی‌وقفه حرف می‌زد که میدان دست کس دیگری نیفتد، رو به من کرد و گفت:

- دخترجان اون بخاری رو کم کن. دلم سیاه شد.

- سردمه.

فرحناز هم سریع گفت: «بله، من هم سردمه.» بیرون خیلی سرد بود. طفلک با پالتو و شال نشسته بود و عرق می‌ریخت. حتی دستش را نمی‌توانست خلاص کند که صورتش را که خیس عرق و آب دهان ننجان بود، پاک کند. درجهٔ بخاری را زیادتر کردم و در اتاق را هم بستم.

- بچه جان نفت به این گرونی رو اینطور گُرّوگُر نسوزونین. خدا رو خوش نمیاد. قناعت کنید. سرمهٔ اضافه رو می‌مالن در کون؟

- این بخاری نفتی نیست، گاز سوزه.

- اصلاً هرچی! هر کوفتی! چرا اینقدر حیف‌ومیل؟ منظورم به قناعته. گوزی، بدار برای روزی. بد می‌گم فرحناز جون؟

فرحناز جواب داد: «حق با شماست. درست می‌فرمایین.»

- ای وای، قلبم گرفت. برای سلامتی خودتون می‌گم. مغزتون توی این گرما می‌پزه.

- ننجون خانوم به خدا سردمه. شاید شما حالتون خوش نیست.

- چه چیزا می‌شنوم! من حالم خوب نیست یا شما جوون‌ها ریغو و بی‌خاصیت شدین؟

گفت و بلند شد رفت بیرون. ما هم با خوش‌حالی پنجره‌ها را باز کردیم و نفسی کشیدیم. یک ساعت مانده بود به اذان، پس سریع جانماز را هم جمع کردم گذاشتم بیرون در اتاق و در را بستم.

البته همیشه هم مهمان‌دوست نبود. چشم دیدن مهمانی که قصد داشت چند روزی بماند را نداشت. در این موارد از آبروریزی هم ابایی نداشت. مثلاً یک بار خانمی از دوستان قدیمی برای دواودرمان از تبریز به تهران آمده بود و چند روزی مهمان ما بود. پیش از ظهری وقتی ما بچه‌ها مدرسه بودیم و مادرم هم برای خرید از خانه بیرون رفته بود مهمان بیچاره را تنها گیر آورده بود و گفته بود:

- اگه آدم مهمون خونه‌ای باشه و صاحب‌خونه او رو در خونه تنها بگذاره و بره مهمونی می‌دونی معنی‌اش چیه؟
- نه نن‌جون خانوم. معنی‌اش چیه؟
- یعنی مهمون زیادی مونده.

چند دقیقه بعد هم جلوی چشمان متحیر و خجالت‌زده مهمان بیچاره جوراب‌های پشمی ساق‌بلندش را از پشت کوسن‌های مبل درآورده بود و بسم‌الله گویان کشیده بود به پا و کشاش را هم بالای زانوهای لاغرش دورگردانده بود تا سفت شود. بعد هم بی‌خیال، چادرش را سر کرده و رو به مهمان گفته بود:

- من دارم میرم منزل داداشم مهمونی، متوجه هستین؟

و در حال چادر سر کردن و از در بیرون رفتن زیر لب گفته: «مهمان شب اول طلا، شب دوم نقره، شب سوم مرس (مس به گویش طالقانی)، شب چهارم خرس.» البته چندان هم زیر لب نبوده اگر مهمان بیچاره توانسته بود بشنود.

وقتی مادرم برگشته بود مهمان بیچاره را در حال جمع‌وجور و ساک بستن دیده بود و کلی تلاش کرده بود تا با خنده و شوخی و تعارف او را قانع کند که نن‌جان را نباید جدی گرفت و کسی حرفی از او به دل نمی‌گیرد. خلاصه کارهای زشت زیاد می‌کرد.

یکی از سؤال‌های همیشگی‌اش از من این بود:

- دخترم نامزد نداری؟
- نن‌جون خانوم همین چند روز پیش پرسیدین. اگه داشتم که حتماً شما خبر داشتین.
- می‌دونم قبلاً گفتی. ولی منظورم اینه که نامزدی، چیزی پشت و پنهون، قولی، قراری؟
- نه. چرا فقط از من می‌پرسین؟ ماشاءالله، شما این‌همه نوه دارین. از من بزرگ‌تر و دم‌بخت‌تر هم دارین. از اون‌ها هم می‌پرسین؟
- اون‌ها رو ول کن. یکی مرد جنگی به از صدهزار، سیاهی لشکر نیاید به‌کار. تو باید شوهر داشته باشی. تو حیفی. یه روز هم که سر بی‌شوهر به بالین بذاری، حیفی. بقیه هم اگه لیاقت داشته باشن، شوهر می‌کنن. نداشته باشن هم، به من چه.

حرصم می‌گرفت از اینکه مرا «یکی مرد جنگی» خودش فرض می‌کرد. نمی‌فهمیدم چرا هرچه من از او خوشم نمی‌آمد، او عاشق من بود و خودش را به من می‌چسباند.

یک بار که همین سؤال مسخره نامزد یواشکی را پرسید، کِرمم گرفت و عکسی نشانش دادم. عکسی قدیمی از توی آلبوم کهنهٔ خانواده درآوردم که خودم هم نمی‌دانستم طرف کیست. پیرزن چشمش خوب نمی‌دید و می‌مرد برای اینکه بهش حرفی بزنی و بگویی به کسی نگو.

- نن‌جون خانوم اگه چیزی بهتون بگم، قول می‌دین به کسی نگین؟
- معلومه که نمی‌گم. اسراردار همهٔ فامیل و خانواده منم. سینه‌ام از همین بار اسرار سنگینه که قوز درآورده‌ام. بگو ببینم این جوان رعنا کیه.

عکس نیم‌تنه بود و اصلاً معلوم نبود طرف قدش چقدر است. یا اصلاً پا دارد یا ندارد. به‌هرحال عکسِ به قول خودش «جوان رعنا» را گرفت. چشمانش را هی تنگ و گشاد کرد، عکس را هی عقب و جلو برد و صلوات فرستاد و دعایی خواند و برد سمت دهنش که فهمیدم نباید نشانش می‌دادم. عکس

را بوسید. خودم را گرفتار کرده بودم. حالا باید به هزار تا سؤال دیگر جواب می‌دادم.

- به کسی نگو من عکس را بوسیدم. هرکی باشه، دیگه پسرم به حساب می‌آد. داماد از پسر نزدیک‌تره؛ چون داماد به دختر آدم خدمت می‌کنه و پسر به دختر مردم. خوب ببینم تو هم عکس بهش دادی؟
- بله دادم.
- ببینم کدوم عکس رو دادی؟
- عکسی رو که به اون دادم که دیگه خودم ندارم تا به شما نشون بدم.
- راست می‌گی مادر. اشکال نداره. برو آلبون ـ به آلبوم می‌گفت آلبون ـ عکست رو بیار تا بگم عکس بعدی که بهش می‌دی، کدوم باشه. ناسلامتی نامزدین. باید مرتب به‌هم کاغذ و عکس بدین.
- باشه یه وقت دیگه. الان درس دارم.
- دختر جون، این‌قدر خودت رو برای درس نکش. زیاد درس بخونی، حالت چشم‌هات عوض می‌شه و مژه‌های قشنگت می‌ریزه. می‌شی عین من. سن تو بودم مژه‌هام می‌چسبید به ابروهام. نگاه به الانم نکن که چشم‌هام عین کون خروس تنگ و چروک شده. حالا برو آلبون خودت و عینک من رو بیار.

چشمم کور، کاری بود که خودم دست خودم داده بودم. آلبوم را آوردم و دادم دستش. آلبوم را عین قرآن بوسید و صلوات فرستاد و بازش کرد. عینکش را زد و با دقت از صفحه اول شروع کرد. هرازگاهی عکسی توجهش را جلب می‌کرد و ازم می‌خواست آن را از جیب پلاستیکی‌اش دربیاورم تا از نزدیک ببیند. متوجه شدم هر چه عکس لختی‌تر باشد، بیشتر توجهش را جلب می‌کند. عکسی را که دکمه‌های پیراهنم تا نزدیک سینه باز بود، انتخاب کرد.

- این خوبه. پولکانت بازن. از این به بعد هم می‌خوای عکس برداری، زود یکی دو تا از پولکانت رو باز کن. این عکس رو با کاغذی که می‌نویسی، براش بفرست. کاغذ رو هم خودم کمکت می‌کنم. سواد که ندارم، می‌گم تو بنویس. اصلاً سواد داشتم هم صلاح نبود من بنویسم. باید دست‌خط خودت باشه. من بگم تو بنویسی، بهتره. شما سواد نوشتن دارین؛ ولی شعر که نمی‌دونین. غزل عاشقانه که از بر نیستین. کمک لازم دارین.

همهٔ راه‌های نجات بر من بسته بود. بهتر بود خفه بشوم ببینم می‌خواهد چه کند. قبلاً هم سعی کرده بود یادم بدهد که اگر دکمهٔ بالای یقه بسته باشد و دکمهٔ بعدی‌اش باز باشد، بهتر از این است که دکمهٔ بالا باز باشد و دومی بسته. در این صورت نه‌تنها به دلیل نامتعارف بودن توجه بیشتری جلب می‌کند؛ بلکه جای بهتری را هم نمایش می‌دهد و به نظر می‌رسد که جادکمه گشاد شده و دکمه باز شده و تعمدی هم در کار نبوده. نگفتم خیلی مادرقحبه بود؟

- کی میاد من ببینمش.
- به این زودی نمیاد. شهرستانه.
- باشه. مرغ از پی دانه می‌رود. مگه می‌شه آدم دیدن نامزدش نره، اون هم دختر به این قشنگی. خب دختره می‌ره با یه نفر دیگه.
- دانشگاه می‌ره. نمی‌تونه درسش رو ول کنه بیاد من رو ببینه.
- خُب، به‌سلامتی پس مهندسه. می‌گم نکنه غدغدش رو اینجا می‌کنه تخمش رو جای دیگه می‌ذاره؟
- نه ننجون این چه حرفیه!
- پس عروسی کی هست ان‌شاءالله؟
- هر وقت دانشگاه من تموم شه.
- یعنی کی مادر جان؟ تو که تمام‌وقت داری توی اتاقت درس می‌خونی. دیگه باید همین روزها تموم بشه. بله؟
- سه سال دیگه.

- سه سال دیگه؟ دیوانه‌ای مگه مادر. سه سال می‌شه هزاران روز و
هزاران شب بی‌شوهر. درس هرچی خوندی، بسه. می‌دونی که من
خودم سواد رو برای دختر لازم می‌دونم؛ ولی نه اینکه گندش رو
دربیاری. تو که مثل بلبل قرآن می‌خونی، دیگه سه سال وقت تلف
کنی که چی؟ دختر جان بگرد یه بهترش رو پیدا کن و زود شوهر
کن.

می‌خواستم بازیگوشی کنم که مجبور شده بودم هر روز داستانی دروغی از
نامزدی فرضی برایش ببافم. یک‌مرتبه دیدم خودم افتاده‌ام توی دام عکس و
شوهر فرضی. این مار هفت‌خط نه‌تنها می‌توانست با یک عکس از شوهر
مرده‌اش به‌اندازهٔ هفت شوهر زنده و قلچماق زندگی کند؛ بلکه می‌توانست از
هر عکس دیگری هم به‌واسطهٔ هر زنی، یک شوهر استخراج کند با هزاران
قصهٔ عاشقانه.

بگذریم. در مورد عکس آقا جان قبول دارم اشتباه بزرگی کردم. تاوانش را
هم دادم. جای عکس قطعاً توی اتاق من نبود. بردمش توی راهرویی که درِ
حمام و دست‌شویی و دو تا از اتاق خواب‌ها از جمله اتاق من به آن باز می‌شد.
عکس را بالای بالا، تقریباً توی سه کنج سقف، نصب کردم. حالا ببینم چطور
می‌خواهد با عکس لاس بزند. نه جا برای نشستن هست، نه آفتاب.

فکر می‌کردم با آزمون و خطا بالاخره جای درست عکس را پیدا کرده‌ام و از
این بابت خوشحال بودم ولی سخت در اشتباه بودم. هر کار می‌کردم، آن مار
هفت خط یک قدم از من جلوتر بود. یک روز جوری غافل‌گیرم کرد که حتی
خجالت کشیدم به رویش بیاورم. خودم را زدم به ندیدن و سریع رفتم توی
اتاقم. بعد از نیم ساعت خودش را انداخت توی اتاقم.

- دخترم، حمام گرفته‌ام. می‌خوام اینجا توی آفتاب موهام رو شونه
کنم، ببافم. سرم خیس بمونه، می‌چّام.

حالا انگار که خرمن گیس داشت. دو لاخ مو که این حرف‌ها را نداشت. بدون
اینکه من آره یا نه بگویم، آمد و نشست توی آفتاب و چارقدش را پهن کرد.

با لبخند و گونه‌های گل‌انداخته شروع کرد سرش را با شانهٔ چوبی مربعش شانه‌زدن.

- هی صدا کردم، هیچ‌کدومتون جواب ندادین. نمی‌دونم اگه توی حمام می‌مردم، کِی ممکن بود متوجه بشین.
- من توی هال نشسته بودم و صدایی نشنیدم.
- بله که نشنیدی. یه نفر توی این دنیا بود که صدای من رو می‌شنید، اون هم که مُرد.
- نن‌جان خانم، شما اصلاً صدا نکردین.
- هی روزگار، اون بود که صدا هم نمی‌کردم، می‌شنید. اصلاً قبل از اینکه من صدا کنم، می‌گفت: جان.
- واقعاً توقع دارین صدانکرده کسی جواب بده؟
- پیری و هزار درد بی‌درمون. فراموشی هم که از همه بدتر. یادم رفت حوله و رختانم رو با خودم ببرم توی حموم. صدا زدم حوله خواستم هم که -ماشاءالله- همه‌تون انگار کرین. این شد که لخت از حموم اومدم بیرون برم اتاقم لباس بپوشم. خدا این فراموشی رو به سر کسی نیاره. خدایا قبل از اینکه اسم خودم یادم بره، پردهٔ روم رو بپوشون راحتم کن.

سعی می‌کرد جلوی لبخندش را بگیرد؛ ولی نمی‌شد. تمام غرولند و شکایتش از ما و پیری و روزگار و داستان لخت‌بودنش جلوی عکس را با چنان خندهٔ ملیحی توضیح داد که من شرم کردم چیزی بگویم. دیده بودم دکمه‌هایش را جلوی عکس باز کند و وانمود کند گرم است یا دکمه لق است و خودش باز می‌شود؛ ولی لخت مادرزاد جلوی عکس عشوه آمدن را حتی تصور هم نمی‌کردم.

وقتی دیدم لخت ایستاده است روبه‌روی عکس و اشک می‌ریزد، فکر کردم دیگر واقعاً دیوانه شده. با یک دست آنجایش را پوشانده بود و یک دست دیگرش را هم گرفته بود زیر پستان‌هایش. نه به‌شکلی که بپوشاندشان، فقط کمی آورده بودشان بالاتر. با ژستی سکسی و سه‌رخ جوری مقابل عکس

عشوه می‌کرد؛ انگار مقابل دوربین عکاس پلی‌بوی برای عکس دوصفحه‌ای وسط مجله ایستاده. باورم نمی‌شد چطور زنی تقریباً نودساله که همهٔ عمرش را در روستایی دورافتاده در طالقان گذرانده، می‌توانست با یک عکس این کارها را بکند. اگر روزی این عکس زنده بشود و بپرد رویش و ترتیبش را بدهد، من اصلاً تعجب نمی‌کنم. از این جادوگر همه کار برمی‌آید.

بارها به پدرم گفته بودم یا ببردش سرای سالمندان یا شوهرش بدهد.

- پناه بر خدا! دختر بس کن این ارجیف رو! اگه دست من بود که اول تو رو شوهر می‌دادم و جون خودم و این پیرزن بیچاره رو خلاص می‌کردم. پاش لب گوره، نمی‌بینی؟
- الان شاید نشه؛ ولی سی سال پیش که می‌شد شوهرش داد.
- یعنی می‌گی دوره می‌افتادم برای مادرم به خواستگاری؟
- چرا شما برین خواستگاری؟ خودش که می‌گه هزار تا خواستگار داشته. شوهرش می‌دادین به یکی از اون هزار تا.
- تو که دائم از دروغ‌گوییِ‌اش می‌نالی، چطور شد همین یه حرفش رو باور کردی؟

تسلیم شدم و قاب عکس را برگرداندم سر جای اولش، توی اتاق نشیمن، روبه‌روی کاناپهٔ راحتی که همیشه روی آن یا نشسته بود یا درازکش چرت می‌زد. حتی پایین‌تر از جای قبلی هم نصب کردم که برای برداشتنش به زحمت نیفتد. بگذار هر کار دلش می‌خواهد بکند. آنقدر عکس را ببوسد که شیشه قاب نازک شود. آنقدر قاب را بالا پایین کند تا قاب از هم وابرود. آنقدر به پیرمرد غر بزند تا یک روز عکس به صدا دربیاید و لب‌های قیطانی‌اش را از هم باز کند و بگوید: «زن چی از جونم می‌خوای؟ ولم کن!» به قول خودش: خدا به ندید بدید یه پسر داد، اینقد با دول بچه بازی کردن تا کنده شد. حالا خوب است که این عکس دول ندارد.

توی اتاق خودش بند نمی‌شد؛ وگرنه می‌زدم به دیوار اتاق خودش. دلیل مهم‌تر اینکه پنجرهٔ اتاقش پرده نداشت. پرده‌ها را کنده بود که نور داشته

باشد. اتاقش دید داشت به خانهٔ همسایه‌ها، می‌ترسیدم خدای‌نکرده با عکس کاری کند آبروریزی بشود.

۲

قد: سرو دار، گیس: هفده لنگه بافه عین مار سیاه دور شانه‌ها، صورت: درشت و صاف تو بگو نان‌بند لواش، گردن: به این بلندی و چشم‌ها را نگو! نگو!: زمردجور. البت کسی نمی‌دانست چشم‌هایم کبود رنگ است؛ چون هرگز سر بالا نکرده بودم و توی چشم کسی زل نزده بودم. گفتم، از آن دخترهایی نبودم که خوشگلی‌ام را قلو ولو بدهم و قرار مردم را بی‌قرار کنم؛ اما چیزی که از پنهان‌کردنش عاجز بودم، صدایم بود. منظورم حرف زدن نیست؛ چون زیاد اهل گپ‌وگفت نبودم. کوچک‌تر از خودم را نمی‌شمردم و با بزرگ‌تر هم حیا مانع می‌شد. سِحر آوازم را نمی‌شد افسار زد.

توی ده که جرئت خواندن نداشتم. می‌رفتم کوه. آن‌قدر از ده دور می‌شدم که صدای سگ‌های ده به گوشم نرسد. فکر می‌کردم اگر صدای سگ‌ها به من نرسد، حتماً صدای من هم به ده نمی‌رسد. ده مثل این شهر بی‌صاحب نیست که دماغ به دماغ چسبیده، ولی صدا به صدا نمی‌رسد؛ از این شلوغی و سروصدا خبری نیست. هوا پاک و صاف است و هیچ چیز جلودار صدا نیست. توی صحرا صدای بال‌زدن پروانه را می‌شود شنید. از ده می‌رفتم بیرون. از دیمی‌زارهای پیله‌مرز (زمین بزرگ) رد می‌شدم. از کوه الرویا هم می‌گذشتم و از کوه بلند سیالان (لانه سیاه) می‌رفتم بالا. بالارفتن از سیالان کار هرکسی نبود. من با همهٔ ظرافت جثه‌ام به چابکی بز کوهی بودم. شب رفته راه مرا روز کسی نمی‌توانست برود. می‌دانستم پای هرکسی به آنجا نمی‌رسد و بعید بود آدمیزاد بهم برسد. آنجا دست از خودداری می‌کشیدم و آوازم را ول می‌دادم توی کوه. کوه می‌لرزید و مرا می‌ترساند؛ ولی دست از خواندن نمی‌کشیدم.

سربرهنه می‌شدم. کلاف موها را باز می‌کردم و موهایم مثل بید مجنون دور شانه‌ام می‌رقصید. پرنده‌ها بس می‌کردند، خرگوش‌ها از جَستن می‌ماندند، آن‌قدر پروانه روی سرم می‌نشست که می‌شدم عین کندویی که رویش پر زنبور است. خرگوش‌ها دست از بازیگوشی با پروانه‌ها برمی‌داشتند و انگارنه‌انگار که صدها پروانه مقابلشان نشسته. جنب نمی‌خوردند. پروانه‌ها

هم باکی نداشتند. به‌خاطر صدای من جانشان را به خطر می‌انداختند و جلوی چشم خرگوش‌ها می‌نشستند روی من و تا زمانی که من می‌خواندم، سرتاپایم غرق پروانه بود.

می‌خواندم و می‌خواندم تا خسته می‌شدم، تا خورشید رو به غروب می‌رفت و سایه‌ها یک‌ور می‌شد. جوری وقت رفتن و برگشتنم را نظم می‌دادم که سایه‌ام همیشه بیفتد جلوی پایم. یعنی قبل از ظهر می‌رفتم کوه که آفتاب از پشت بتابد و عصر هم موقع برگشت باز آفتاب پشت سرم بود و سایهٔ درازم می‌افتاد جلوی پایم. وقتی سایه خیلی دراز می‌شد، یعنی خیلی دیر شده و تا برسم به ده، غروب شده. بَیک‌ننه‌جانم بهم گفته بود همیشه پشت به خورشید باشم. می‌گفت: «این‌طوری صورتت توی سایه‌ست و اگه کسی از روبه‌رو بیاد کمتر دیده می‌شه. هم دل و ایمان مردم محفوظ‌تر می‌مونه، هم پوست لطیف صورتت.»

قمر می‌خواندم. ترکی می‌خواندم. محلی می‌خواندم. گیلکی می‌خواندم. امیری می‌خواندم. فقط آن بیگانه‌های عجیب‌وغریب را نمی‌خواندم؛ چون نمی‌فهمیدم چه می‌گویند و دوست هم نداشتم، وگرنه که خواندن آن زبان اجنبی هم برایم کاری نداشت. صدایی داشتم که پرنده‌ها حیران می‌ماندند و شرم می‌کردند بخوانند. بَیک‌ننه‌جانم خدابیامرز یک بار یک هفته نگذاشت کوه بروم. گفت: «گناهه. فصل جفت‌گیری پرنده‌هاست. از شرم تو نمی‌خونند، نسلشون ورمی‌افته. طبیعت خدا رو با صدات زخمی نکن.»

هر جور صفحه‌ای را که در خانهٔ طهماسب‌خان واثقی پیدا می‌شد، می‌خواندم. هر صبح بعد از دوشیدن گاو و گوسفندها یک دبه شیر گاو و یک دبه شیر گوسفند نجوشانده می‌بردم منزل‌شان. آقا شیر گاو دوست نداشت و شیر میش میل می‌کرد. شَری‌خانم، زن طهماسب خان، وسواس پاکی و ناپاکی داشت. دستور کرده بود شیر بعد دوشیدن نماند. سریع ببرم خانه‌شان و شیر را همان جا بجوشانم و برایشان سرشیر و قیماق و ماست کنم. با اینکه خدمتکارشان، نزاکت، کدبانویی همه‌چیزتمام بود، به نظر خانم ماستش ترش بود. خواسته بود من برایشان ماست ببندم.

تاریکی صبح، قبل از ساعت و خروس، بیدار می‌شدم، وضو می‌گرفتم و می‌رفتم طویله. گاو را بیدار می‌کردم برای دوشیدن. پستان گاو را با آب گرم می‌شستم، با حوله خشک می‌کردم، صلوات می‌دادم و شروع می‌کردم به دوشیدن. اگر زیر گوش گاو آواز قمر زمزمه می‌کردم، شیرش شیرین می‌شد. بَیک‌ننه‌جان خودش هر روز شیر را قبل از جوشاندن می‌چشید. از روی مزه شیر می‌فهمید گاو ناخوش است یا نه. خوراک گاو خوب بوده یا نه. حتی می‌فهمید گاو کدام صحرا چریده.

یک بار که چوپان تنبلی کرده بود و گاوها را نبرده بود کوه و همین دم چشمه چرانده بود، مادرم مچش را گرفت. شیر را مزه کرد و رفت در خانهٔ چوپان و قشقرق به پا کرد. علف دم چشمه و اطراف ده را می‌گذاشتیم برای پاییز. تابستان گله باید می‌رفت دو کوه آن طرف دِه می‌چرید و مادرم می‌دانست علف آن ارتفاعات با علف ده فرق دارد و مزهٔ شیر را عوض می‌کند. یک روز شیر را چشید و اخم کرد.

- آتیش‌پاره، شکر توی شیر ریختی؟
- نه بَیک‌ننه‌خانم. شکر به این نایابی، مگه دیوونه‌ام توی شیر کنم؟
- پس چرا شیر این‌قدر شیرینه. من هرگز شیر به این شیرینی نچشیدم، مگه روزهای جفت‌انداختن گاوها. اون موقع از سال مست می‌شن و شیرشون شیرین می‌شه. بگو با گاو بیچاره چه کردی؟
- هیچ والله.
- شاید کسی بلایی سر گاو آورده. فصل جفت‌گیری هم که نیست. باید به پدرت بگم طویله رو بپاد، ببینیم حیوانی انسانی سراغ گاو نرفته باشه.

دیدم کار دارد بالا می‌گیرد مجبور شدم بگویم.

- از وقتی گوساله‌اش رو جدا کرده‌ایم، ناآرومی می‌کنه؛ من هم زیر گوشش زمزمه می‌کنم، آروم بگیره تا بتونم بدوشمش.

بَیک‌ننه‌جانم خندید و یواش گفت: «انگار مهرهٔ مار داره دختره. گاو رو افسون می‌کنه.» بعد هم اخم کرد و با صدای بلند گفت:

- جوان نمیری گلزار! بلند نخونی آبروی پدرت رو ببری.

مسجد جای گوزیدن نیست. به مادرم نمی‌شد دروغ گفت. نباید او را سر خواندن جری می‌کردم وگرنه خانهٔ خان رفتن و شنیدن صدای گرام تعطیل بود.

همهٔ خواهش دلم این بود که زودتر بروم خانهٔ طهماسب‌خان تا وقتی بهادر ارشد خان، پسر آقا، سر صبح جعبهٔ جادویی‌اش را باز می‌کرد، آنجا باشم؛ مبادا گرام بدون من روشن شود و آوازی هدر برود.

عادتش این بود که سر صبح آفتاب که می‌زد، صفحه‌ها را وارانداز می‌کرد، یکی را انتخاب می‌کرد، درِ جعبهٔ چوبی گرام را باز می‌کرد و آن میلهٔ طلایی باریک را پایه می‌کرد زیر درش تا باز بماند. جعبه عین دهان گندهٔ خندانی باز می‌ماند و صفحه را عین گردهٔ نان می‌گذاشت توی آن دهان و میلهٔ دیگری را که سرش سوزنکی داشت، یواش می‌چرخاند و انگار سوزن را می‌گذاشت روی زبان آن دهان باز و - الله‌اکبر- غوغا می‌کرد. دهان به سخن در می‌آمد و آواز سر می‌داد. همیشه خداخدا می‌کردم شَری‌خانم باشد؛ چون سلیقه‌اش با من جور بود.

- ارشد جان، مادر، قمر بگذار.
- مادر دیروز هم که قمر خوند. امیری مازندرانی و نی‌داوود دارم برات. خواننده‌های طرازاول فرنگی دارم برات.
- نه مادر، مابقی حرومه. فقط قمر یاد خدا رو توی دل می‌اندازه. این زن از بهشت مأمور شده برای خوندن در گوش آدمیزاد. اگه کفر نبود، می‌گفتم پیغمبره. فرنگی هم حرفش رو نزن. همین مونده که صدای کفر از سقف خونهٔ ما بره بیرون. نمی‌فهمیم چی می‌گه و فقط گناهش می‌مونه گردنمون.

فرنگی‌ها فقط زمانی به گوش می‌رسید که شَری خانم خانه نبود. بهادر ارشد خان فرنگ رفته بود. این دم‌ودستگاه گرام را هم از خارجه آورده بود.

می‌گفتند آنجا درس خوانده. اگر گرام نبود، هرگز باور نمی‌کردم که فرنگ رفته باشد. می‌گفتم حتماً تهران یا جایی بیرون از منطقهٔ ساوجبلاغ به خوشی مشغول بوده. نشانی از درس‌خواندنش پیدا نبود، مثلاً طبابتی برای اهل ده یا شرکت در ساخت‌وسازی.

قبلاً هم توی ده آدم تحصیل‌کرده داشتیم؛ ولی مثل او نبود. دکتر حشمت هم رفته بود شهر و درس خوانده بود. وقتی برگشت، دیگر به‌جای ابراهیم‌خان، دکتر حشمت صدایش کردند و از همان روز اول هم شروع کرد به مریض دیدن و رسیدگی به احوال بیماران. حتی بعدها که سردار حشمت لقب گرفت هم طبابت از رفتارش نرفت. با آنکه مهندس نبود، ولی برای ساختن پل رودخانه شهراسر که یک سال زمان برد، خیلی زحمت کشید. از تهران آمد و فرد مهندسی هم با خودش آورد. نقشه‌اش را مهندس ریخت. هر روز هر دوشان با کارگرها پای کار بودند تا ساخت پل تمام شد. اول نفر هم خود سردار حشمت با اسب از روی پل گذشت تا خیال بقیه راحت باشد. کار و کردار بهادر ارشد خان هیچ به او نمی‌ماند. می‌گفت مهندس کشاورزی است که والله ما خودمان کشاورز بودیم و هرگز کشاورزی از ایشان ندیدیم. به‌هرحال ما مسئول بهشت و دوزخ او نبودیم. به ما مربوط نبود آنجا چه گهی می‌خورده. برای اهالی ارزش گرامافون کمتر از پل به آن عظمت نبود، مخصوصاً برای من.

صفحه شروع می‌کرد به چرخیدن. خش‌خشی می‌کرد و بعد از توی آن قیف بزرگ هشت‌پر طلایی به‌شکل گل ختمی، صدای زنی آسمانی درمی‌آمد. انگار گل ختمی به گل پامچال تعارف بزند و بگوید: «گل پامچال گل پامچال بیرون بیا...»[1] قلبم می‌کوبید به سینه‌ام. انگار هر ضربه‌اش حمد خدا کند. انگار بگوید الله‌اکبر. همه را حرف‌به‌حرف و کلمه‌به‌کلمه از بر بودم. هرازگاهی هم که بهادر ارشدخان به شهر می‌رفت و صفحه‌ای تازه می‌آورد، همان بار

---

[1]. آوازی از روح‌بخش.

اول که می‌شنیدم، از بر می‌کردم. تمام راه برگشت به خانه این‌قدر تکرار می‌کردم که از خاطرم نرود.

کار خدا شد که مایهٔ ماست نزاکت خوب نبود و ماستش ترش از آب درآمده بود. دخترهٔ بی‌عقل نمی‌دانست مایهٔ ماست نباید ترش باشد. شیر را هم گرم مایه می‌کرد. اگر از من می‌پرسید حتماً بهش می‌گفتم شیر باید ولرم باشد؛ اما به من چه که نپرسیده بود. روزی که خانم داد و هوار کرد که ماست ترش است، گفتم اجازه بدهد من برایشان ماست ببندم. من از ماست خانهٔ خودمان برای مایه برده بودم و دبه‌شان را هم بدون اینکه بَیک‌ننه‌جانم بفهمد، از شیر گاو تازه‌زا پر کرده بودم. شیر آن گاو خوراک گوساله و خانهٔ خودمان می‌شد. یعنی قرار بود خوراک خانه باشد که ـ خدا از من بگذرد ـ من از شیر خانه و گوساله می‌زدم برای ماست خانهٔ خان. غیر از این راهی برای رسیدن به گرام نبود.

روزها بعد از دوشیدن مال و رفت‌وروب خانه راهی کوه می‌شدم. هر بار یک بغل گل گاوزبان، الهو، کما، زربه، دندان‌نسا ـ جانم بگوید ـ گل‌پر و سنبل‌الطیب و هزار جور گیاه کوهی که به فرمان خدا سبز شده بود، برای طبابت مادرم می‌چیدم. در فاصلهٔ بین تمام‌شدن هر جاجیم تا سرانداختن جاجیم بعدی، اوقات فراغتی حاصل بود. این فاصله گاهی به هفته‌ها می‌کشید و اگر بهار بود و هوا خوب و کار کشاورزی هم زیاد نبود، فراغتی می‌شد برای چیدن گل و سبزی کوهی.

مادرم سواد قرآن داشت و به داد مردم ده می‌رسید. اگر کسی گرفتار بود سراغش می‌آمد، از بیماری گرفته تا گرفتاری‌های خانواده. توی دعواها حَکَم بود. قابله بود برای زائو. حکیم بود برای مریض و خلاصه کدخدای اصلی ده مادرم بود. از همین گیاهان برای اهالی دارو درست می‌کرد. نه اینکه دیگران ندانند هر گیاه به کار کدام درد می‌آید. همه می‌دانستند و این گیاهان را سال‌های سال به هزار رقم مصرف کرده بودند؛ ولی وقتی مریض می‌شدند، می‌آمدند سراغ مادرم. می‌گفتند وقتی دارو را از دست مادرم می‌گیرند، افاقه است. یعنی گیاهان از مادرم حرف‌شنوی داشتند. بازیگوشی نمی‌کردند. وقتی

مادرم دارو را آماده می‌کرد، مثلاً جوشانده‌ای ضمادی یا هر جور خورندی، با صدای بلند با گیاه حرف می‌زد. به اسم صدایش می‌کرد و فرمان می‌داد. وقتی گل ختمی را توی موم عسل می‌ریخت، اول اجازه می‌گرفت؛ بعد شرح مریض را می‌گفت و بعد فرمان می‌داد.

- خانم‌گل اجازه باشه می‌خوام کمی موم عسل بریزم سرتون. موم خانم ملکهٔ کندوی عباسقلی‌خانه. از خانم ملکه اجازه گرفتم برای شفای طوبی عَم‌قزی. اگه شما هم مرافقت کنی و معجز خداداد گل ختمی رو از ما دریغ نکنی، شما رو هم‌بزنم، بجوشونم بدم طوبی عم‌قزی نوش جان کنه تا حناق گلوش باز شه. ختمی‌خانم جان قربونت برم همون کار که هزار بار برای ما کردی، باز هم بکن از گلو که پایین می‌ری، قر بده برو و ناخوشی رو بشور و ببر.

همان هم می‌شد. برای دردهای مرموز که نمی‌شد تشخیص‌شان داد، گاهی با تخم کدو صلاح و مشورت می‌کرد. می‌گفت کدوتنبل چندان هم تنبل نیست. الکی ننشسته‌اند کون گنده کنند؛ نشسته‌اند و دائم می‌روند توی بحر بقیهٔ گیاهان و با همدیگر غیبت می‌کنند. هزارویک چیز از هزارویک گیاه می‌دانند که از خدا دلشان می‌خواهد کسی ازشان بپرسد تا سیرتاپیاز هر گل‌وگیاهی را لو بدهند. امکان ندارد چیزی بدانند و نگویند. شده سرشان برود، حرفشان را می‌زنند و خلاصه عاشق غیبت‌کردن‌اند.

قبل از هر کار، کدو را گوشهٔ اتاق در حضور شخص دیگری می‌نشاند و خودش با طرف پچ‌پچ گفت‌وگو می‌کرد. گاهی خود مریض و گاهی اوقات هم من یا یکی از خواهرهایم می‌شدیم طرف صحبت. از قبل هم به طرف یاد می‌داد که چه باید بگوید. می‌گفت کدوتنبل‌ها به حرف مستقیم گوش نمی‌دهند. به حرف دیگران گوش می‌خوابانند. پس هر سؤالی یا حرفی لازم بود در حضور کدو به آن شخص گفته می‌شد.

- خانم بمانی گفتی گل‌گاوزبون به بی‌خوابی‌ات علاج نشد؟
- نه بَیک‌ننه‌خانوم، افاقه نکرد.

- خواب آدمی به هزار دلیل ضایع می‌شه. ما از کجا بدونیم مال تو کدومه.
- کاش یکی توی این دنیا می‌دونست.
- حتماً کسی هست که بدونه. خدا خودش هر رازی رو به یه موجودی می‌گه.
- بَیک‌ننه‌خانوم کاش می‌شد شما که طبیبی، ازش بپرسی.
- اگه بدونم کیه، قسمش می‌دم بهم بگه.

بعد تخم‌های کدو را درمی‌آورد، می‌شست، خشک می‌کرد، مغز می‌کرد و با مغز آن‌ها مشورت می‌کرد. می‌ریخت‌شان توی ماهیتابه و می‌گذاشت توی تنور. بعد از چند دقیقه درشان می‌آورد و یواش گوشش را می‌برد جلو. تخم کدوها اقلاً تا نیم‌ساعتی در گوش همدیگر پچ‌پچ می‌کردند و مادرم بهشان گوش می‌داد. من صدای چلیک‌چلیک‌شان را می‌شنیدم؛ ولی زبانشان را نمی‌فهمیدم. مادرم می‌گفت بعضی از تخمه‌ها می‌گویند «نه» و بعضی می‌گویند «ها». تعداد نه و ها را می‌شمرد و جواب درمی‌آورد. گاهی هم کلماتی می‌شنید و جواب می‌گرفت.

- به روی چشم. خود تخم کدو خوبه؟ باشه. چشم!

بعد هم به مریض می‌گفت روزی یک مشت تخم کدو بخورد تا شب سر راحت به بالین بگذارد.

گاهی برای زنی که ضعف بعد از زایمان عارضش می‌شد و همین باعث می‌شد اشک بریزد، دلِ آسمان ندیده تدارک می‌دید. می‌فرمود میش جوان برایش قربانی کنند و میش را سه روز قبل از ذبح، چند جور گیاه مخصوص می‌خوراند. یکی گل راعی بود، تخم گشنیز بود و چیزهای دیگر که یادم نمی‌آید. آب آخر را خودش به میش می‌داد و در گوشش آرام آرام حرف می‌زد.

- چاره چیه! هر چی خون تو بدن آسیه هست عوض این که شیر بشه بده به بچه‌اش اشک می‌شه و از چاک یقه‌اش روون. شما اجازه بدی، خانومی کنی، فداکاری کنی آسیه خوب می‌شه. راز سلامتی

خودت رو که توی دلت هست بده به دل آسیه. می‌خوام دل شما رو بدم آسیه بخوره.

گاهی میش را عوض می‌کرد و می‌گفت میشی دیگر بیاورند. می‌گفت میش راضی به فداکاری نیست. بعد از اینکه میشِ سربه‌راه پیدا می‌کرد و همه مراحل را می‌گذراند به قصاب می‌گفت قبل از این که شکم میش را باز کند اول شکاف کوچکی بدهد و دستش را از آنجا توی اندرون میش ببرد و دلش را طوری که آسمان نبیند و نور نخورد توی پارچه سیاهی بپیچد و دربیاورد. روی سر مریض حوله تیره رنگ بزرگی می‌کشید انگار که بخواهد بخور بدهد. همان زیر با چاقو دل را می‌برید و ریزریز و خام به خورد مریض می‌داد.

تنها چیزی که اکراه داشت تجویز کند قاطرسُم بود. می‌گفت: «دستم نمی‌ره برای دفع بچهٔ ناخواسته دوا درست کنم. دلم روا نیست.» ولی گاهی ضرورت حفظ جان زنِ کم‌بنیه‌ای که بچه‌های کوچک داشت و باز حامله شده بود پیش می‌آمد، گاهی پای زنی که اسیر دست شوهر بد بود و نمی‌خواست با بچه اسیرتر بشود و اندک امید آزادی‌اش برباد رود در کار بود، گاهی آبروی دختری نادان و سربه هوا که کار دست خودش داده بود درکار بود و مادرم با هزار استغفار تراشیده قاطرسم را با رازیانه و مریم‌گلی می‌جوشاند و به خورد مریض می‌داد و بعد هم می‌گفت صد رکعت نماز به درگاه الهی ببرد و گریه و استغفار کند و تا بخشش از خدا نگرفته دست از دعا برندارد. طرف می‌گفت از کجا بفهمد خدا بخشیده یا نه. جواب می‌داد: «یه روز بعد از دعا و گریه به درگاه باری تعالی خودت می‌فهمی که دلت سبک شده و این راحتی خیال امر از خدای پروردگاره.»

کوه رفتنم برای خدمت به اهالی بود؛ وگرنه من از آن دخترهای عاطل‌وباطل نبودم که برای خوش‌گذرانی بروم کوه. یک روز بهاری که به کوه رفته بودم، کوه غرق گل بود. بوی گل همهٔ دنیا را برداشته بود. هرچه بالاتر می‌رفتم، گل‌های نایاب‌تری یافت می‌شد. سبدم پر شده بود؛ ولی دلم نمی‌خواست برگردم. خواندم خواندم خواندم تا از خستگی روی بوته‌های آبی گل‌گاوزبان خوابم برد.

صبح زیر کرسی از خواب بیدار شدم و دیدم گل‌هایی که چیده بودم، توی سطلی در ایوان است. عجب کردم! چطور شده؟ آقاجانم سر نماز از حیرت من خنده افتاد. لب گزید و بقیهٔ نمازش را خواند. بَیک‌ننه‌جانم سر حوض سطل می‌شست برای دوشیدن شیر. هوار کرد:

- گلزار، جوون نمیری، چقدر می‌خوابی. سینهٔ میش‌ها و گاوها می‌ترکه اگه نری سراغشون.

چرا چارقدم سرم نبود؟ از روی بند رخت ایوان چارقدم را برداشتم و سر کردم. صباح صبح خنک بود. جلیقه تن کردم. رفتم سر حوض وضو بگیرم.

- صبح‌به‌خیر بَیک‌ننه‌خانوم.
- خیر نبینی عقرب فتّان. کوه الرویا غرق گله. سیالان چه می‌کردی؟ گرگ پاره‌ات می‌کرد، چه می‌کردیم؟ یه دسته گیاه برای دارو می‌خواستم، علف خرس که طلب نکرده بودم. رفتی سیالان رو درو کردی که چی؟ داشتی سر از جیرگوشه درمی‌آوردی. اجنه می‌بردت چه خاکی به سر می‌کردم؟ ای کاش اجنه‌ای، آلی، گرگی می‌بردت خلاص می‌شدم.

وضو گرفتم رفتم طویله. باید چهل‌وهشت میش و چهار گاو را می‌دوشیدم. نماز آن روزم قضا شد. از بس مادرم عصبانی بود روی سؤال‌کردن از او را نداشتم که ببینم چطور آمدم خانه. بعد که فکر کردم دیدم خب معلوم است چطور؟

بالای کوه آواز سر داده بودم و حکمت‌جان بی‌بی‌قلی از ده صدای مرا شنیده یا چه می‌دانم شاید از سکوت پرنده‌ها و زنبورهای عسل بو برده من دارم آواز می‌خوانم. حکمت‌جان هم فکر کرده: «ای وای گلزار رفته کوه و غروب نزدیکه. اگه خسته بشه و خوابش ببره گرگ می‌خوردش.» و سراسیمه سوار اسبش ـ اسب سیاهی داشت ـ شده و تاخت کرده به‌سمت سیالان.

توی مسیر از بوته‌های کچل گل‌گاوزبان رد مرا گرفته. همان‌طور که داشته بوته‌های خالی از گل را یکی‌یکی دنبال می‌کرده، یک‌مرتبه کمی دورتر، وسط بوته‌های پرگل آبی، بوته‌ای پر از گل‌های درشت قرمز دیده. تعجب کرده.

نزدیک‌تر آمده و دیده من سرم را گذاشته‌ام روی سبد گل‌هایی که چیده‌ام و خوابیده‌ام. پیراهن بلندم با گل‌های قرمز توی باد پف کرده بوده و تکان می‌خورده؛ طوری که قبل از اینکه ببیند خوابم، به نظرش رسیده کسی دارد می‌رقصد. به این سوی چراغ، بعدها خودش عین همین را برایم تعریف کرد.

- با خودم گفتم: «خدایا این دیگه چه‌جور گلیه؟ تابه‌حال توی این منطقه چنین گلی ندیده‌ام. خدایا بوی این گل چه آشناست. ای وای، انگار آدمیزاده که داره می‌رقصه. نه، انگار خوابیده.» دیگه جلوتر نیومدم از بوی خوش، دونستم تو اونجا خوابی. خدایا چه باید می‌کردم؟ جسارت نداشتم نزدیک شم و بیدارت کنم. اگه از شرم، دل کوچیکت از تپیدن می‌موند، چه می‌کردم؟ دور موندم و صدا زدم: «خانم‌گلزارخانم! دختردایی‌جان! دای‌قزی‌جان! حالت خوبه؟ اینجا خوابیدن صلاح نیست.» ولی بیدار نشدی که نشدی. نگران شدم نکنه از هوش رفته باشی. چاره نبود. نزدیک شدم. چارقدت کنار سبد افتاده بود. خدا شاهده که نگاه نکردم. می‌دونستم چشم هیچ نامحرمی به این گیسوی سیاه نیفتاده. روا نبود بی‌اجازه نگاه کنم.

حکمت‌جانم مثل نقره پاک بود. چشمانش را بسته، چارقد را دورم پیچیده که دستش به بدن من نخورد. قدیم چارقد پشمی ترکمن سر می‌کردم. بزرگ بود. دولا که روی سر می‌انداختم دوطرفش می‌آمد تا زیر زانو. بعد مرا بغل گرفته و گذاشته پشت اسب. گل‌هایم را هم گذاشته توی خورجین. می‌گفت دو طرف خورجین پر شده بود. غیرتش اجازه نداده خودش هم سوار شود. من سواره و او پیاده مرا برده خانه. به ده که رسیده، دیگر هوا تاریک شده بوده. به سرعت باد می‌دویده که کسی متوجه نشود بار اسب چیست.

اگر نبود، الان همهٔ ما نبودیم. گرگ مرا خورده بود. هیچ‌کدامتان هم که قدردان نیستید. اصلاً گل خانواده وجود نداشت. اصلاً همین شد که پدرم مرا داد به حکمت‌جان. من بچه بودم، سنی نداشتم. عقلم به شوهر نمی‌رسید. هنوز توی صحرا پی پروانه‌ها می‌دویدم. ولی پدرم گفت: «جانت را نجات داده

بالشت پَرم شوهر

و حق دارد تو را بخواهد. من به این مرد مدیونم. خدا روا نیست دلش بشکند.»

۳

چشم دیدن هیچ پیرزنی که شوهرش نمرده بود را نداشت. از آن‌ها بدتر پیرزن‌هایی بودند که شوهرشان مرده بود و دوباره شوهر کرده بودند، مثل مادرجون خدیجه مادر مادرم. این دشمنی فقط شامل پیرزن‌ها نبود. چون خودش را اصلاً پیر حساب نمی‌کرد. بهتر بگویم هر زنی که شوهر داشت، دشمن بود و حتی دخترهای جوان دم‌بخت که شوهر نداشتند هم. از آن‌ها بیشتر بدش می‌آمد. از اینکه آن‌ها بازارشان گرم است، خواستگار دارند، بالاخره هر یک ماجرای عاشقانه‌ای دارند و به‌زودی هم شوهر می‌کنند حالش بد می‌شد.

راجع به جنده‌ها هرگز حرفی نمی‌زد؛ ولی یقین دارم که بیشترین حسودی و دشمنی متوجه آن‌ها بود. نه‌تنها صدها مرد داشته‌اند، بلکه صدها ماجرا دارند که هر کدام از این ماجراها می‌تواند در ذهن او به داستانی عاشقانه تبدیل شود. همیشه می‌گفت زن‌هایی هستند که می‌ارزند به صد تا مرد ـ که منظورش خودش بود ـ این‌جور زن‌ها حیف و هدر می‌شوند؛ اما شوهران‌شان خوشبخت‌ترین موجودات عالم‌اند.

با دخترهای خودش هم آبش توی یک جوی نمی‌رفت. خدا پدر عمه‌جانم را بیامرزد که گاهی به رویش می‌آورد. یکبار بهش گفته بود: «حسودی برازندهٔ پیرزنی که پاش لب گوره نیست.» بهش گفته بود که نباید با رفتارهای زننده‌اش آبروی بچه‌هایش را ببرد. او اما می‌گوید عمه بی‌حیاست. جلوی او رفته روی پای شوهرش نشسته، بعد هم به او گفته حسود.

اما از زن‌هایی که شوهر داشتند و شوهرشان طوری به او مربوط بود، از همه بیشتر متنفر بود. مثلاً زن برادرش که شصت، هفتاد سال جنگ سرد علنی توی تاریخچه‌شان بود، که بعداً باید مفصل برایتان تعریف کنم، یا مادرم که زن پسرش بود. دربارهٔ این‌ها بدجنسی‌هایی به خرج می‌داد که کار هرکسی نبود. شاید فکر کنید اینکه عروس‌ها و مادرشوهرها باهم اره بده تیشه بگیر دارند، عادی است. درست! اما تعجب من از این بود که چرا مادرم

دشمنی‌های او را اصلاً به روی خودش نمی‌آورد و از او طرف‌داری هم می‌کرد. خودش که هیچ، حتی وقتی پای مادرش در میان بود، باز از این عقرب دفاع می‌کرد.

بعد از یک هفته که از خانهٔ عمه برگشته بود ـ همان آخرین باری که دعوای سختی کرده بودند و از آن به بعد دیگر پایش را خانهٔ عمه نگذاشته بود ـ تا دید مامان خانه نیست، برافروخته شد.

- باز مادرت صابون مالید کف پاش کجا رفت؟
- رفته شمال پیش مادرجون خدیجه. مادرجون افتاده و دستش شکسته.
- وا! اون که شوهر داشت. چه لوس‌بازی‌ها! مادر و دختر یکی از یکی ددری‌تر! بی‌بی زهرا، کُس به صحرا! اگه بشینی تو خونه‌ات که از این اتفاق‌ها نمی‌افته. این زن همیشه به گشت‌وگذاره. می‌گن یه شمالیه افتاد تو آب گفت: «ای آب منو هر جا می‌بری ببر، خونه نبر».

البته این یک ضرب‌المثلی است که طالقانی‌ها در مورد خودشان می‌گویند.

- چه ربطی داره نن‌جون‌خانوم؟ مگه کسی که شوهر داره، دستش نمی‌شکنه؟
- اتفاقاً می‌شکنه، خوب هم می‌شکنه. اصلاً باید بشکنه. کسی که شوهر داره و به من دل‌شکسته شوهرنمایی می‌کنه، معلومه که دستش می‌شکنه. خدا قهرش می‌گیره. چوب خدا صدا نداره دخترجان. خوبش شد.

وقتی مامان برگشت، با خوش‌حالی همین‌ها را بهش گفتم. این دفعه طرف‌حساب من نبودم، خودش و مادرش بودند و حتماً بهش برمی‌خورد. مادرم وقتی شنید، صورتش سرخ شد و نفس عمیقش را در قالب فوت محکمی بیرون داد. همیشه وقتی عصبانی می‌شود، فوت می‌کند. داشت گوجه‌فرنگی خرد می‌کرد. چیزی نگفت و تمام عصبانیتش را سر گوجه‌های بدبخت که لت‌وپار افتاده بودند روی تخته، خالی کرد.

- پاک دیوونه شده. می‌گه خوب شد دست مادرجون شکست. می‌گه مادرت بهش شوهرنمایی می‌کنه. اصلاً شوهرنمایی چیه؟ تو تا حالا شنیده بودی؟

و زدم زیر خنده. مامان کفری‌تر شد.

- اصلاً می‌دونی چیه؟ راجع به مادر من گفت، خوب کرد گفت. به تو چه؟

با این برخورد آب پاکی را ریخت روی دستم.

ماجرا از آنجا شروع شد که مادرجون خدیجه و شوهرش، حاج عبدالله، که قاعدتاً باید بابابزرگ ما باشد ولی نیست و البته ما بابابزرگ صداش می‌کنیم، از شمال آمده بودند تهران و مهمان ما بودند. سر سفره مادرجون کنار شوهرش یک طرف سفره نشسته بود و ننجان روبه‌رویشان. ننجان این‌قدر از غذا ایراد گرفت و غر زد و به شوهر خدابیامرزش بدوبیراه گفت که همه معذب شدند. بعد هم غذا خورده‌نخورده، گفت حالش خوش نیست و رفت توی اتاقش. غذا به همه زهرمار شد. البته کسی به روی خودش نیاورد.

فردای آن روز که مادرجون و بابابزرگ رفته بودند بازار، شروع کرد به معرکه‌گیری.

- دیدی زنک چطور شوهرنمایی می‌کرد! جلوی من، زنی که داغ شوهر جوونش به دلشه، نشسته پهلوی شوهرش انگار تازه‌عروس پاگشا کردن. قباحت هم نمی‌کنه.

روز بعد سر ناهار مامان طوری تنظیم کرد که بابابزرگ یک طرف سفره باشد، مادرجون روبه‌رویش و ننجان ضلع مابین این دو. باز کولی‌بازی درآورد: «ای وای چشمونم نمی‌بینه.» هی چشم‌هایش را تنگ و گشاد کرد و هی سرش را عقب و جلو برد و کاسۀ ماست را کشید جلوی خودش و شروع کرد به خوردن و گفت که فکر کرده سوپ است. بعد هم از ترش‌بودن ماست شکوه کرد و گفت ترشی برای قلبش ضرر دارد و هی به روزگار فحش داد. بعد هم رو به بابابزرگ کرد و گفت:

- حاج عبدالله شما چشمونتون آب‌مروارید آورده؟

- نه، فقط برای مطالعه عینک پیرچشمی دارم.
- آخه دیدم سفیدی سیاهی چشمونتون قاتی شده، شده عین نیمرویی که زرده‌اش پاره بشه؛ گفتم شاید خدای‌نکرده چشمونتون معیوب شده. خدایا چشم که نبینه، زندگی به چه درد می‌خوره. خدایا تا کور نشدم و محتاج دست این‌واون، پردهٔ روم رو بپوشون. حکمت‌جان بیا و من رو ببر.

این را گفت و زد زیر گریه و عینکش را از چشمش برداشت و پرت کرد توی سفره، کنار بشقابش. یادم افتاد که صبح مادرجون داشت برنج پاک می‌کرد و چشمش خوب نمی‌دید. عینکش کثیف بود. من هم عینکش را برایش پاک کرده بودم، بدون اینکه به عواقب دردناکش توجه کرده باشم چون نن‌جان داشت زیر چشمی نگاه می‌کرد. حتماً الم‌شنگهٔ سر غذا برای همین بود. سریع رفتم از توی اتاقم اسپری و دستمال مخصوص تمیزکردن عینکم را آوردم و گفتم: «نن‌جون خانوم شما چشمت خوبه. ماشاءالله هزار ماشاءالله هنوز سوزن نخ می‌کنین. اشکال از عینکه. بدین براتون تمیزش کنم.»

عینکش را پاک کردم و دادم بهش. انگارنه‌انگار که داشت زمین‌وزمان را به‌هم می‌دوخت و از ترشی ماست و مضرات آن شکایت می‌کرد. خنده‌ای کرد و عینک را زد به چشمش و شروع کرد به خوردن.

- آخیش! خدا عمرت بده دخترجون. تو رو نداشتم تو ظلمت روزگار می‌موندم. انگار چراغ روشن شد. آخه چشمون کبودرنگ خیلی به ناپاکی حساس‌ترن. چشم‌سیاه‌ها آش هم رو عینکشون بریزه، عین خیالشون نیست. اون ظرف ترشی رو بده من. ترشی تحلیل چربی غذاست، برای سلامتی خوبه.

هر بار که دلم برایش می‌سوخت، سریع پشیمانی به بار می‌آورد. این یکی از دروغ‌های خیلی احمقانه‌اش بود که مرتب هم تکرارش می‌کرد. معمولی‌ترین چشم‌های قهوه‌ای تیره را داشت و با اصرار می‌گفت چشمانش کبود است که خود کبود هم هیچ معلوم نیست یعنی چه رنگی. اوایل فکر می‌کردم شاید فرض کرده کبود یعنی قهوه‌ای ولی دیدم نه، اصلاً منظورش چشم تیره

نیست. به طیف روشن سبز و آبی و میشی و عسلی می‌گوید کبود و خودش را هم در همان طیف در نظر می‌گیرد. فکر کرده بودم غائله ختم شده، ولی نشده بود. روز بعد مادرجون و بابابزرگ رفتند خانهٔ خاله و عقرب جرّار دوباره شروع کرد.

- این زن حیا نداره انگار. دیدی چطوری به من شوهرنمایی می‌کرد؟

مامان جلوی تلویزیون که راز بقا پخش می‌کرد، نشسته بود و سیب‌زمینی پوست می‌کند. با نفسی عمیق شانه‌هایش رفت بالا و فوت بلندبالایی کرد؛ ولی به روی خودش نیاورد و دقیق شد به کلاغ‌های کوه‌های کلیمانجارو.

- حرف از مادرته. شاید خوشت نیاد؛ ولی تو بهش بگی بهتره تا یه غریبه بهش یه متلکی بگه که تا در خونهٔ خدا بسوزه. برای من کاری نداشت سخن‌سوزش کنم؛ ولی می‌دونی که من چقدر خوددارم. ملاحظهٔ تو رو کردم. دیدی چطوری جلوی من نشسته بود روبه‌روی شوهرش و هر قاشقی که دهن می‌ذاشت، عوض شکرانهٔ پروردگارِ نعمت، زل می‌زد تو چشمون شوهرش؟ خب که چی؟ چشمون کورمکوری شوهرش کبود هست که هست، چشمون حکمت‌جانم هم کبود بود، یه بار به کسی پز دادم؟ یه بار به کسی شوهرنمایی کردم؟ یه بار شما از دهنم شنیدین که چه چشمون قشنگی داشته؟ یه بار گفتم با اینکه همهٔ دخترهای ده می‌مردن برای چشمون خمارش، ولی او که از نقره پاک‌تر بود، محل سگ به هیچ‌کس نمی‌داد از بس عاشق من بود؟ همون طوبی کون‌استخوانی یه بار سر تاب‌خوردن سیزده‌به‌در ادا درآورده بود که یعنی ترسیده و خودش رو انداخته بوده روی حکمت‌جانم. گفته حالش بده و می‌خواد بره خونه. بعد هم در گوشش گفته بوده: «دلم می‌خواد بچه‌هام مثل تو چشمونشون کبود باشه. چی‌کار باید بکنم؟» حکمت‌جان اما دخترهٔ پتیارهٔ مُردنی رو سوار خر امیرداش کرده و گفته: «اگه ترسیدی برو خونه، من نمی‌تونم همرات بیایم. می‌خوام گلزار رو تاب بدم.» البته من از اون دخترها

نبودم که سیزده‌به‌در لنگانم رو هوا کنم تاب بخورم. حکمت‌جان می‌خواسته حساب کار بیاد دست طرف که اسم من رو آورده. این‌طور من رو می‌خواست.

مامان دوباره فوت بلندبالایی کرد و یواشکی دستش را برد سمت کنترل و صدای تلویزیون را زیاد کرد. بعد سیب‌زمینی‌هایی را که قرار بود برای سرخ‌شدن باریک‌باریک بریده شوند، دوپاره سه‌پاره کرد انداخت تو سبد. سبد را کوبید به تخته، تخته را کوبید به چاقو و با سروصدا رفت توی آشپزخانه.

- گوشت با منه؟ حالا بهت برنخوره، ولی خوبه برای حرف ارزش قائل باشین.
- نن‌جون‌خانم من که چیزی نگفتم. داشتم گوش می‌دادم.
- کون جزو عصمت نیست؟ صد بار گفتم موقع حرف‌زدن یه بزرگتر عرّوگوز تلویزیون بی‌احترامیه، صداش رو کم کنین یا اصلاً اون قوطی خر دجّال رو خاموش کنین. تازه برای چشم هم ضرر داره. اون به درک! صد بار گفتم وسط حرف بزرگ‌تر از اتاق نرید بیرون. شنونده باشین و حرف رو بی‌ارزش نکنین. کو گوش شنوا؟
- ببخشین نن‌جون‌خانوم غذا سر گازه، باید رسیدگی کنم.
- صاب‌اختیارین. الان رو نمی‌گم. نَقل کلی کردم.

بعد هم چشم‌هایش پر از اشک شد و شروع کرد به غرزدن: «من رو بگو که برای کی دارم پستون به تنور می‌چسبونم و نصیحت می‌کنم! خدایا ببین کجا گیر افتادم! یه نفر هم‌کلام ندارم. ز بس غربت کشیدم وطن از یادم رفت، ز بس خاموش ماندم سخنان شیرین از یادم رفت.» به نظر می‌آید اگر این شعر مسخره واقعاً وجود داشته باشد و او از خودش درنیاورده، باید به‌جای سخنان شیرین فقط سخن باشد. یعنی این‌طور: ز بس غربت کشیدم، وطن از یادم رفت، ز بس خاموش ماندم سخن از یادم رفت. ولی از آنجا که سخنانش به نظر خودش نغز و شیرین است، حاضر است برینند توی قافیهٔ شعر؛ ولی تأکید شیرینی کلامش را فراموش نکند.

مادرم هم عین من حوصله‌اش را نداشت. یعنی هیچ تنابنده‌ای حوصله‌اش را نداشت؛ ولی نمی‌دانم چرا حتی یک بار هم برنگشت بهش بگوید: «خفه شو» تا خیال خودش و مرا برای همیشه راحت کند. والله اگر کاری به کار من نداشت، من هم مرض نداشتم بگویم سگ! سگ! بیا پاچه‌ام را بگیر. دائم خدا می‌خواست خواسته‌های خودش را از طریق من عملی کند. می‌خواست در قالب من زندگی کند، زندگی‌ای غیر از زندگی خودش. دلش می‌خواست هرآنچه از من می‌خواهد، اجرا کنم. می‌خواست من بنده و بردۀ او باشم و تمامی زندگی‌های نکردۀ او را برایش یا به‌جایش زندگی کنم.

بازی‌های ویدئویی و آواتار و این‌جور چیزها بهترین مثال‌های وضعیت بین من و ننجان بود. می‌خواست من آواتارش باشم. از همه کارش احساس بد بردگی بهم دست می‌داد؛ حتی از اینکه وقتی راه می‌رفتم، نگاهم می‌کرد، ناراحت می‌شدم. چون می‌توانستم چیزی را که او می‌دید، تصور کنم. انگار با چشم‌هایش با مفاصل بدن من اتصال برقرار می‌کرد و از این طریق می‌خواست برای بدن من دستور صادر کند. از همه مهم‌تر درد شوهر داشت و به‌شدت دلش می‌خواست من شوهر کنم. می‌ترسیدم شوهر کنم بیفتد به جان شوهرم، برایش قر و عشوه بیاید و ازش تقاضاهای ناجور بکند. چه می‌دانم، از این افعی همه کار برمی‌آمد.

-   شیک بنشین.

-   بله؟!

-   اون‌طور نشستن پرازندۀ ـ منظورش برازنده بود ـ دختر نیست. سر خم نکن.

-   یعنی چی؟ خب دارم درس می‌خونم. چطوری سر خم نکنم؟

همان‌طور که روی زمین چهارزانو نشسته بود، یک دستش را گذاشت سر زانویش. سینه‌اش را داد جلو و عین بودا سیخ نشست و گردنش را به‌زور تا جایی که می‌توانست، کشید بالا. چشمانش را خمار کرد و به دوردست خیره شد. بیشتر از چند ثانیه نتوانست در این وضعیت بماند که البته برای اینکه به من سرمشق بدهد، کافی بود.

- اینطور. من همیشه اینطور بودم؛ حتی وقتی توی زمین گندم می‌چیدیم.
- واقعاً؟ می‌شه خواهش کنم فقط یه لحظه نشون بدین چطوری با این وضعیت عصا قورت‌داده، گندم می‌چیدین؟ اگه نشونم بدین، شاید من هم بتونم روی صندلی در حال کتاب‌خوندن، اجراش کنم.
- پیر مسخرۀ جوونه و فقیر مسخرۀ دولتمند! من برای خودت می‌گم. پس‌فردا شوهر می‌کنی، باید بلد باشی چطور رفتار کنی که همیشه به چشمش شکیل باشی.

قوزی بود و آن‌قدر مچاله که توی خاک‌انداز جا می‌شد. دلم می‌خواست بدانم وقتی توی آینه نگاه می‌کند، دقیقاً چه می‌بیند که دائم شیک‌نشستن را به من یادآوری می‌کند. آیا میزان پیرچشمی با اندازۀ چروک‌های صورت نسبت مستقیم دارد؟ آیا تصورات ذهنی بر بینایی مقدم است؟ اگر کور نیست، حداقل بیایید قبول کنیم که خیلی مادرقحبه است. اینکه زیر بار سنش نمی‌رود انکار معقول‌تری است از اینکه ظاهرش، یعنی اتفاق دیداری را که در چشم هر بیننده‌ای حاصل می‌شود، را انکار کند.

حالا من هی بدش را گفتم، ولی ذاتاً آدم مهربانی بود. یعنی مادرم این را می‌گفت و پدرم هم همین‌طور. فقط وقتی پای آرزوهای بربادرفته‌اش در میان بود، از هیچ‌چیز فروگذار نمی‌کرد تا تصویری از آنچه دلش می‌خواست باشد و نبود یا بود و دیگر نیست، در ذهن دیگران بسازد. کوچک‌ترین حرف یا حرکتی که با این خواسته‌اش سازگاری نداشت، به بی‌رحمانه‌ترین شکل انکار و سرکوب می‌کرد و خب این تقریباً شامل تمامی موقعیت‌ها می‌شد. این بود که آن خوی نرم مهربان و دست‌ودلبازش را تابه‌حال کسی ندیده بود. اقلاً من یکی که ندیده بودم.

البته دروغ چرا؟ بچه که بودم، خیلی دوستش داشتم. خب بچه بودم، عقلم نمی‌رسید. نمی‌فهمیدم دروغ می‌گوید. از دروغش گذشته به‌هرحال پرچانگی‌اش به نفعم بود. امکان نداشت سؤالی بکنم و هزار تا جواب، ولو

مزخرف، توی آستینش نداشته باشد. کدام بچه‌ای عاشق چنین مادربزرگی نمی‌شود؟ وقتی که هیچ بزرگ‌تری حوصلهٔ آدم را ندارد، چه نعمتی از این بهتر که کسی با اشتیاق ساعت‌ها با آدم حرف بزند. شاید هم دلیلش این بود که هنوز مرا به‌عنوان آواتارش انتخاب نکرده بود.

آنوقت‌ها هر شب موقع خواب، کلاهی روی دو تا چارقدی که سرش بود، به سر می‌کرد و بدون آنکه خودش بشنود ـ با آن‌همه باروبَندیل روی سر و با آن گوش کر مطمئن بودم نمی‌شنید ـ آن‌قدر قصه می‌گفت تا خودش خوابش می‌برد. البته زود خوابش می‌برد؛ ولی بیدارش می‌کردم و یادش می‌آوردم کجای قصه بوده و او هم بدون اینکه ناراحت بشود، ادامه می‌داد تا دوباره خوابش می‌برد. تا به آخر قصه برسیم، بارها و بارها بیدارش می‌کردم و او دوباره خوابش می‌برد.

به دو دلیل بیدارش می‌کردم: اول اینکه بقیهٔ قصه را بگوید و دوم اینکه من باید زودتر از او خوابم می‌برد؛ وگرنه می‌ترسیدم. دندان‌هایش را موقع خواب درمی‌آورد و بدجوری هم خرّوپف می‌کرد. لپ‌هایش که عین برگهٔ زردآلو پلاسیده و پرزدار بود، باد می‌شد و یک‌مرتبه با صدای خفیف انفجارمانندی بادش خالی می‌شد. کله به آن بزرگی و صورت به آن کوچکی و چروکیدگی هی باد بشود و با صدا خالی بشود، چیز وحشتناکی است یا دست‌کم برای یک بچه، آن هم وسط آن قصه‌های ترسناکی که او می‌گفت، چیز جالبی نیست. پس چاره‌ای نبود جز اینکه مرتب بیدارش کنم.

الان که فکر می‌کنم، به نظرم مهربان بود؛ چون حتی یک بار هم از این بابت چیزی بهم نگفت. حاضرم قسم بخورم اگر یک شب با مامانم این کار را می‌کردم، شبانه مرا توی کیسه زباله می‌گذاشت دم در.

قصه‌ای بلد بود به اسم «گنجشککی سرگشته». غمناک‌ترین قصه‌ای است که به عمرم شنیده‌ام. خدایا چرا بچه‌های بدبخت باید این‌جور داستان‌ها را بشنوند. البته الان که فکر می‌کنم، می‌بینم تمام داستان‌های کودکان زمان ما وحشتناک بودند. خدا می‌داند کی و کِی و چرا این مزخرفات را به‌هم بافته

و بزرگ‌ترهای احمق هم در طول تاریخ بدون فکر آن‌ها را برای بچه‌هایشان تعریف کرده‌اند.

اما بدترین‌شان «گنجشککی سرگشته» بود. برادر و خواهر یتیمی که زن‌باباشان کتکشان می‌زد، از خانه فرار می‌کردند و برادر که کوچک‌تر بود توی برف و سرما از گرسنگی توی بغل خواهرش می‌مرد و بعد خواهرک بینوا او را با گلاب می‌شست و زیر بوته گلی دفن می‌کرد. سال‌ها بعد، وقتی خواهر دیگر پیر شده بود، هر روز کنار پنجره می‌نشست تا پرنده‌ای بیاید و برایش آواز بخواند. آواز پرنده این بود:

گنجشککی سرگشته

صد کوه و کمر گشته

آن قحبه مرا کشته

آن گیدّه مرا خورده

خواهرکی داشتم دلسوز دلسوز

استخوان‌های مرا جمع کرده

با آب و گلاب شسته

زیر گل بوته دفن کرده

خدا منو یک گنجشکک ساخته

به اینجای داستان که می‌رسید، من سرم زیر پتو بود و داشتم به‌زور صدای گریه‌ام را می‌خوردم و اشک‌هایم را با پتو پاک می‌کردم. همین الان هم بغض دارد عین مته گلویم را سوراخ می‌کند. با اینکه تمام شعر را نمی‌فهمیدم، باز هم برایم سوزناک بود. قحبه را می‌دانستم فحش است؛ اما نمی‌دانستم یعنی چه. گیدّه را هم اصلاً نمی‌دانستم، فقط حس می‌کردم از قحبه بدتر است؛ چون آن کسی بود که برادرک را خورده بود. کلمه‌اش هم طور غریبی بود. هر بار هم می‌پرسیدم: «گیده یعنی چه؟» ولی جواب نمی‌داد. از هرکس هم می‌پرسیدم، نمی‌دانست یعنی چه. یک بار هم با بچهٔ همسایه دعوا کردم و توی دعوا بهش فحش دادم و ته همهٔ فحش‌ها گفتم گیدّه. او هم خندید و مرا مسخره کرد و گفت: «تو که فحش دادن بلد نیستی، خفه شو.» الان که

فکر می‌کنم و با در نظر گرفتن قافیه به‌گمانم آن کلمه که ننجان سانسور می‌کرده «جنده» بوده و چون ننجان نمی‌خواسته بدآموزی کند، آن را به گیدّه تغییر داده بوده.

مامانم تازه علی را زاییده بود و من همه‌اش فکر می‌کردم صبح که بروم سراغش، علی توی گهواره‌اش نخواهد بود و من باید مشتی استخوان را با آب و گلاب بشویم و دفن کنم و برای همیشه سرم به آسمان دنبال گنجشک‌های سرگشته باشد.

همیشه آخر قصّه می‌گفت: «اوستَنَک راست، یه پیالک ماست». می‌پرسیدم: «اوستَنَک یعنی چی؟» جواب می‌داد: «یعنی همین که گفتم.» نمی‌فهمیدم یعنی کدام که گفت و اصلاً به پیالهٔ ماست چه ربطی داشت. بعدها توی تلویزیون دیدم آخر برنامهٔ داستان، قصه‌گو می‌گوید «بالا رفتیم ماست بود، قصهٔ ما راست بود. پایین اومدیم دوغ بود، قصّهٔ ما دروغ بود.» احتمالاً پیالهٔ ماست ننجان به این عبارت رایج ته داستان‌ها ربط پیدا می‌کرد. «اوستَنَک» هم شاید داستانک یا افسانک باشد. نمی‌دانم آیا همهٔ طالقانی‌ها به آخر کلمات «ک» اضافه می‌کنند یا عادت خودش بود. به‌هرحال به «ماست و راست» اشاره می‌کرد؛ ولی حرفی از «دوغ و دروغ» به میان نمی‌آورد. شاید برای همین داستان‌های او را مثل واقعیت باور می‌کردم و غصه می‌خوردم.

خود این عبارت «بالا رفتیم ماست بود، قصهٔ ما راست بود. پایین اومدیم دوغ بود، قصهٔ ما دروغ بود» هم به نظرم حرف حکیمانه‌ای می‌آید. اگر فرض کنیم ماست و دوغ که ماهیت‌شان یکی است از بالا نگاه کنیم راست است و از پایین نگاه کنیم دروغ، چه واقعیت شگفت‌انگیزی به‌دست می‌دهد. یعنی اگر کسی بگوید این عبارت از مولاناست، مثلاً مهم‌ترین درس شمس به مولانا بوده، هیچ تعجب نمی‌کنم.

دوباره به این فکر می‌کنم که چرا توی داستان‌های کودکان بدبخت حتی یک بخش مربوط به آن‌ها هم در نظر گرفته نشده. سر تا ته قصه یا ترسناک است یا خشونت‌بار یا فلسفی یا ادبی. شاید برای همین آدم‌ها این‌قدر اشتباه هستند و نمی‌شود از هیچ‌کدام‌شان سر درآورد. ما همه از نهال کج شده‌ایم.

۴

آن سال سیزده‌به‌در من تاب نخوردم. نه اینکه بترسم. همه می‌دانستند من از شیر نر هم نمی‌ترسم، چه برسد به تاب بلند یا جواب سؤال مردم را دادن. نه دروغگو بودم و نه رازی داشتم که بخواهم از کسی پنهان کنم و نه سروسِری با کسی که از برملا شدنش بترسم. من از نقره پاک‌تر بودم. فقط حیا مانع می‌شد خودم را به نمایش بگذارم. آن‌جور دختری نبودم که در هر فرصتی خودم را ولو کنم در انظار.

البت یک بار، فقط یک بار تاب خوردم. آن هم حکمت‌جان مرا تاب داد. چنان جذبه‌ای داشت که کسی جرئت نمی‌کرد مرا نگاه کند. طوری تاب می‌خوردم که مرغان هوا از من عقب می‌ماندند. تاب لب دره بود و از نیمه‌راه زیر پای آدم خالی می‌شد. اول بار که تاب رها شد، انگار بفرما تیر از چلهٔ کمان پر کشید. کسی زهرهٔ پرسیدن سؤال‌های جلف از من نداشت. ولی خب آدمِ بیخود همه‌جا هست. یک وقت دیدم آن طوبی کون‌استخوانی، دهن گشادش را باز کرد و گفت: «نامزدت رو بگو.» و غش‌غش زد زیر خنده. دخترهٔ مردنی جوری می‌خندید که زبان کوچک ته حلقش که مثل خایهٔ خر می‌جنبید، دیده می‌شد.

بالای دره بودم که صدای انکرالاصواتش به گوش رسید. بلند شدم و روی تاب ایستادم و خیز برداشتم که خودم را پرت کنم توی دره. حکمت‌جانم تا این صحنه را دید، از درخت بالا رفت و از بالای تاب طناب را کشید به سمت درخت، آنجا که زمین زیر پا بود. تاب مکث کرد و برگشت. دیگر روی دره نبودم. قبل از اینکه تاب برسد به پای درخت، طناب را چسبید و از آن بالا سُر خورد و خودش را رساند به بالای سرم. بعد هم حایل شد جلوی من تا مانع افتادنم بشود. اصلاً همین شد که آقاجانم مرا داد به او. گفت: «جونت رو نجات داده و روا نیست دلش رو بشکنم. اگه از عشق تو بمیره، اونوقت تو چطور می‌تونی زنده بمونی!»

اینکه می‌گویم تاب بلند، نه از این تاب‌های چسکی که شما توی پارک‌ها دارید. این ننوی بچه را که شما بهش می‌گویید تاب، هیچ شباهتی ندارد به آنچه من دارم راجع بهش حرف می‌زنم. هرکسی زهره نداشت سوار شود. سالی یک روز برپا بود، والسلام. سیزده به سیزده با سلام و صلوات هوا می‌کردند. خدا می‌داند کسانی یک سال تمام منتظرش می‌ماندند. تاب که فقط یک تاب نبود؛ مردم رویش حساب می‌کردند. کلی گره‌گشا بود. چه پیغام‌ها به همتش ردوبدل می‌شد و چه رازهای سربه‌مهر را برملا می‌کرد. نصف وصلت‌های ده سرآغازش همان تاب بود و چه «نه»های قرص و محکمی که به حکمش «آری» می‌شد.

یک تاب می‌گویم شما یک تاب می‌شنوی. دارم راجع به «زینت ننه‌دار» حرف می‌زنم. گوشَت با من است؟ درخت گردوی هفتصدساله، می‌فهمی چه می‌گویم؟ بلندترین تابی که توی پارک‌های این شهر هست، در مقابلش فرض کن بوتهٔ گوجه‌فرنگی. تازه آن‌هم نه روی زمین هموار، درخت بالای تپهٔ کُوگَهره (گهواره گاو) بود، درست لبهٔ پرتگاه به‌سمت دوزخ‌دره. وقتی تاب رها می‌شد، عمق دره هم به بلندای تاب اضافه می‌شد و گویی کسی که نشسته روی تاب، به پرواز درمی‌آمد. سوار چنین تابی شدن زهرهٔ شیر می‌جست.

ترس از بلندی تاب و عمق دره تنها دلیل اجتناب از تاب نبود. رسم دیگری هم در بین بود که روبه‌روشدن با آن هم جسارت می‌خواست. رسم این بود که تمام اهالی اجازه داشتند از شخصی که سوار است، یک سؤال بپرسند، هرچه که باشد و او هم می‌بایست جواب بدهد. یعنی تا وقتی که جواب نداده کسی که دارد او را تاب می‌دهد، تاب را متوقف نمی‌کند. پای طرف هم که به زمین نمی‌رسد. پس چاره‌ای نیست جز جواب‌دادن. اگر هم سؤال را بی‌جواب بگذارد، با ترکهٔ آلبالو آن‌قدر می‌زنند در کونش که بالاخره جواب بدهد. گذشته از همهٔ این شوخی‌ها، رسم بر جواب‌گفتن بود و جواب‌ندادن بی‌ادبی به حساب می‌آمد. کسانی که چیزی برای گفتن در دلشان بود، تاب می‌خوردند. بعضی‌ها خودشان عمداً تقلب می‌رساندند و قبل از سیزده شایعهٔ

چیزی را که دلشان می‌خواست ازشان سوال بشود، سر زبان‌ها می‌انداختند. یا به کسی اشاره‌ای از موضوع می‌کردند که یعنی دراین‌باره بپرسید.
مثلاً اگر جوانی عاشق دختری بود، دلش می‌خواست ازش بپرسند عاشق کیست و او هم بنا به رسم، نام دختر را بگوید و به‌طور غیررسمی و با عذر موجه نام خودش را روی دختر بگذارد. در شرایطی که هرچه قبل از خواستگاری و ازدواج، دختری را به پسری مربوط کند، بی‌ناموسی به حساب می‌آمد، داشتن این فرصت برای جوانان خیلی غنیمت بود. مثل الان که نبود. شما که حیا و حرمت سرتان نمی‌شود. تلفن زنگ می‌زند و اسم فاطی از دهن نره‌خری می‌رود توی گوشم. بعد هم می‌گوید می‌خواهد با او صحبت کند. حرمت گیس سفید مرا هم نگه نمی‌دارد. چه می‌شود کرد، شاید آخر زمان شده.
رسم دیگر این بود که اگر سوار با کسی قهر بود، ممکن بود کسی پادرمیانی کند و او را قسم بدهد تا از تاب که پیاده شد، آشتی کند. یا اگر طرف دیگر دعوا قصد آشتی داشت، می‌رفت و شروع به تاب‌دادنش می‌کرد و او باید قبل از پیاده‌شدن، نشانه‌ای از آشتی نشان می‌داد. معمولاً هم بعد از پیاده‌شدن همدیگر را بغل می‌زدند و روبوسی می‌کردند. بعد هم به نشانهٔ رفاقت جایشان را عوض می‌کردند و این بار سوار که حالا پیاده بود، آن دیگری را تاب می‌داد. کلاً سر هر ماجرایی تاب را واسطه قرار می‌دادند و مشکلات را حل‌وفصل می‌کردند.
سر اینکه چه کسی تاب را ببندد، کلی رقابت بود. چند روز قبلش مسابقهٔ بالارفتن از درخت برگزار می‌شد. جوانان سَرودست می‌شکستند تا تاب را خودشان ببندند. هریک در طی سال بارها و بارها از زینت ننه‌دار بالا می‌رفتند و تلاش می‌کردند تا بلندترین شاخه‌های دور از دسترس بالا بروند. نکته در این بود که حرمت کسی که تاب را بسته، بر جمع واجب بود و اگر طی مراسم خواسته‌ای داشت، کسی نه نمی‌گفت. بنابراین خصوصاً جوانانی که عاشق دختری بودند و قصد خواستگاری داشتند، کون خودشان را پاره می‌کردند که مسابقه را ببرند. طرف باید سبک می‌بود و چابک. برندهٔ مسابقه

صبح روز سیزده باید برای اذان صبح زیر درخت می‌بود. بعد از اذان نمازش را زیر درخت می‌خواند و با وضو از درخت بالا می‌رفت و تاب را به بلندترین شاخۀ ممکن می‌بست.

در واقع تاب سیزده بیشتر از آنکه برای بازی و سرگرمی برپا شده باشد، برای نمایش جسارت و شجاعت بود و البته برای خیلی دلایل دیگر. تاب آداب خاص خودش را داشت. قرار بر این بود که همۀ افراد ده تاب بخورند؛ اما خیلی‌ها از زیرش درمی‌رفتند. دلایل زیادی برای پرهیز از تاب‌خوردن وجود داشت که ترس از ارتفاع کمترینش بود.

برای بچه‌ها تاب کوچک‌تری به درخت کناری می‌بستند. بیشتر زنان بچه‌دار به هوای تاب‌دادن بچه‌هایشان سوار همان تاب بچه‌ها می‌شدند. پیرها عذر بیماری می‌آوردند. همیشه چند ثانیه قبل از اینکه تاب بایستد و صدا بلند بشود: «نفر بعد!» جمعیت پراکنده می‌شد. یکی می‌گفت می‌رود چشمه آب بیاورد؛ حتی اگر آب کافی بود. یکی می‌رفت دست به آب برساند. بعضی‌ها سرشان را به کاری مثل آشپزی یا بقیۀ امور سیزده‌به‌در گرم می‌کردند. حتی بعضی از دختران جوان به‌خاطر حجب و حیا، بعضی از ترس برملاشدن رازی و خلاصه هرکس که فکر می‌کرد ممکن است سؤالی بپرسند که جواب‌دادن برایش گران تمام شود، عذری می‌آورد و از تاب‌خوردن سر باز می‌زد.

تنها کسی که نمی‌توانست از زیر تاب‌خوردن دربرود، کدخدا بود که باید وقتی بستن تاب تمام می‌شد، یعنی همان صبح زود قبل از جمع‌شدن اهالی پای تاب دو رکعت نماز می‌خواند و سوار می‌شد و تاب را قسم می‌داد به حفظ سلامت سوارانش. کدخدا معمولاً پیرترین فرد ده بود و با مردنش مسن‌ترین فرد بعد از او کدخدا می‌شد. یعنی همیشه به‌این‌ترتیب کدخدا تعیین شده بود تا اینکه اولین سال بعد از مرگ آشور حمّام‌دار ولی‌عَم‌قُلی کدخدا شد و روز سیزده‌به‌در حاضر نشد تاب بخورد. می‌گفتند هرگز در عمرش بالای هیچ درختی و هیچ نردبانی و پشت‌بامی نرفته. از بلندی خوف داشت و دلش سیاه می‌شد. از کدخدایی کناره‌گیری کرد و ابوالقاسم‌خان امیرخانی که صدای خوبی هم داشت و مرثیه می‌خواند و چندان هم پیر

نبود، جانشین‌اش شد. به سال نکشید که ولی‌عم‌قلی هم رحمت خدا رفت. سنی هم نداشت. می‌گفتند زیر صد بود.

به‌جز او کسی از افتادن نمی‌ترسید؛ چون همه می‌دانستند تاب مثل عضوی از بدن درخت است. زنده است و نگهدار سوارش. طنابش از آن طناب‌های زرد پلاستیکی نبود که از مغازهٔ آشیخ صمغ‌آباد خریده باشند یا حتی از بازار تهران آورده باشند. طنابش موی بز بود، موی بزهای خود ده. یک سال چند بز را از گله جدا کردند و چهار ماه قبل از چیدن پشم‌شان در مرتع بالای تپه و زیر زینت‌دار چراندند. از برگ زینت‌دار چیدند و قاتی علوفه به خورد بزها دادند. برگ درخت گردو تلخ است و بز خودش سراغ آن نمی‌رود. پشم بزها را با وضو چیدند و چهار زنی که آن سال زاییده بودند و پستان‌شان شیر داشت، ریسمان را بافتند. باید موها را شیر می‌دادند تا زنده بمانند.

آن چهار زن هر روز صبح به مسجد می‌رفتند و بعد از نماز صبح با وضو نخ می‌رشتند. قبل از شروع کار انتهای نخ را به شیر آغشته می‌کردند به اصطلاح خودشان شیر می‌چکاندند گلوی طناب و ادامه‌اش را می‌رشتند. در تمام مدت کار هم دعای حفظ جان می‌خواندند. دعا را از دعانویسی در حسنکدر که می‌گفتند خودش یازده جن به خدمت داشت، گرفتند. گویا مادرم بیک‌ننه جان، تنها زن باسواد ده، که تازه برادرم ابراهیم‌خان را فارغ شده بود و یکی از آن چهار زن بود، دعا را می‌خواند و بقیه پشت سرش تکرار می‌کردند. ریسمانی که در تمام مدتِ بافته‌شدن، شیر آدمیزاد نوش کرده باشد و دعای حفظ جان شنیده باشد، تربیت می‌شود تا نگهدار جان آدمی باشد. به‌قاعدهٔ شش من نخ رشتند. بعد نخ‌ها را موم کشیدند و به‌هم تابیدند. دوباره و چندباره رشته‌ها را موم کشیدند و تابیدند تا ضخیم و ضخیم‌تر شود تا آنجا که شد سی ذرع ریسمان.

مومی که به خورد ریسمان دادند هم حکایت خودش را داشت. همه می‌دانند که بردن ملکه از کندویی به کندوی دیگر چه کار دشواری است. بگیر نگیر دارد؛ یعنی ممکن است ملکه قهر کند و خودش را نیش بزند یا ممکن است زنبورها گرد ملکه نروند. پراکنده شوند و به کندوهای دیگر بروند. ولی

چاره‌ای نبود موم طناب باید از قسمتی از کندو برداشته می‌شد که زنبور ملکه در آن نشسته بود. می‌گویند موم خانهٔ ملکه زنده است؛ چون از بدن زنبور ملکه بیرون آمده و از بدن ملکه دور نشده است.

پدر احسن‌عمو زنبوردار بود و خطر کرد و ملکه‌اش را جابه‌جا کرد. البته اتفاق بدی نیفتاد و زنبورها جملگی دنبال ملکه رفتند. مادرم و بانوعروس، یک شب از اذان مغرب تا اذان صبح به گل محمدی همان دعای حفظ جان را خواندند. ساقه گل‌ها را به عسل آغشتند و برای پیشکش به ملکه نسا خانوم، ملکه کندوی مورد نظر، توی کندوی جدید گذاشتند.

حالا چوب نشیمن تاب را بگویم. آن را از خود درخت بریدند؛ ولی نگذاشتند بمیرد. چوب را زنده نگه داشتند. یعنی به‌محض اینکه چوب از درخت جدا شد، آن را گذاشتند توی سطلی که ته آن به‌اندازه یک بند انگشت از شیر همان زن‌ها بود. احمدآقابالا که مرد باخدایی بود و نجّاری قابل، نشیمن تاب را ساخت. بی‌وضو دست به چوب نمی‌زد. از زمان اره‌کردن تا رنده‌کردن و صاف‌کردن چوب، سطح برش‌خوردهٔ چوب از شیر خشک نشد و دست بی‌وضو آن را لمس نکرد. البته این‌طور نیست که با این روش بشود هر شاخه‌ای را از هر درختی زنده نگه داشت. فقط چوب زینت‌دار این‌طور زنده می‌ماند. شاید برای درخت‌های دیگر راه و روش‌های دیگری وجود داشته باشد که من نمی‌دانم.

داستان زینت‌دار از این قرار بود که صدها سال قبل، درخت را زنی به نام زینت در یک ردیف با چهارده گردوی دیگر کاشته بود. نهال که به یک‌سالگی رسید خشک‌سالی شد. همهٔ درخت گردوها و تمام تاکستان اطراف آن‌ها مردند به‌جز زینت‌دار. زینت زن جوانی بود که آن سال دختری زاییده بود و در واقع آن یک درخت را به اسم دخترش نشانده بود. درخت را همراه دخترش شیر داد و نگذاشت درخت بمیرد. اگر درختی که برای به‌دنیاآمدن کسی می‌نشانند، بمیرد، شگون ندارد و برکت و سلامت از زندگی آن شخص می‌رود. می‌گویند زینت که چاق بود و پستان‌های پرشیر داشت، زرد و لاغر شد؛ ولی دست از شیردادن به درخت برنداشت تا اولین بارانی که پس از

خشک‌سالی بارید. بعد از آن سال دیگر کلمهٔ درخت و دختر را قاتی می‌کرد و گاهی به جای «دخترم» می‌گفت «درختم» و برعکس. و این مایهٔ خندهٔ مردم بود. این شد که درخت بنا به اعلام خودِ زینت فرزندخواندهٔ او به حساب آمد، یعنی شد نیمه‌درخت و نیمه‌آدم.

با اینکه درخت در ملک خان بود، ولی خان آن درخت را به زینت بخشید. البته نه از سر بخشندگی که بویی از آن نبرده بود، بلکه از ترس آه مادر. او که برای مِلکِ بیشتر، از هیچ ظلمی به رعیت روگردان نبود، گفته بود اگر آه این زن به دامنم بگیرد، همهٔ باغ‌هایم را به آتش می‌کشد. یک درخت می‌دهم و بقیه را بیمه می‌کنم.

سال‌ها بعد وقتی زینت دندان‌های صدسالگی‌اش را درآورد و دوباره توانست گردو بخورد، برای قدردانی، دوباره یک ردیف درخت گردو نشاند یعنی همین محوطه قطارداران، پشت مدرسه، که هنوز هم بر جا هستند؛ گیرم که هیچ‌کدام به بزرگی زینت‌دار نشدند.

با این حساب بنای تاب سیزده را صدها سال پیش گذاشتند. البته نه این تابی که صحبتش را کردم. یک تاب قدیمی که نمی‌دانم آداب ساختن آن چه بود. تاب قدیمی سال‌ها قبل از این تاب پاره شد و از بین رفت.

در آخر هم خطّاط طراز اول از روستای روشناب‌در (در آب روشن) آوردند تا پشت چوب با داغ، همان دعای حفظ جان را بنویسد. توی ده خودمان بهتر از آن خطّاط هم داشتیم. پدر همین حاج ابوالقاسم‌خان امیرخانی خودمان، اما این کار از کسی که فقط خطّاط است، برنمی‌آید. طرف باید بلد باشد با قلم فلزی داغ جوری روی چوب بنویسد که نقش نوشته سیاه و کمی گود بشود.

چوب را که فرزند خود درخت بود، با ریسمان زنده‌ای که زنان تابیده بودند، مثل بند ناف بستند به درخت. بنابراین اعضای بدن تاب یک لحظه هم از نفس نماند تا دوباره به مادر پیوند خورد. همهٔ این کار مشقت‌بار برای این انجام شد که تاب زنده بماند و بتواند سوارش را حفظ کند. تازه قبل از سوارشدن هم طرف با آبی که نسخهٔ اصلی دعا را توی آن خیسانده بودند،

وضو می‌گرفت. هر سال یک سطل از آب بشکهٔ وضو را نگه می‌داشتند تا سال بعد بریزند توی بشکهٔ آب. وگرنه کسی زهرهٔ سوارشدن نداشت. درست است که تاب زنده بود و طاهر، ولی سوار هم به نوبهٔ خود باید طاهر می‌بود و صادق. تابی که دامنه‌اش از این سر تا آن سر دوزخ‌دره بود، وقتی رها می‌شد، می‌رفت تا جایی که سوار به‌قدر یک مگس دیده می‌شد؛ فقط فرقش با مگس این بود که اگر تاب از زیرش درمی‌رفت یا پاره می‌شد، نمی‌توانست پرواز کند و سقوط می‌کرد ته درهٔ دوزخ. خلاصه تاب رفتنش با خودش بود و برگشتنش با خدا.

حالا تو فرض بفرما یک همچین تابی سوار باشی و به هیبت تاب گرفتار، آنوقت کسی هم از تو تقاضا یا سؤالی بکند. انگار که محشر است و تو در محضر خدایی، نمی‌توانی نه بگویی یا جواب سربالا به خلق خدا بدهی. این رسم سؤال و تقاضا یا چه می‌دانم حل اختلافات در روز سیزده‌به‌در اوایل وجود نداشت. بعدها یواش‌یواش باب شد. همهٔ احوال در اثر پرواز در آسمان به مردم عارض شد. احساس پرواز در آن آسمان بلند با احساس زبونی یک آدم معمولی که به زمین چسبیده فرق داشت. باور بفرما خود امامزاده بزرگوار تَکّی این‌طور دل آدم را به معرفت الهی باز نمی‌کرد که این تاب. بعد از چند سال چنان آوازه‌ای از تاب در تمام سیصد پارچه آبادی طالقان پیچید که تاب را باز نمی‌کردند و روز بعد سیزده را هم اختصاص می‌دادند به مردم ده‌های اطراف. تعداد کسانی که برای تاب‌خوردن می‌آمدند ده ما، از تعداد زوار امامزاده تَکّی بیشتر بود.

هرچه در باب ساختن تاب گفتم، از بزرگ‌ترها شنیده‌ام. آنچه خودم دیده‌ام و یاد دارم، مراسم تاب‌خوردن بود که در نوجوانی ما حکایتی بود برای خودش. حتماً خودتان می‌توانید حدس بزنید که یکی از مرسوم‌ترین سؤال‌هایی که از جوانان تاب‌سوار پرسیده می‌شود، این است که بگوید عشق که را به دل دارد. اصلاً شیرین‌ترین قسمت سیزده‌به‌در گفتن اسرار مگو بود. آن سال یادم نیست من یازده یا دوازده سال داشتم و برای خودم معقول دختری بودم. سنم کم بود؛ ولی از همه دخترهای رسیدهٔ ده قدبلندتر بودم.

از خانه بیرون نمی‌آمدم، مگر برای کار. خب البته ما کشاورز بودیم و باید سر زمین کار می‌کردیم. من سه برابر دخترهای سربه‌هوای ده کار می‌کردم و هرگز هم توی چشم کسی نگاه نمی‌کردم. مخصوصاً که از بداقبالی، زیبایی‌ام خیره‌کننده بود. اصلاً پیش نمی‌آمد که بتوانم به دیگران نگاه کنم؛ چون هر جا که من بودم، چشم‌ها همه مشغول من بود. زیبایی نعمت است؛ ولی دردسرهایش هم کم نیست. زن و مرد و پیر و جوان همیشه خیرهٔ من بودند. کجای ماجرا بودم؟ آها، سیزده‌به‌در را می‌گفتم. با اینکه خیلی‌ها از صبح زود نوبت گرفته بودند؛ اما نفر اول بهادرخان‌ارشد بود که تاب خورد. سن‌وسال‌دار بود و همه تعجب کردند که چطور داوطلب شده. پسر طهماسب‌خان واثقی بود و وقتی صف را می‌شکست، کسی جرئت نداشت چیزی بگوید. اولین بار بود که سوار می‌شد. قبلاً دیگران را ریشخند می‌کرد که خایه ندارند بروند خواستگاری، روی تاب اسم‌اشان را می‌گذارند روی دختر مردم.
البته همه معتقد بودند از ترسش سوار نمی‌شود. اعتقادی که به زنده‌بودن تاب نداشت؛ خب حق هم داشت بترسد. فرنگ رفته بود و عارش بود درخت را با آدمی سَروهمسر بداند. به‌هرحال حالا نفر اول صف ایستاده بود. تاب که رها شد، فریادی زد که دل شیر می‌ترکید. دو سه دوری رفت و برگشت تا توانست چشم‌هایش را باز کند. کسی سؤالی از ایشان نداشت. یعنی هرچه می‌پرسیدند، بعداً به جرم فضولی باید تقاص پس می‌دادند. کسی کون خودش را با شاخ گاو درنمی‌انداخت. خودش به صدا درآمد.

- خب حالا باید همون سؤال معمول رو که از جوون‌ها پرسیده می‌شه، جواب بدم؟

همه زدند زیر خنده. سی را رد کرده بود و زن نگرفته بود. همه می‌گفتنند دیگر زن‌بگیر نیست. شاید اصلاً مرد نیست و هزار حرف‌وحدیث دیگر. به‌هرحال نقل زن‌گرفتن پسر خان سال‌ها بود که از دهان‌ها افتاده بود. یعنی اگر صد تا سؤال هم از ایشان می‌شد، یکی از آنها هم این سؤال نبود.

- پس مطمئنین که سؤال دیگه‌ای نیست؟ من همین رو باید جواب بدم؟ خب آداب رو که نمی‌شه زیر پا گذاشت. من هم جواب می‌دم.

هلهله‌ای افتاد توی دخترهای دم‌بخت و بزرگ‌ترها و همه. انگار جدی بود. حالا که بعد از سال‌ها موضوع زن گرفتن پسر خان دوباره علم شده بود، همه بی‌تاب بودند ببینند نام که را خواهد برد.

جوانی که تاب را بسته بود، با هیجان از صبح اعلام کرده بود می‌خواهد نفر اول بپرد که نشده بود و الان هم داشت بهادرارشدخان را تاب می‌داد، فریاد زد: «زودتر بگو که ما هم منتظریم همین سؤال رو جواب بدیم.» همه زدند زیر خنده؛ ولی زود ساکت شدند و گوش‌به‌زنگ تا ببینند بهادرارشدخان عاشق کیست. او هم به یک کلام انتظار را پایان داد.

تاب از نفس ایستاد. جوان طناب را کشید و بهادرخان در میان بهت و حیرت همه از تاب پایین آمد و بی‌آنکه به کسی نگاه کند، رفت سمت اسب گهرش. همان‌طور که با شتاب از کنار پدرم رد می‌شد، سر تکان داد و عرض ادب کرد و رفت.

جمعیت گُله‌به‌گُله زیر درخت‌ها زیرانداز پهن کرده بودند و نشسته بودند و عده‌ای هم مشغول چیدن ناهار بر روی میزی بودند که با الوارهای بلند روی پایه‌های موقت نصب شده بود. من کنار بیک‌ننه‌جانم نشسته بودم و قلیان‌شان را نگه داشته بودم که نیفتد. اصلاً به روی خودم نیاوردم که چه شنیدم. به همهمهٔ جمعیت هم توجه نکردم. بَیک‌ننه به سرفه افتاد و پایهٔ قلیان را کشید سمت خودش. دستپاچه به پدرم نگاه کرد؛ ولی پدر که اخم‌هایش گره خورده بود، سرش پایین بود. سعی کرد به هیچ‌کس نگاه نکند. هستهٔ زردالوی خشکی را که دستش بود، پرت کرد به‌سمت دره. برگه زردالو ماند کف دستش، او هم خیره ماند به زمین.

نوبت جوانی شد که قرار بود نفر اول باشد و بهادرخان را تاب داده بود. اندکی مکث کرد و تاب را رها کرد و در میان بهت اهالی دوید به‌سمت ده و از جمعیت دور شد. تاب یکی دو دقیقه‌ای معطل ماند تا اینکه جوان دیگری سوار شد و دوباره همه‌چیز به حالت عادی برگشت و وقتی که تاب خوب اوج گرفت و جوان چند دقیقه‌ای تاب خورد، جمعیت با شادی و خنده یک‌صدا فریاد کردند: «بگو! بگو! بگو!» و این یعنی که سؤال مشخص است. همان که

همه می‌دانستند. او هم رسا و شمرده نامی را برد که تمام آن سروصداها یک‌باره به سکوت تبدیل شد. همان نامی که بهادرخان برده بود.

بَیک‌ننه‌خانم چنان توی قلیان دمید که از قلیان صدای آسمان‌غُرنبه بلند شد و در همان حال گوشهٔ چارقد مرا کشید سمت خودش.

- ذلیل‌مرده، روت رو بپوشان و این‌قدر آشوب نکن.

حکمت‌جان بدو رفت، طناب تاب را گرفت، یارو را پیاده کرد و خودش روی تاب ایستاد و با اولین حرکت اوج بلندی گرفت و قبل از اینکه کسی فرصت سؤال‌کردن پیدا کند، توی آسمان بالای دره چنان نعره‌ای زد که صخره‌های آن‌طرف دره همه با هم فریادش را برگرداندند به سمت ده و صد تا صخره صد بار همان نام را بردند که بهادرخان ظالم و آن جوان ریغو برده بودند.

- گلزار!

من بلند شدم و دویدم سمت خانه.

۵

جانب انصاف را نباید از دست بدهم. قصه‌گفتن تنها کار خوشایندش برای من به عنوان یک بچه نبود؛ الان که فکر می‌کنم، یادم می‌آید که مرا دوست داشت. واقعاً دوست داشت. هر تابستان برای اینکه یک هفته پیشش بمانم، هزار کار می‌کرد. یک سال در فصل چیدن آلبالو همه رفته بودیم طالقان و جمعه بعدازظهر بابا پیکان کرم رنگش را پر از صندوق‌های آلبالو و زردالو و سیب گلاب کرد و قصد برگشتن به تهران کردیم. ماشین تا دم خانه نمی‌رفت و معمولاً بابا ماشین را پشت مدرسه زیر ردیفی از درختان عظیم گردو در محوطهٔ بازِ قطارداران پارک می‌کرد.

نن‌جان طبق معمول، مرا تا دم ماشین کول کرد و آنجا بعد از صد بار ماچ خیس و بادکشی و بغل و فشار و قربان‌صدقه به‌زور از دستش دررفتم و سعی کردم لای آلبالوها جایی برای خودم پیدا کنم که آسان نبود. نن‌جان از این موقعیت استفاده کرد و گفت: «حالا که جا نیست، فاطی رو بگذارین پیش من و هفتهٔ بعد که برای چیدن گیلاس میایین، ببرینش.» من به گریه افتادم، نه برای اینکه دلم نمی‌خواست بمانم، اتفاقاً خیلی هم خوشحال شدم. تمام دلخوری‌ام از این بود که اگر قرار بود بمانم، چرا باید آن‌همه ماچ و ملچ‌ملوچ را تحمل می‌کردم. ماندم ولی با گریه و زاری قول گرفتم هفتهٔ دیگر که بابا آمد دنبالم، وقت خداحافظی مجبور نباشم بوس بدهم. بعد از این توافق با خوشحالی دویدم به‌سمت خانه.

فردای همان روز حوصله‌ام سر رفت و بهانه مامانم را گرفتم. شاید پنج سالم بود. دقیق یادم نیست؛ ولی مدرسه نمی‌رفتم و قرار هم نبود همان پاییز بروم مدرسه؛ پس پنج‌ساله یا کوچک‌تر بودم. نن‌جان بعد از صبحانه از توی پستو طنابی آورد. رفت بالای چهارپایه و طناب را از پشت یکی از تیرهای چوبی سقف رد کرد و آمد پایین. طناب را گره زد و جای نشیمنش، بالشتکی گذاشت و مرا سوار کرد. کی باورش می‌شود که توی اتاق برای آدم تاب ببندند؟ کدام مادربزرگی توی اتاقش تاب دارد؟ و اگر داشته باشد، کدام بچهٔ خری است که چنین مادربزرگی را دوست نداشته باشد.

عین جادو بود. تمام روز تاب خوردم؛ ولی عصر با سرگیجه باز حوصله‌ام سر رفت. غروب مرا برد خانهٔ احسن‌عمو که پیرمرد کوری بود در همسایگی‌مان. هر روز غروب می‌رفتیم و ازشان شیر می‌گرفتیم. معمولاً شیر را دم در به ما تحویل می‌دادند. گاهی اوقات هم می‌رفتیم داخل و پیش احسن‌عمو می‌نشستیم و او با اینکه ما را نمی‌دید، ولی سرش را می‌چرخاند طرف من و با خندهٔ بی‌ریختی می‌گفت: «دختر ماشاءالله‌خانی؟ ماشاءالله چه دختری، آفرین به تو.» نمی‌دانم چه می‌دید یا چه خیال می‌کرد که می‌خندید و تحسین می‌کرد.

ما هیچ‌وقت توی مال‌حیاط یا طویلهٔ گاوها نمی‌رفتیم. نن‌جان می‌گفت: «کک به جانت می‌افتد، بیچاره می‌شویم.» اما آن شب از حُبّت، پسر احسن‌عمو، خواست تا بزغاله‌هاشان را به من نشان بدهد و به من هم گفت اجازه دارم یکی را انتخاب کنم. پشت سر حبّت‌عمو با ترس‌ولرز وارد مال‌حیاطِ پشت خانه‌شان شدیم. فقط صدای نفس و زنگولهٔ بزها و گوسفندان شنیده می‌شد و هرازگاهی هم صدای عطسهٔ بزی و صدای ویژویژی با ریتم یکنواخت که بعد فهمیدم مَرزانه‌خانم، زن حبّت‌عمو، دارد شیر می‌دوشد. مرزانه‌خانم به من اجازه داد به ممهٔ میشی که داشت می‌دوشید، دست بزنم. نشانم داد چطور شیر می‌دوشد. سعی کردم آن چیز نرم لاستیک مانندی را که اندازهٔ نصف انگشت بود، فشار بدهم یا بکشم تا شیرش دربیاید. هرچه کشیدم، نشد. انگار انگشت دستکش پلاستیکی را می‌کشیدم. موفق نشدم همان کاری را که او به‌سادگی انجام می‌داد، حتی به‌سختی انجام بدهم.

قبل از اینکه گوسفند لگد بزند، مرا کنار زد و لنگ گوسفند را کشید طرف خودش و صدای خنده‌اش رفت هوا. پشت سرش همهٔ بزها و گوسفندها شروع کردند به بع‌بع و سروصدا. حبّت‌عمو آرام مَرزانه‌خانم را دعوا کرد و گفت: «زهرمار زن! آرامش مال رو به‌هم نزن. شیرشون پس می‌ره، گرفتار می‌شیم. صبح پستون‌درد می‌گیرن، خدا رو خوش نمی‌آد.»

من همان جا عاشق بزغالهٔ سفیدی شدم که یک پای عقبش خاکستری بود. انگار یک لنگه جوراب پا کرده باشد. لب بالایش هم کمی جلو آمده بود و

دندان‌هایش پیدا بود؛ طوری که به نظرم اگر می‌توانست حرف بزند، مثل پسر همسایه‌مان، بهنام، حتماً سین را تُک‌زبانی تلفظ می‌کرد. البته توی بع‌بع چیزی مشخص نبود؛ اما اگر قرار بود صدای بزغاله‌ها «سین» داشته باشد، حتماً معلوم می‌شد که با بقیهٔ بزغاله‌ها فرق دارد. اسمش را گذاشتم بهنام و مرزانه‌خانم باز قهقهه سر داد و گفت: «این بزغاله ماده‌ست. اسم دیگه‌ای بهش بده.» حبّت‌عمو هم بهش سُقلمه زد و باز بهش گفت: «زهرمار!»

تا دیر وقت شب از ذوق خوابم نبرد. هی جیش را بهانه می‌کردم و از نن‌جان می‌خواستم مرا ببرد دست‌شویی. توالت توی حیاط بود و هر بار کمی با بهنام که توی سبدی توی طاقچهٔ دیوار حیاط خوابیده بود بازی می‌کردم. نن‌جان می‌گفت پیش‌ترها یک عالمه مرغ داشته و هر وقت مرغی کرچ می‌شده، او را با تخم‌هایش از مرغ‌لانه به خانه می‌آورده و توی این سبد می‌نشانده تا جوجه‌ها دربیایند.

فردای آن روز هم از ته صندوقش قواره‌ای پارچه به رنگ آبی زنگاری درآورد و مرا برد پیش عالیه‌خانم خیّاط.

- عالیه‌خانم‌جان قربان دستت، فاطی‌جانم دامن چین‌دار می‌خواد.
- رو چشمم گلزار دای‌قزی‌جان.
- چند طبقه چین بده. هرچی از این پارچه درمی‌آد، چین بده.
- گلزار دای‌قزی‌جان، این یه قوارهٔ کامل برای آدم بزرگه. چین لباس بچه هم حد و اندازه داره. انگار خیلی خاطر این نوه‌ات رو می‌خوای!
- من این یدونه رو خودم خشکِ پستون بزرگ کردم. یه جور دیگه دوستش دارم.
- خدا حفظش کنه. حالا من چه کنم؟
- دیگه خیاط تویی. هر جور خودت می‌دونی. خدا رحمت کنه مادرت، آمنه‌خانم، هم خیاط قابلی بود. آدمی رو یه ورانداز می‌کرد و بسم‌الله می‌گفت و پارچه رو بُرش می‌کرد. لباس دست‌دوز مادرت جوری به بر آدمی می‌نشست که انگار بفرما هفت متر و مقراض در کار بوده. فقط خدابیامرز دستش به پولک دوختن لق بود.

-   ای وای، توروخدا نگو. هر وقت یه مشتری یه خاطره از دگمه‌دوزی
    مادرم تعریف می‌کنه، آب می‌شم می‌رم تو زمین.
-   بهش می‌گفتم آمنه‌خانم‌جان گاو رو پوست کندی، رسیدی به
    دمش دیگه این آخر کاری اجر کارت رو ضایع نکن. این پولکان رو
    قایم بدوز، بذار ناموس مردم تو این لباس محفوظ بمونه.
-   نگران نباشین! براش دامن لنگی می‌دوزم که هم مدل جدیده و
    هم دکمه لازم نداره.

فردای آن روز دامن لنگی من حاضر شد. من تا آن وقت نه‌تنها دامن لنگی
نداشتم؛ بلکه حتی دامن لنگی ندیده بودم و نمی‌دانستم چطور باید
بپوشمش. خود عالیه‌خانم دامن را تنم کرد و بندش را محکم گره زد.

-   مواظب باش بندش باز نشه فاطی‌جان. دختربچه‌ای، باید محفوظ
    باشی.

با چنان ذوقی با دامن لنگی راه می‌رفتم که انگار دارم توی آسمان پرواز
می‌کنم. قدّم به نظر خودم بلندتر می‌آمد و شبیه دختربزرگ‌ها شده بودم. با
آن دامن به نظرم محال بود کسی باور کند من حتی مدرسه نمی‌روم. رسیدیم
خانه و رادیو داشت آهنگ غمناکی از گوگوش پخش می‌کرد؛ اما از شور و
شعف من کم نشد و من با همان آهنگ سوزناک برای بهنام رقصیدم. سعی
کردم با قاشق به بهنام شیر بدهم؛ ولی نشد. بهنام از دستم درمی‌رفت و شیر
نمی‌خورد. خیلی باهاش کلنجار رفتم. به نظرم دلش می‌خواست دوباره
برایش برقصم که خب، من هم همین کار را کردم. این بار آهنگ سوزناکی
در کار نبود. غروب شده بود و صدای اذان از رادیو بلند بود و من برای بهنام
رقصیدم و رقصیدم تا اینکه خسته شدم و رادیو گفت: «همه از اوییم و
به‌سوی او می‌رویم.» بعد ننجان انگشت کوچک دستکش پلاستیکی‌اش را
که از ابزار مهم کاری‌اش به حساب می‌آمد کند و زد سر بطری شیر و به
بهنام شیر داد.

-   دخترجان، بیا تو، سرما می‌خوری. وسط این دِه‌کوره دکتر و درمون
    نیست، میمونی رو دستم.

دیگر دیر شده بود و من سرما خورده بودم. شب تب‌ولرز کردم. آن‌قدر لرزیدم که تمام جانم از خستگی درد گرفت. نن‌جان هم چشم بر هم نگذاشت و تا صبح هزار جور جوشانده و کوفت و زهرمار به خوردم داد. تب قطع نشد. و فردا پیرزن‌های ده دورم جمع شدند و شُور کردند و به نتایج نه‌چندان جالبی رسیدند.

-   گلزار دای‌قزی‌جان، گمونم بچه قولنج کرده. بندازیمش دم کوزه خوب می‌شه.

-   آها آها! جمیله‌عروس‌جان راست گفتی. یه نفر اسباب کوزه فراهم کنه، ثواب داره. تنورستان احسن‌عمو امروز آتیش‌کردن و نون پختن. حتماً مَرزانه دو سه تا چونهٔ خمیر به ما می‌ده.

چند دقیقه بعد دیدم بساطی پهن شده و پیرزن‌ها مرا دوره کرده‌اند. خودم را زدم به خواب.

-   آخی! تازه خوابش برده بیدارش نکنین گناه داره بچه.

به‌این‌ترتیب خلاص شدم؛ اما آن‌ها نرفتند و همچنان دور من نشستند و شروع کردند به کوزه‌زدن پشت همدیگر. منظرهٔ ترسناکی بود. حاضر بودم تا ابد خودم را بزنم به خواب و کوزه نزنم.

سرم زیر پتو بود؛ ولی از آن زیر چیزهایی می‌دیدم. دیگر سرشان گرم کار خودشان بود و به من توجهی نداشتند. آن‌که می‌خواست کوزه بزند، می‌نشست و یکی از پیرزن‌ها پیراهنش را می‌زد بالا و به پشتش یک روغن بدبو می‌مالید. ورقهٔ نازکی از خمیر را روی نقطه موردنظر می‌گذاشت. بعد پنبه را نفت می‌زد و می‌انداخت توی یک لیوان بزرگ و پنبه را آتش می‌زد. بعد همه باهم بسم‌الله می‌گفتند و طرف محکم لیوانِ پر از شعله را می‌چسباند روی خمیر. خمیر جزجز صدا می‌داد و آن بیچاره هم مچاله زیر دست کوزه‌زن و خمیر و آتش و روغن و نفت و گند و گه ناله می‌کرد. کم‌کم آتشِ توی لیوان خاموش می‌شد و پشت یارو به شکل ممه قلمبه می‌شد و می‌رفت توی لیوان. بعد هم که لیوان را باصدای «فیس» قایمی می‌کندند، جایش دایره‌ای گنده‌تر از سر لیوان کبود و قلمبه می‌شد.

همین کار را قبلاً با کوزهٔ گلی دیده بودم؛ ولی چون آتش و مکیده‌شدن پشت یارو توی کوزه معلوم نبود، این‌قدر ترسناک نبود. به نظرم اصل این کار باید با کوزهٔ گِلی باشد؛ چون حتی وقتی با لیوان انجام می‌شود، همچنان اسمش کوزه‌زدن است. یکی‌شان پشتش هشت ممه درآورده بود. اینقدر وحشتناک بود که تصمیم گرفتم با خدا ساخت‌وپاخت کنم و قبل از اینکه نوبت من بشود، بمیرم. انگار آدم زنده‌زنده برود توی دهن اژدها.

- لااله‌الاالله! بر کیر خر لعنت! جمیله عروس بسه. فقط تو یه نفر نیستی که بدنت رنج داره. بذار بقیه هم دو تا کوزه نصیبشون بشه. تمام اندرونت کشیده شد تو کوزه.
- طوبی عم‌قِزی‌جان فقط یکی دیگه. خدا پدرت رو بیامرزه. فقط یه بار دیگه این آتش، رنج بدنم رو بکشه، من پا می‌شم شما بشین.
- نه به‌خاطر خودم نمی‌گم؛ ولی چهار تا بزرگ‌تر نشستن، خوبه تو که جوون‌تری، ملاحظه داشته باشی. زبیده عَم‌قِزی سه تا کوزه بیشتر نزد، تازه بدناخوشی هم داره.
- چشم چشم... آخ آخ... آی آی... حالا که من رو انداختین دم کوزه اقلاً کار رو به سرانجوم برسونین. فقط یکی دیگه.

به‌هرحال من کوزه نزدم. وقتی به‌زور بیدارم کردند، چنان شور و شیونی راه انداختم که پیرزن‌ها بساط‌شان را جمع کردند و رفتند؛ یعنی نن‌جان بیرون‌شان کرد.

- بس کنین توروخدا! خجالت نمی‌کشین مریضی بچه رو بهانه کردین، کونتون رو هوا کردین، فیس‌وفیس کوزه می‌زنین! مخصوصاً تو طوبی کون‌استخونی! اصلاً کی به تو گفت بیایی؟ همیشه عین انگشت شیشمی که ببریش خون میاد نبریش اضافه ست.

اون پیرزنی که نن‌جان همیشه بهش می‌گفت کون‌استخونی، کونش از همهٔ پیرزن‌های توی ده گنده‌تر بود. هیچ‌وقت نفهمیدم بر چه اساس این اسم‌ها

را روی مردم می‌گذاشت. البته الان فکر می‌کنم اسم طوبی احتمالاً مال خیلی وقت پیش است که آن پیرزن چاق شاید دختر جوان لاغری بوده.

سه‌شنبه شد و حال من هیچ بهتر نشد. ننجان سعی کرد خودش را قانع کند که تا پنج‌شنبه به امید پیدا شدن ماشینی صبر کند؛ ولی نتوانست. هرچقدر آخر هفته جاده‌های دهات شلوغ بود، وسط هفته همان جاده‌ها خط‌های بی‌خاصیتی روی تن کوه‌ها بودند و امید حتی یک ماشین هم نبود. هرچه ننجان از مریضی من نگران بود خودم کیفور بودم. نه از تب و لرز و درد و خطراتی مثل کوزه، من از حال عجیبی که شب‌ها وقتی تب شدید می‌شد بهم دست می‌داد خوشم می‌آمد.

همه چیز از سقف اتاق شروع می‌شد. سقف اتاق محقر ننجان تبدیل می‌شد به سقف مسجدهای باشکوهی که توی تلویزیون و عکس‌ها دیده بودم. نقش‌های پیچیدهٔ درهم و برهمی روی آن شکل می‌گرفت که تازه حرکت هم می‌کرد. تارهای رنگی زیادی از سقف می‌ریخت روی من. از پوستم رد می‌شد و تنم را گزگز می‌کرد. خیلی خوشم می‌آمد با این که نمی‌فهمیدم چه اتفاقی دارد می‌افتد. انگار تابی که از سقف آویزان بود را سوار بودم و انگار دامنه پرواز تاب بیشتر از آن بود که بود و می‌توانست مرا به بیرون از اتاق پرواز دهد.

دلم می‌خواست تا پنج‌شنبه صبر کنیم شاید بلاخره می‌فهمیدم چه شد. آن نخ‌ها شبیه به سبد به هم بافته می‌شدند و مرا در خود می‌گرفتند و به پرواز در می‌آوردند. انگار چرخ‌وفلک سوار بودم. من می‌خندیدم و ننجان می‌زد زیر گریه و فریاد می‌زد: «ای وای بچه‌ام هذیان دچار شده و داره از دست می‌ره!»

ننجان خرِ حبّت‌عمو را با وجود نارضایتی احسن‌عمو کرایه کرد. مرا توی پتویی پیچید و سوار خر کرد و خودش پیاده افسار خر در دست راه جادهٔ خالی را در پیش گرفت.

- گلزار دای‌قزی، مگه دیوونه شدی؟ با پای رنجورِ تو رفتن، آدمی به هیچ جا نمی‌رسه. غروب می‌شه و خودت می‌دونی اگه به تاریکی

بالشت پَرِ شوهر

بربخوری، چی می‌شه. دو روز صبر کن. وسط هفته هیچ‌کس تهرون نمی‌ره.

- احسن‌عمو جان، گرگ من رو بخوره، بهتره تا غصه من رو بخوره. اگه بلایی سر بچه‌ام بیاد، انگار بفرما تا ابد باید زیر دندون گرگ باشم.
- تو هنوز امید داری تا ابد بمونی؟ خدا خیرت بده. ما هم‌سن‌وسالیم؛ ولی من امید به فردا صبح هم ندارم و هر شب با اشهد می‌خوابم.
- پیرمرد، بزرگ‌تری احترامت واجبه. تو جای پدرمی. حرمت نگه می‌دارم هیچی بهت نمی‌گم. می‌دونی که من از غزال سریع‌ترم. تازه از جاده هم نمی‌رم که به شب بخورم. یه کم جلوتر می‌زنم به کوه شهراسر. شب رفته راه من رو روز کسی نمی‌تونه بره. با یه لنگه گالشم می‌خرمت و با یه لنگه دیگه‌اش می‌فروشمت. کی گفته ما هم‌سن‌وسالیم؟

احس عمو با پیش کشیدن سن و سال داشت گور خودش را می‌کند. خوشبختانه نن‌جان عجله داشت و خیلی دهن‌به‌دهن پیرمرد نگذاشت. خلاصه مرا بار خر کرد و بسم‌الله بسم‌الله گویان راهی شدیم. اگر احسن‌عمو حرف گرگ را نمی‌زد، بهتر بود. نمی‌دانستم نن‌جان می‌ترسد یا نه؛ ولی من از همان سر صبح که راه افتادیم، شروع کردم به ترسیدن و به انتظار گرگ دوردست‌ها را ورانداز کردن.

از ظهر گذشته بود که رسیدیم به شهراسر و رفتیم خانهٔ ابراهیم دایی‌جان که خودش خانه نبود؛ ولی زن‌دایی گلزاده توی ایوان نشسته بود و با بادبزن حصیری خودش را باد می‌زد. از دور ما را دید؛ ولی از جایش تکان نخورد. ما نزدیک شدیم. از روی پل رودخانه رد شدیم و از روی صخره‌ها گذشتیم و رسیدیم در خانه‌اش. نن‌جان خر را به درختی بست. مرا کول گرفت و رفتیم تو. زن‌دایی گلزاده هنوز داشت ما را نگاه می‌کرد و خودش را باد می‌زد. بعدازظهر بود و حتی من که سوار بودم، خسته بودم چه رسد به نن‌جان.

- روی تخم نشستی که از جات تکون نمی‌خوری؟

- هیس! یواش حرف بزن سهراب‌جانم خوابه.

یک‌مرتبه ورق روزگار برگشت؛ صلح دست‌نیافتنی بین دو پیرزن مستولی شد؛ خستگی‌ها و تشنگی‌ها فراموش شد و لبخند درشتی روی صورت هر دو نشست و دو دست دندان‌مصنوعی روبه‌روی هم به نمایش درآمد. اسم پسردایی سهراب می‌آمد، همه نیزه و سپر می‌انداختند. دردانهٔ فامیل که شبیه به هیچ‌کس نبود، مخصوصاً شبیه به مادرش، زن‌دایی گلزاده. نن‌جان بهش می‌گفت ورق قرآن و دیگران هم از این اسم‌گذاری استقبال می‌کردند. همه عاشق بی‌چون‌وچرای سهراب بودند. تحصیل‌کرده‌ترین فرد فامیل هم بود. همهٔ عمرش درس خوانده بود.

- مرغ آمین در راه بود. از بس خدا رو صدا کردم که ـ استغفرالله ـ قرآن نازل کرد.
- چطور این موقعِ بی‌موقع شهراسر آمدین؟
- زن‌داداش جان، بچه‌ام داره از دست می‌ره. خدا سهراب‌جانم رو رسوند. کی آمده و کی می‌ره؟
- چند روز این‌طرف‌ها بوده و قراره امشب بره. شب راه خنکه، بهتره.
- چطور این‌همه وقت یه سر به عمه‌اش نزد؟
- گلزار دای‌قزی هنوز از راه نرسیده، گله نکن. خدا رو خوش نمی‌آد.

من آن شب با سهراب، که ما سهراب‌دایی صدایش می‌زدیم، برگشتم تهران و خدا می‌داند اگر می‌ماندم دِه، جان به در نمی‌بردم. یک‌راست رفتم بیمارستان. حصبه دچار شده بودم و هیچ ربطی هم به سرماخوردگی و رقصیدن برای بهنام نداشت. چند سال بعد یعنی بعد از انقلاب وقتی سهراب‌دایی اعدام شد و داغش برای همیشه به دل همهٔ فامیل ماند، فهمیدم به‌خاطر فعالیت‌های سیاسی در طالقان مخفی بوده و شب راه افتاده بودیم تا کسی او را نبیند.

وقتی به آن روز فکر می‌کنم، خاطرهٔ خوش سهراب‌دایی به خاطرهٔ تلخ مریضی و گرگ می‌چربد. تنها آدم‌بزرگی بود که با آدم طور دیگری رفتار

می‌کرد. یک‌جوری مثلاً انگار من هم آدم‌بزرگ بودم یا او کوچک بود. خلاصه جوری که انگار هر دو هم‌سن بودیم، فرقی نمی‌کرد چه سنی.

وقتی بچه بودم، اوضاع فرق داشت. واقعاً ننجان هیچ شباهتی به این پیرزن بدجنس نداشت. حول‌وحوش نود سالش بود که بالاخره مرد. از شواهد و قراین تاریخی مثلاً سن بقیهٔ افراد خانواده می‌شد حدود سنش را تخمین زد. شناسنامه‌ای در کار نبود؛ یعنی بود، ولی دقیق نبود. خودش هم زیر بار سنش نمی‌رفت.

هرگز بیشتر از شصت را قبول نکرد. مستقیماً نمی‌گفت که پیر نیست؛ ولی جوری پیر بودنش را به رخ می‌کشید که شنونده جرئت نکند توی ذهنش فکر کند این آلبالوخشکه پیر است. دائم به بهانه‌های مختلف سنش را یادآوری می‌کرد؛ مثلاً وقتی تلویزیون روشن بود، می‌گفت: «خدا پدر آمرزیده‌ها صدای اون قوطی رو کم کنید. من طاقت ندارم. اگه چرت بعدازظهر نزنم، قلبم عین نسترن رو به باد پرپر می‌شه. من دیگه دارم پیر می‌شم، عن‌قریب شصت بشم. ملاحظه کنین.» یا اگر با بابا یا عمه‌ای عمویی بحث می‌شد، شلتاق می‌انداخت و می‌گفت: «بر کیر خر لعنت! با بزرگ‌تر از خودتون جَر نکنین. حرمت نگه دارین. خدایا زودتر من رو به شصت برسون، ببینم این چشم‌سفیدها حیا می‌کنن؟ ببینم می‌تونن با یه پیرزن شصت‌ساله جَرومنجر کنن؟» بعد هم کولی‌بازی درمی‌آورد و با گریه می‌رفت سراغ عکس خدابیامرز آقاجان حکمت یا یک داستان تعریف می‌کرد در مذمت آقاجان یا داستانی در تحسین خودش و البته تمام داستان‌ها هم، در هر زمینه‌ای که بود، فرق نمی‌کرد؛ نهایتاً به این ختم می‌شد: اول اینکه شوهرش چقدر خاطر او را می‌خواسته و در مقابل، او که سن کمی داشته اصلاً تمایلی به شوهر نداشته، دوم هم سنش، که همیشه در هر موقعیتی از داستان باید از آنچه بود کمتر حساب می‌شد.

یادم می‌آید پاییز سال انقلاب که سوخت کم بود و ما کرسی گذاشته بودیم، خانهٔ ما پر بود از پیرزن‌هایی که به دندان‌مصنوعی احتیاج داشتند. ننجان

هم توی آن هیروویر دندان مصنوعی‌اش را شکسته بود و از بی‌دندانی خلقش تنگ بود.

عمو و زنش جواب منفی آزمایش حاملگی زن‌عمو را گرفته بودند و پکر به خانه ما آمده بود. نن‌جان از شنیدن خبر همانطور که با یک دست تسبیح می‌انداخت و به دور دست‌ها خیره شده بود با دست دیگر دندان‌هایش را از دهانش درآورد و پرت کرد وسط اتاق. یعنی دندانی که درد می‌کند را بکش و بینداز دور. واضح به عمو فهمانده بود زنی که حامله نمی‌شود را طلاق بده. بعد هم با صدای بلند، طوری که همه بشنوند گفت: «خیری ندیدم از کُست، مردیم از بوی چُست.»

مامان که داشت با سینی چای از آشپزخانه می‌آمد بیرون دوباره عقب‌عقب به آشپزخانه برگشت. و یکی دوتا استکان چای هم ولو شد توی سینی. نن‌جان که با دیدن سینی چای نیم‌خیز شده بود که چای بردارد و با برگشتن مامان به آشپزخانه حرصی شده بود و شاید هم از سر عدالت خواهی فکر کرده عروس دیگرش هم بی‌نصیبی نماند با ابرو به سمت آشپزخانه اشاره کرد و گفت: «گاو ما شیر نمی‌ده ولی ماشالله به شاشش». عمو و زن‌عمو بدون خداحافظی خانه را ترک کردند و نن‌جان به یک دست دندان احتیاج پیدا کرد.

هوا سرد بود. شرایط زندگی سخت بود و مجالی برای تفریح نبود. برای اینکه به نن‌جان که در اوضاع عادی هم همیشه حوصله‌اش سرمی‌رفت و مرتب تقاضای دیدار اقوام و زیارت اهل قبور یا امامزاده و سفر و ددر داشت، سخت نگذرد، بابا چند تا از پیرزن‌های فامیل را یکی دو ماه جمع کرده بود خانهٔ ما. البته برای اینکه عذر موجهی برای نگه‌داشتن آنها داشته باشد، از بچه‌هایشان اجازه گرفته بود که ببردشان دندانپزشکی و به دندان مصنوعی‌هاشان رسیدگی کند. این تنها وجه مشترکی بود که می‌شد به واسطه‌اش مشتی پیرزن را گرد هم آورد. خلاصه هر روز یکی‌شان وقت دنداپزشکی داشت، یکی‌شان درد داشت، یکی پز دندان جدیدش را می‌داد، یکی به دکتر فحش می‌داد، یکی به بابای من که چرا دست از سرشان

برنمی‌دارد، یکی قربان‌صدقهٔ بابا می‌رفت و دعا و ثنا می‌گفت، یکی با لبخند پهنی می‌گفت: «ماشاءالله‌جون! الهی دردوبلات بخوره تو سر پسر بی‌خاصیت من. سال‌ها نه یه غذای درست‌وحسابی از گلوم رفت پایین، نه یه حرف درست‌وحسابی از دهنم دراومد. مرده بودم از حسرت ته‌دیگ.»

به این ترتیب سرشان گرم بود. کرسی را کلاً قرق کرده بودند و خوش بودند. دروغ چرا! ما هم با اینکه مهمان‌داری سخت بود و توی آن سرما کرسی هم از دسترس خارج شده بود، خوش بودیم چون از شر نن‌جان خلاص بودیم. حسابی جولان می‌داد. یک عالمه گوش شنوا و نیمه‌شنوا و کر در اختیار داشت که با سوءاستفاده از موقعیت میزبان بودن، تا می‌توانست حرف می‌زد و داستان‌های رنگ‌وارنگ به خوردشان می‌داد. آن‌ها هم در مقام مهمان حرمت می‌گذاشتند و بهش نمی‌گفتند: «خفه شو و کمتر دروغ بگو.»

نگهداری از مشتی پیرزن خیلی هم ساده نبود. نمی‌شد سر صبح سوپ یا شیربرنج بار گذاشت و سروتَه ماجرا را هم آورد. هریک فراخور مریضی‌هایی که داشت و بنا به وضعیت دندان‌مصنوعی‌اش، رژیم غذایی خاصی داشت. یکی که هنوز به دندانش عادت نداشت، سوپ رقیق و آب‌میوه می‌خواست و آن یکی که اولین نفر بود که دندان گذاشته بود و بعد از یک ماه دیگر مسلط شده بود و در حسرت ته‌دیگ هم بود، ته‌دیگ زعفرانی و مغز بادام طلب می‌کرد. پفک تنها چیزی بود که همه‌شان با علاقهٔ زیاد در هر مرحله‌ای از دندان‌گذارون حتی بی‌دندان می‌توانستند و دوست داشتند بخوردند و دائم انگشت شصت و سبابه همه‌شان نارنجی بود.

هریک هم مهمان‌های خودش را داشت. بچه‌هایشان بهشان سر می‌زدند. آخر هفته‌ها خانهٔ ما عین سر ظهر مهدکودک‌ها که والدین برای بردن کودک‌شان آمده باشند، شلوغ می‌شد. یک روز ابراهیم دایی‌جان و خاله زیبنده که جوان‌تر از برادر و خواهرهای دیگرش بود و احتمالاً مسواک می‌زده یا هنوز به سن دندان‌مصنوعی نرسیده بود و توی تیم پیرزن‌های خانهٔ ما نبود، به دیدن دارودستهٔ پیرزن‌ها آمده بودند.

نن‌جان از این که آن همه گوش در ختیار داشت سرذوق بود، خواهر کوچکش و تنها برادرش که مهمان بودند، خاله‌زیور که بزرگتر بود و توی تیم پیرزن‌ها بود به اضافهٔ کلی سیاه‌لشکر در مقام شنونده. پس رو به خاله‌زیبنده کرد و گفت: «خواهرجان تو چند سالته؟» خاله‌زیبنده گفت: «چه می‌دونم، خیلی وقته شصت رو رد کرده‌ام.» جواب خوبی برای نن‌جان نبود. پس نشنیده گرفت و رو به برادرش کرد: «ابراهیم داداش تو چند سالته؟ شصت می‌شی؟» و بدون اینکه فرصت جواب به او بدهد، ادامه داد: «گمانم می‌شی. شما از من بزرگ‌تر تشریف داری.» و رو به خواهر بزرگش کرد و گفت: «زیورجان تو چی؟ تو حتماً دیگه شصت می‌شی.» بعد به افق خیره شد و آه کشید و گفت: «من هم دیگه دارم به شصت نزدیک می‌شم.»

فکر کنم آن موقع هفتادوپنج، هشتاد بود. پسربچهٔ شش‌هفت‌ساله‌ای که نوهٔ یکی از پیرزن‌ها بود، با تعجب به نن‌جان نگاه کرد و به برادرش که عین خودش لباس پوشیده بود، اشاره کرد و به نن‌جان گفت: «ما دوقلوییم؛ ولی تا حالا چهارقلو ندیده بودم.» نن‌جان برافروخته به بچهٔ بیچاره گفت: «تو بچهٔ کی هستی که این‌قدر زبون‌درازی؟ تو یکی‌ات هم زیاده. خدا عاقبت مادرت رو خیر کنه که دوتایی. اسم شما چیه؟» پسربچه جواب داد: «سروش و داریوش» نن‌جان رو به جمع گفت: «سه‌گوش و چارگوش بچه‌های کدومتونن؟ والله برای خودتون می‌گم بچه‌هاتون رو تربیت کنین که این‌طور جلوی بزرگ‌تر زبون‌فضول نباشن و آبروتون رو نبرن. میان دو چشم دماغ آدم رو می‌کَّنَن. خدایا دور دار!»

به مادر بچه خیلی برخورد و سریع از جا بلند شد و دست بچه و مادرش را گرفت و با اخم‌وتخم و خداحافظی‌ای سرسری خانه را ترک کرد. پیرزن، یعنی همان مادربزرگ بچهٔ حقیقت‌گو، همان بود که تازه به ته‌دیگ خوردن افتاده بود. قبل از رفتن، دندان‌های مصنوعی‌اش را از دهان درآورد. کمی مردد به آن‌ها نگاه کرد و با قیافه‌ای نامطمئن آن‌ها را پرت کرد روی کرسی و گفت: «نه کسی از کتهٔ شفته خوردن مرده، نه کسی از ته‌دیگ خوردن عمر نوح کرده.» به‌این‌ترتیب یک نفر از تیم پیرزن‌ها کم شد و یک پایهٔ

کرسی خالی شد، بدون اینکه هیچ‌یک از اهل خانه رغبتی به اشغال آن گوشهٔ گرم‌ونرم داشته باشد.

البته این بدترین کارش در زمینهٔ تثبیت سن شصت‌سالگی تا ابد نبود. آبروریزی‌های بدتر هم داشت. یک روز خانم بسیار زیبایی از دوستان مادرم مهمان ما بود. کمی آشفته بود و خسته. مادرم رفت چای بیاورد و داشت از توی آشپزخانه بلندبلند با دوستش حرف می‌زد.

- قمرخانوم‌جون، چرا دیگه موهات رو رنگ نمی‌کنی؟ چرا دست از خودت کشیدی؟
- زهراخانوم‌جون دیگه حوصله ندارم. دیگه پیر شدم و کار با رنگ و نقاشی درست نمی‌شه.
- این چه حرفیه؟ سنی نداری تو. مگه چند سالته؟
- چه می‌دونم والله. بگیر شصت سال.

این عدد را با خنده و بی‌حوصلگی همین‌طوری پرانده بود. سنش شاید کمی از پنجاه گذشته بود و صورت زیبایش از سنش هم کمتر نشان می‌داد. صورت هاج‌وواج نن‌جان همان‌طور که به قمرخانم زل زده بود، رو به سرخی رفت و تعجبش کم‌کم به نوعی غم، عصبانیت و نهایتاً طلبکاری تبدیل شد.

- پتیاره رو ببین! اون هم شصت سالشه، من هم شصتم. با بزک و دوزک اون انگار دختر چهارده‌ساله و من عین پیرزن هفتادساله.
- بله؟! نن‌جون خانوم چیزی فرمودین؟
- بس که مفت‌خوره زنیکه. دست‌هاش رو ببین! انگار تمام عمر دست به سیاه‌وسفید نزده. فلج مادرزاد دستش از دست این زنیکه کارکرده‌تره. آتون و ماتون، خرچسونه و خاتون! اون‌وقت دست‌های من چی؟ اون‌قدر زحمت زندگی کشیدم که رگ‌های دستم از انگشت‌های اون کلفت‌تره. خدایا خودت که جای حق نشستی، به فریاد برس. این زنان شهری والله حیف نون هستن.
- نن‌جون خانوم منظورتون چیه؟

قمرخانم دستپاچه و حیران مامان را صدا زد.

- زهراخانوم‌جون توروخدا بیا ببین نن‌جون خانوم چی می‌گه؟ با منه؟
- آره آره، نگران نباش. با توئه. البته داره تو دلش حرف می‌زنه. گوش‌هاش نمی‌شنوه، بلندبلند فکر می‌کنه. متوجه نیست تو می‌شنوی. قصد بدی نداره.

با همه دعوا و درگیری‌هایی که در آن مهدکودک پیرزن‌ها پیش می‌آمد هنوز به ایشان خوش می‌گذشت. بلاخره موقعیت نادری بود که همه دور هم بودند. مهم نبود ماجرا خوب بود یا بد مهم این بود که ماجرایی در کار بود و زندگی کسل کننده آنها هم له‌له می‌زد برای ماجرا حتی اگر گاهی خود آنها قربانی آن ماجرا بودند و در معرض نیش‌های نن‌جان قرار می‌گرفتند. آنها خبر نداشتند که بعد از آن، تا دو سه سالی قرار نبود خبری از این گردهمایی‌ها باشد.

خانواده پدری همه انقلابی بودند و سال انقلاب همگی به پدر و مادرم که تظاهرات نمی‌رفتند و قاب عکس رضاشاه هنوز به دیوار خانه‌شان بود اعتراض داشتند. تمام فامیل با ما کمی سرسنگین شده بودند. کسی مستقیم به دیدن ما نمی‌امد ولی در همان سرزدن به پدر یا مادر پیرشان در روند دندان‌سازی، مثلاً آوردن دفترچه بیمه یا دارو و دیگر وسایل مورد نیاز آنها، متلک‌ها و حتی اعتراض‌های تندشان را ابراز می‌کردند.

ابراهیم دایی‌جان و گلزاده توی گروه ساکن در منزل ما نبودند اما به دلیل نزدیکی خانه‌هایمان و جذابیت جمع پیرپاتال‌ها مرتب سر می‌زدند. بچه‌ها و نوه‌های آن دو از همه پرشورتر در انقلاب فعالیت می‌کردند. بنابراین اعتراض آنها به بابا از بقیه تندتر بود.

البته مامان و بابای من اگر تظاهرات نمی‌رفتند به این دلیل نبود که مخالف تظاهرات یا یک گروه سیاسی یا مخالف عضوی از خانواده بودند آنها اصلاً موضع سیاسی خاصی نداشتند. آنها از سیاست خیلی سردرنمی‌آوردند و آدم‌های عامی بودند و ادعایی بیش از این هم نداشتند. وقتی به فردی از فامیل می‌گفتند: «تو واقعاً چقدر سر در می‌آوری از سیاست که حاضری به

خاطر سرنگون کردن رژیم جانت را بگیری کف دستت؟»، یک جور مخالفت با مواضع سیاسی آنها به حساب می‌آمد پس بابا از نظر آنها یک ضد انقلاب بود. دلیل دیگر و بزرگتر دعواها هم ارادت بابا به عکس رضاشاه بود.

- ماشالله تورو خدا اون عکس منحوس رو از روی دیدار وردار. مگه کوری بچه‌های مردم تو خیابون دارن گلوی خودشون رو پاره می‌کنن و می‌گن مرگ بر شاه.
- این که گلو پاره کردن نداره، این بابا قبلاً مرده.
- مسخره بازی درنیار.
- من زنم شمالیه. سالی دوبار دست زن و بچه رو می‌گیرم می‌رم دیدن مادرزنم. هر بار باید از تونل کندوان رد شم. اگه این عکس رو از رو دیوار وردارم دیگه روم نمی‌شه از تونلی که این خدابیامرز اون زمان با دست خالیِ کارگر و بدون تجهیزات ساخته رد بشم. هر وقت یکی اومد یه تونل بهتر ساخت اونوقت من این عکس رو ورمی‌دارم عکس اون بابا رو می‌ذارم به جاش و از اون یکی تونل می‌رم شمال.
- مزخرف نگو ماشالله.
- خب پس تا وقتی که مادر زنم زنده است و من باید برم شمال این عکس هم سرجاش می‌مونه.

بابا از قول پدر خودش که زمان ساختن تونل کندوان سرباز و نگهبان خوابگاه رضا شاه در بازدید از مراحل ساخت تونل بوده تعریف می‌کرد که تونل با چه مشقتی ساخته شده. می‌گفت طناب می‌بستند به کمر کارگرِ مسلح به کلنگ و او را آویزان می‌کردند توی دره و از یک طرف دره به سمت دیگر تابش می‌دادند و کارگر در هر رفت یک ضربه به کوه مقابل می‌زده. ده‌ها کارگر آویزان از صبح زود تا شب، آن کوه عظیم را به شیوه فرهاد کوه‌کن افسانه‌ای از پا درآوردند و این تونل را ساختند.

عید سال بعد، که انقلاب دیگر پیروز شده بود و شور انقلابی بالاتر گرفته بود کسی عیددیدنی خانه ما نیامد. اما ما دیدن چندتایی از بزرگترهای فامیل رفتیم.

صبح که بابا از خانه می‌رفت بیرون مامان عکس را برمی‌داشت و می‌گذاشت توی کمد. عصر که بابا برمی‌گشت عکس با داد و هوار دوباره روی دیوار بود. اما آن شور انقلابی چند ماهی بیش نپایید و با رو شدن چهره خون‌خوار انقلاب همه قوم و خویش‌های ما هم برگشتند و شدند ضدانقلابیِ سفت و سخت. رفت‌وآمدهای فامیلی خیلی کمتر شده بود. بابا و مامان باز هم به همان دلیل اول یعنی سردرنیاوردن از این که واقعاً چه اتفاقی دارد می‌افتند موضعی نداشتند و همچنان به جرم مخالفت با فامیل مورد سرزنش قرار می‌گرفتند. منتها این‌بار فامیل در نقش ضد انقلاب قرار داشتند پس اجباراً موضع انقلابی به بابا و مامان تعلق می‌گرفت.

چندی بعد نن‌جان که چند روزی به خانه عمویم رفته بود سری هم به خانه خواهرش، زیبنده، که نزدیک خانه عموجان بود زد. ما هرگز به درستی نفهمیدیم آن‌روز بین نن‌جان و فرید و کامران، پسرهای نوجوان خاله زیبنده، و مرتضی، نوه ابراهیم دایی‌جان، دقیقاً چه گذشت ولی همه این را باور دارند که درگیری لفظی بین آنها بدجور بالا گرفته و نن‌جان چندتا حرف کلفت بارشان کرده و با قهر از منزل‌شان خارج شده. گویا ساعتی بعد می‌ریزند توی خانه خاله‌زیبنده و پسرها را دستگیر می‌کنند.

دلیل این که یک سالی رفت آمدها تعطیل شد این بود که پسرها مدعی بودند نن‌جان آنها را لو داده است. می‌گفتند دلخور از نزد آنها رفته و در خانه را کوبیده بهم و یک راست رفته تلفن کرده به کمیته یا رفته کمیته محل و آنها را لو داده.

نمی‌دانم چطور به این نتیجه رسیده بودند. شاید چون سرخورده بودند. تمام امیدشان ناامید شده بود. دست‌شان به جایی بند نبود. خودشان را به آب و آتش زده بودند و دست آخر زندان نصیب‌شان شده بود. وگرنه همه می‌دانستند که نن‌جان نمی‌توانست این کار را کرده باشد. به جز دو سه تا

مسیر نزدیکِ خانه اقوام توی محله خودمان و خانه خواهرش که دو سه کوچه با خانه عموجان فاصله داشت هرگز تنها جایی نرفته بود. هرگز تنها تاکسی یا اتوبوس سوار نشده بود و حتی بلد هم نبود این کار را بکند.
آن موقع ما تلفن نداشتیم و حتی سال‌ها بعد هم که تلفن‌دار شدیم او بلد نبود خودش از آن استفاده کند. چند بار پیش آمده بود که خواسته بود با برادرش تلفنی حرف بزند که در آن صورت به یکی از ما امر می‌کرد تلفن بزنیم و بعد از برقرار شدن تماس گوشی را بدهیم به او. بعد هم صلوات می‌فرستاد و دو سه بار گوشی را سروته می‌کرد تا بلاخره صدایی بشنود و بلند از طرف می‌پرسید: «خودتی؟!» و او هم با قسم و آیه اطمینان می‌داد که خودش است. اصلاً استفاده از تلفن هیچ، او خواندن شماره تلفن را بلد نبود. او شکل اعداد از صفر تا نه را بلد نبود و این را همه می‌دانستند. چطور ممکن بود او به کمیته زنگ زده باشد و آنها را که به قول خودش جگرگوشه‌هایش بودند لو داده باشد.
این اتفاق تیرخلاص رابطه فامیل با ما بود. نن‌جان برای خواهرزاده و برادرزاده‌هایش که در دام بلا گرفتار بودند و برای خواهر و برادرش که با این مصیبت دست به گریبان بودند گریه و زاری می‌کرد. غم می‌خورد. بلاخره فامیل بودند و اگر گوشت یکدیگر را می‌خوردند استخوانش را دور نمی‌انداختند. حتماً حال خواهر و برادرش به مراتب بدتر از او بود ولی یک سالی یکدیگر را ندیدند. این بود برکات انقلاب برای خانواده زارعی.
البته او هرگز برای دفاع از خودش هیچ اشاره‌ای به بیسوادی و ناتوانی‌اش نمی‌کرد. می‌گفت: «نصیحت‌شون کردم. گفتم دست بردارید. کونتون رو با شاخ گاو در نندازید. دیگه اتفاقیه که افتاده شما هم تبعیت کنید. از بوسه زدن به کون خر که آدم خر نمی‌شه. فکر می‌کنید بقیه که راه نمی‌افتن تو خیابون خیلی از اینا خوش‌شون میاد؟ نه جونم از سر نا علاجی به الاغ می‌گن آباجی. اونایی هم که شما رو خام کردن تا دنبال‌شون راه بیفتید عین همین‌ها هستن، یکی از یکی بدتر. این گوری که شما بالاش دعا می‌خونین توش مرده‌ای نیست. فقط چس رفته گوز اومده! حاکم دهن دوز اومده!»

فرید و کامران چند ماهی در زندان ماندند. مرتضی چند سال حبس کشید. سهراب اعدام شد. الهه زن سهراب با بچه یک‌ساله مدتی زندان شد، برادر الهه هم چندین سال. شهین، دختر ابراهیم دایی‌جان روز عروسی‌اش لباس سفید آستین بلند پوشید چون دستش توی گچ بود. بازویش توی تظاهرات شکسته بود. آنقدرکتک خورده بود که تمام صورت قشنگش با آن همه کرم‌پودر هنوز کبود بود. داماد هم که از اقوام نزدیک بود کتک خورده بود. علیرضا تمام عمرش عینک زده بود به جز روز عروسی‌اش چون عینک و جای عینک که دماغش باشد هر دو را شکسته بودند. او هم چند ماه بعد از عروسی دستگیر شد و یک سال و نیم زندان بود.

بچه‌ها در بند بودند و بزرگترها غم‌دار و دل‌شکسته. تنها زمانی که گلزار و گلزاده همدل و مهربان بودند و هوای همدیگر را داشتند همین دوران بود. البته بعد از آن که دوباره رفت و آمدها برقرار شد.

۶

و آن جنگی شد که هرگز به نفع کسی تمام نشد؛ نه کسی برد و نه کسی باخت. جنگ سردی ـ بعضی اوقات هم به‌شدت داغ ـ که بالغ بر هفتاد سال ادامه پیدا کرد. هیچ‌یک از طرفینِ قدرت خم به ابرو نیاورد و کوتاه نیامد و حتی لحظه‌ای به صلح فکر نکرد؛ تا اینکه یکی از دو پیرزن در عین صحت و سلامت از فرط پیری کهنه شد و افتاد و مرد.

گفتم که چشم دیدن پیرزن‌های شوهردار را نداشت، مخصوصاً اگر شوهر طرف ربطی هم به او پیدا می‌کرد. با این فرمول زن تنها برادرش بی‌بروبرگرد، بالاترین امتیاز را برای دشمنی داشت. از همه پیرتر و شوهر او از همه به نن‌جان نزدیک‌تر بود. آشکارا از روز اولی که با برادر او ازدواج کرد و پا به این خانواده گذاشت، جنگ شروع شد.

تاریخچهٔ آن هم به‌دلیل کثرت افراد خانواده مکتوب شد و ماند. هر یک تعداد زیادی فرزند و عروس و داماد و نوه و نتیجه داشت، البته گفته باشم، جملگی دو لشکر خائن و بی‌طرف. بی‌طرف به آن سبب که درگیری‌های قدیمی دو پیرزن چندان انگیزه‌ای برای جهت‌گیری نبود و خائن بدان جهت که جذابیت کل ماجرا برای هر دو خانواده فقط مسخرگی آن بود و به‌هرحال باعث معاشرت بیشتر دو خانواده می‌شد، گاهی باعث خنده، گاهی هم آبروریزی و شرمندگی.

سردمدار یک لشکر شیرزنی بود آزاده، باهوش، حراف، زایا، مدعی و نادان که تمام قدرت و مهارتش در کلام و چزاندن خلق خدا بود با نام زیبا و پرشوکت گلزار. حقا که اسمش آدم را به رؤیا فرو می‌برد.

با این اوصاف حریف را خوار نکرده باشم. او هم خصوصیات منحصربه‌فرد خود را داشت. زنی بود کم‌حرف و شجاع. شجاعتش علی‌الخصوص ستودنی بود. بی‌پرده و بی‌پروا بدجنس‌ترین موجود روی زمین بود و عیان و علنی دشمن. هرگز حتی لحظه‌ای در صدد برنیامد اندکی از بدجنسی‌اش را لاپوشانی کند و در این راه حتی یک بار هم لبخندی خشک‌وخالی برای دل‌خوشی کسی نزد. حتی سعی نمی‌کرد حرف زور را کمی با ملایمت بزند،

همهٔ خشونت‌ها در نهایت بدجنسی اعمال می‌شد. هرچه بدتر، برای او بهتر بود. اما او هم نام خیال‌انگیز قشنگی داشت که از بس به صاحبش نمی‌آمد، هرگز کسی با رغبت و جوری که برازندهٔ آن اسم قشنگ باشد، آن را ادا نکرد. نامش گلزاده بود.

فقط یک چیز از همین‌جا روشن باشد بین من و شما و خدا. هر حب و بغضی بین من و گلزار وجود دارد، به شما مربوط نیست. حتی اگر وقت‌هایی پشت سرش بدگویی کرده باشم یا شاید گاهی در دعوای دو پیرزن طرف‌داری‌هایی هم ازش کرده باشم، ولی خدا شاهد است در تعریف این داستان بی‌طرفم و کسی نیستم جز نگارنده.

از نظر تعداد نفرات هیچ‌یک از دیگری کم نداشت؛ چنان‌که در هر معاشرت فامیلی هیچ بچه‌ای اعم از دختر و پسر هیچ زن و مردی اعم از نَسَبی و سَبَبی بی‌همتا نمی‌ماند و یار شفیقی هم‌سن‌وسال و مطابق خود داشت. انگار دو پیرزن از روی دست هم مشق زادوولد می‌کردند. دست روزگار گلزار را مقابل گلزاده دشمن قرار داده بود. کل فامیل ماجراهای آن دو را با علاقهٔ فراوان و با نام «ماجراهای مارشال دوگل» دنبال می‌کردند.

آنچه باعث می‌شد این دو زن هرگز از هم نگذرند، مردی بود میان آن دو. نه، دوستان! صحبت از مثلثی عشقی نیست. هیچ مثلث عشقی‌ای تا این حد قوی و پایدار نمی‌ماند. زمان، بسیاری از دشمنی‌ها را زیر گرد فراموشی و بی‌خیالی می‌برد، پیوند خونی بود و جدی‌تر از این حرف‌ها. ابراهیم مرد صبور و بزرگوار بدبختی بود، شوهر یکی و تنها برادر دیگری. از دلسوزی و احساس نوع‌دوستی شما همین جا تشکر می‌کنم. بله، اقرار می‌کنم زندگیِ بسیار سخت و ترحم‌انگیزی داشت.

نیمی از بدبختی‌اش این بود که برادر گلزار بود و نیم دیگرش اینکه شوهر گلزاده. شاید اگر به عکس بود، تاریخ این جنگ کلاً مسیر کم‌آزارتری برای همه می‌پیمود. شاید هم خدا رحم کرد که آن مسیر دیگر اتفاق نیفتاد. درد نداشته را سبک شمردن انصاف نیست. من کاتبم و فقط با آنچه اتفاق افتاده، سروکار دارم.

هیچ‌کس ماجرا را دقیق نمی‌داند؛ چراکه هیچ‌کس هم‌سن‌وسال و هم‌دورهٔ آن‌ها نیست. به‌عبارتی هیچ‌یک از هم‌دوره‌هایشان پابه‌پای آن‌ها زنده نمانده. بیشتر ماجرا از اتفاق‌نظر در حدس و گمان‌های دو فامیل حاصل شده. این‌طور فرض می‌کنیم که جنگ از ابتدای ورود گلزاده به خانوادهٔ داماد شروع شده. با اینکه در بسیاری از جزئیات شک و گمان هست، ولی در اینکه هر دو از همان روز اول شمشیر را از رو بسته‌اند، هیچ تردیدی از جانب هیچ‌یک از افراد خاندان دیده نشده است.

این مناظره هیچ بر پایهٔ حدس و گمان نیست، هیچ نقل‌قول نیست؛ این یکی را خودم با گوش خودم شنیده‌ام.

- یه هفته عروس بودم که شوهرم رفت اجباری. برای من که دختر شهر بودم و مجبور شده بودم برم توی ده‌کوره زندگی کنم، خیلی سخت بود. توی خانواده‌ای غریبه، بدون حضور شوهر و یه مار زنگی هم در کنار.

مار را ماهْر تلفظ می‌کرد که وضعیت خطرناک‌تر جلوه کند و هنگام تلفظ ماهر هم نمی‌دانم چرا دست‌هایش را به حالت اقامهٔ نماز می‌برد پس گوشش و چشمانش را گرد و گشاد می‌کرد.

فکر نکنید این فرمایش همراه با اجرای نمایشی در غیاب گلزار اتفاق افتاده، هر دو حضور داشتند و درست مقابل هم نشسته بودند.

- بله، دخترجان! سختی‌ها کشیده‌ام. تازه شوهرم رفته بود که فهمیدم حامله‌ام.
- از قبل شکم گرفته بودی. ابراهیم‌جان با حکمت‌الله‌خان، خدابیامرز، هر دو باهم رفتن اجباری. من هم تازه‌عروس بودم و همون وقت آبستن شدم. در واقع ما هر دو یه روز عروس شدیم. یادت نیست چطور هوار شدی سر عروسی ما؟ چطور شد که وقتی من زاییدم، تو وردست قابله بودی و بچه‌ات توی گهواره بود؟
- طفلک بچهٔ من، از بس زجر روزگار می‌بردم، زود دنیا اومد. از بس همه پیِ جاآوردن ویار تو بودن.

- خب، زن ناحسابی ویار تو کُس ترکی بود و همه‌اش چیزهای عجیب‌وغریب می‌خواستی. تقصیر دیگران چیه؟ من ویار آلبالو داشتم، سر درخت بود، می‌چیدم می‌خوردم. تو یه‌کاره می‌گفتی چاقاله بادوم، که شش ماه از فصلش گذشته بود. اصلاً از اول دلت با روزگار ناساگار بود. در ثانی، شاخ شمشاد رو نگاه کن باورت می‌شه چنین جوانی نارس باشه؟

البته آنچه من از دایی‌جان صَفَر می‌دانستم، نه یه نوزاد نارس بود و نه شاخ شمشاد. مرد میانسال خمیده‌ای بود که چندی پس از این ماجرا عمرش را داد به شما. این بار گلزاده مرا ابزار فرمایش خود کرد و گفت: «البته راست می‌گه. اون هم شوهرش هم‌زمان با ابراهیم رفت اجباری. به اون سخت‌تر می‌گذشت. خیلی غصه می‌خورد.»

شستم خبردار شد وقتی موافقت و ترحمی صورت می‌گیرد، هیچ معنای عقب‌نشینی ندارد؛ بلکه دورخیزی است برای حمله‌ای جانانه. فهمیدم تیری در شست دارد.

- آخه طفلی شوهرش رو خیلی دوست داشت. دوری و بی‌خبری، نه دو خط کاغذی، نه هیچی، تلفن هم که در کار نبود مثل الان.

تمام این‌ها در آرامش گفته شد. البته وقتی گفت: «او شوهرش رو خیلی دوست داشت»، خون به چهرهٔ گلزار دوید. چون تمامی ادعایش در این بود که زن نجیبی بوده و هرگز به شوهر رغبتی نداشته و این شوهرش بوده که خیلی خاطر او را می‌خواسته و آن‌همه داستان‌های تخیلی عاشقانه را بر این استناد به خورد ما داده بود.

بعد زن‌دایی گلزاده چشمکی تحویل من داد و صدایش را بلندتر کرد.

- آخه شوهرش که مثل ابراهیم سواد نداشت. باز من مرتب کاغذ داشتم. آخه ابراهیم خیلی من رو می‌خواست. جونش به جون من بسته بود. مرتب، ماه‌به‌ماه، کاغذ می‌داد.

این را گفت و شروع کرد به کندن پوستهای داخلی پرهای پرتقال و مغز خالص آن را پیروزمندانه و با لذت گذاشت دهنش. ابروها را انداخت بالا و یک چشمش را بست و گفت: «چه ترش!»

چهرهٔ طرف همچنان برافروخته و آمادهٔ حمله بود؛ خصوصاً حالا که نام ابراهیم‌خان را بدون ادای احترام آورده بود. البته موضوع‌هایی از این مهم‌تر هم بود. پس، تقاص این گناه را به بعد موکول کرد و به آن‌ها پرداخت. همه می‌دانستند دو حسرت مادام‌العمر گلزار یکی سواد بود و یکی شوهر.

به‌جز اینکه شوهرش در جوانی بی‌وفایی کرده بود و مرده بود که این گناهش هرگز بخشوده نشد، سواد داغ دیگری بود به جانش و عذابی به جان دیگران. روزی هزار بار شکوهٔ بی‌سوادی را به درگاه خدا می‌برد و می‌آورد و ول‌کن نبود و همین‌طور شکوه از پدر و مادرش که خودشان سواد قرآن داشتند ولی او را مکتب نفرستاده بودند و این در حالی بود که برادرش، ابراهیم‌خان، مکتب رفته بود. می‌گفت: «اگر سواد داشتم، شاه را از تخت به زیر می‌کشیدم و نصف تهران هم جیره‌خور من بودند.»

آن‌قدر سرتق بود که خدا می‌داند. اگر سواد داشت، شاید همین هم می‌شد. به‌هرحال خدا به خلقش رحم کرد که این نامیرای هفت‌خط سواد نداشت.

عجیب بود که همهٔ حرف‌های گلزاده را با حالی برافروخته شنید و تغییر بیشتری بروز نداد. فقط با حرکت سر تأیید کرد. معمولاً در کشاکش بحث داغشان ضربه‌ها مهلک می‌شد. بنابراین سعی می‌کردند جواب را به شخص ثالث بدهند. من هم در این بین نقش پیک و چاپار یا بهتر بگویم ضربه‌گیر را داشتم. اگر آن حرف‌ها را توی چشم هم نگاه می‌کردند و می‌زدند، حتماً خون به پا می‌شد. پس رو به من کرد و گفت:

- راست می‌گه. برادرم سواد داشت. مکتب رفته و مکتوب خونده بود. کاغذ می‌داد. خط خوبی هم داشت. شعر هم خوب می‌دونست. مرتب هم کاغذ می‌داد و من حرص می‌خوردم. یه بار خوش‌مزگی کرده بود و شعری نوشته بود که اگه یادم باشه، این بود: «ای دلبر من به دیدن روت آیم، سرمست به‌سوی بوی گیسوت آیم،

شکرشکنی قند عسل چون توتی، طوطی شوم و به خوردن توت آیم.» دو سال عمر به گرانی بیست سال گذشت تا داداشم از خدمت برگشت. از راه رسیده، نرسیده، سلام گفته، نگفته، گوشش رو گرفتم و گفتم برادر اجباری رفتی مرد بشی یا نامرد؟ درازِ داهول! دلت خوش بود کاغذ دادی و شعر گفتی؟ آخه مرد غیرتت کجاست؟ مگه زنت سواد داشت که هرچی دلت خواست از مستی و خوردن و کردن، نوشتی؟ فکر نکردی این زن سرسبک این کاغذ رو برمی‌داره و می‌بره پیش ریش‌سفیدی، بزرگ‌تری، سوادداری که براش بخونه؟ چی نوشتی: تو شکری من توتم، تو پِهِنی من کودم. صد بار بهش گفتم کاغذ رو ببر خانم‌بمانی بخونه، ولی بدر کرده شیطان، واکرده میدان، یه‌کاره برد نزد آقابالا. دو ساله که شده‌ایم نَقل دهن مردم. نه‌تنها زنت که همهٔ ده منتظر کاغذهای تو بودن دراز کم‌عقل. اقلاً می‌نوشتی: الف ای سرو روان مایل دیدار توام ب- بیـــا پیش من این دم که گرفتار توأم...

و شروع کرد به خواندن غزلی بلندبالا و از «الف» تا «ی» را بی‌وقفه و به آوای رجز خواند. بعد رو کرد به گلزاده که حسابی مغلوب شده بود و با طیب خاطر خندهٔ بلندی کرد.

هنوز هیچ‌کس نمی‌داند پیرزن آن‌همه شعر را از کجا می‌دانست و چطور از حفظ بود. همیشه شعری درخور موقعیت در چنته داشت و کلامش یک جمله در میان شعر بود. گاهی فکر می‌کردم هرچه در باب بی‌سوادی‌اش غر می‌زد و روزگار همه را سیاه می‌کرد، حق داشت. خودش می‌گفت وقتی برادرش مشق می‌کرده و مکتوب را بلندبلند می‌خوانده، او همه را از بر می‌کرده.

یک بار وقتی داشت یکی از همان کتاب‌های سنگین را ورق می‌زد و صلوات می‌فرستاد و گاهی هم فحشی نثار روح پدر و مادرش می‌کرد و نمی‌گذاشت من درسم را بخوانم، بهش گفتم:

-   ننجون خانوم چقدر میخوای دربارهٔ چیزی که تموم شده و رفته پی کارش و هیچ کاری هم نمیشه کرد، نفرین و ناله کنی؟ چرا دست برنمیداری؟
-   مگه زیاد میگم؟ روزی یه میلیون بار یادم میآد و دو بارش رو به زبان میآرم، زیاده؟
-   اصلاً فرض کنین شما سواد دارین. چیکار میکردین؟ بگین تا من همون رو براتون انجام بدم.

طولانی نگاهم کرد و چشمانش پر از اشک شد. آهی از ته سینه کشید و ناامیدانه گفت: «مَنوِشتَم.»

حتی اجازه نداد همدلی و دلسوزیام لحظهای دوام بیاورد. آخر چقدر آدم میتواند پررو باشد؟ یک کلمه از خواندن حرف نزد و یکراست رفت سر نوشتن. آخر چه مینوشتی عفریتهٔ دروغگو که تمام عمرت در دهکورهای گذشته که حتی اسمش توی هیچ نقشهٔ محلی هم نیست؟

۷

برخلاف ننجان، مادربزرگ مادری‌ام که مادرجون صدایش می‌زدیم کم‌حرف بود. نه اینکه فکر کنید به‌خاطر کم‌حرفی‌اش محبوب‌تر بود. کم‌حرفی یا به عبارتی بی‌حرفی این یکی هم به‌اندازهٔ پرحرفی آن یکی کلافه‌کننده بود. هرگز معلوم نبود خوش‌حال است، غمگین است، بهش برخورده، دارد از آرامش می‌میرد، به حرفت گوش می‌دهد یا دارد توی دلش بهت فحش می‌دهد. نه به جوکی می‌خندید، نه راجع به کسی نظری داشت و نه حتی به اخبار تلویزیون فحش می‌داد. کلاً آدم بی‌آزاری بود؛ ولی اگر پیش می‌آمد که هر دو مادربزرگ هم‌زمان خانهٔ ما باشند، آن‌وقت همان بی‌آزاری‌اش می‌شد بلای جانمان.

- بله خانوم، داشتم می‌گفتم که بچه‌ها شیطنت کرده بودن و در طویله رو به روی من و حکمت‌جان بی‌بی‌قلی خدابیامرز بسته بودن و ما تمام روز گیر افتاده بودیم اون تو. گوشتون با منه؟

بعد رو کرد به من و به خیال خودش خیلی یواش، جوری که مادرجون نشنود، ولی در واقع این‌قدر بلند که مامان توی آشپزخانه هم می‌شنید، گفت:

- این زنه بیداره؟

مادرجون چشم‌هایش خیلی ریز بود. عینک هم می‌زد که اصلاً نمی‌شد دید آن پشت چشمانش باز است یا بسته. باید از روی رفتارش می‌فهمیدیم خواب است یا بیدار که خب، وقتی هیچ رفتاری از کسی سر نزند، گیج‌کننده می‌شود.

- بله، حتماً بیداره. نشسته که کسی نمی‌خوابه.
- پس چرا عین ابوالهول هیچ‌چیز نمی‌گه؟! اگه آدم با آیینه حرف بزنه، اقلاً توش یه چیزی تکون می‌خوره. آه چه زنِ بیخودی! تازه شوهر هم داره.
- چه ربطی داره؟!

- والله! این مردها کورن. دومی رو می‌گم. انگار کور بود، ندید اولی از دست این زن فرار کرد و سر به جنگل گذاشت.

مادرجون هیچ عکس‌العملی نشان نداد. شاید خودش را می‌زد به نشنیدن. حالا که نن‌جان سعی کرده مثلاً یواش حرف بزند، راه اینکه او هم خودش را بزند به نشنیدن، باز است. کی حوصله دارد با این سلیطه اره بدهد تیشه بگیرد؟ البته مطمئن هم نبودم بیدار باشد؛ ولی خدا کند نباشد. گاهی می‌شد که نشسته خوابش ببرد. از ته دل دعا می‌کردم خواب باشد.

هرگز کسی از مادرجون چیزی در این باره نشنیده بود؛ ولی به نظر می‌آمد بدجور به این موضوع حساس است و طوری وانمود می‌کرد که انگار اصلاً اتفاق نیفتاده. راستش از مادرم و بقیهٔ خانواده هم چیزی نشنیده بودم. یعنی اصلاً هرگز حرفی درباره ازدواج اول مادرجون به میان نیامده بود. فقط یک بار از بس افتادم به جان خاله کوچیکه‌ام، همان که با دایی‌جان ازدواج کرده، یک چیزهایی بهم گفت؛ ولی قول گرفت بلافاصله فراموش کنم و به کسی هم چیزی نگویم. تازه آن‌هم بعد از اینکه سروکلهٔ بابابزرگ اصلی پیدا شده بود و ما می‌دانستیم بابابزرگ دیگری هم در کار است، لب باز کرد. بارها سعی کرده بودم سر دربیاورم که چطور شده با برادرش ازدواج کرده؛ ولی هیچ نگفته بود.

- آخه چطور می‌شه خالهٔ آدم با دایی آدم ازدواج کنه؟
- ساکت! این‌ها رو جایی نگو، زشته.
- ای‌بابا، شما ازدواج کردین زشت نبود، من بگم زشته؟
- هیس! بچه ساکت. چه بی‌تربیت بار اومدی ماشاءالله!
- مگه شما خواهر و برادر نیستین؟
- اون‌طورها هم که تو فکر می‌کنی، نیست. ما باهم بزرگ شدیم؛ ولی خواهر و برادر نیستیم. پدر و مادر ما یکی نیست که ما خواهر و برادر باشیم.
- یعنی چی؟! یعنی مادرجون مادر شما نیست.
- هست.

- بابابزرگ چطور، پدرتونه؟
- بچه، خفه می‌شی یا نه! صد بار به خواهرم گفتم این‌قدر به بچه‌هات رو نده.

دردسرتان ندهم. سربسته فهمیدم بابابزرگ فعلی که فامیل مادرجون بوده، زن اولش سر زا رفته و او هم با مادرجون که با سه تا بچۀ قد و نیم‌قد طلاق گرفته بوده، ازدواج کرده. بنابراین خاله و دایی من خواهر برادر نبودند؛ ولی با هم بزرگ شده بودند و تا قبل از ازدواج تحمیلی از طرف پدربزرگ یا در حقیقت پدر دایی‌جان حتی خودشان هم نمی‌دانستند خواهر برادر نیستند. بابابزرگِ الکی وقتی می‌بیند پسرش کمی لکنت زبان و نارسایی دارد و در واقع کمی عقب‌افتاده است و در عوض خاله که کوچک‌ترین دختر مادرجون بوده، خوشگل و باهوش و خوش‌سروزبان است، این تصمیم را می‌گیرد.

- پس بابابزرگ اصلی چی شد؟
- چه می‌دونم. از آدم به‌دور بود. گور مرگش رفت جنگل و برای همیشه توی جنگل زندگی کرد. خودتون دیدین که سفیه بود.
- سفیه یعنی چی؟
- چه می‌دونم، یعنی دیوونه، یعنی همون که دیدین.

یادم می‌آید توی همان چند روزی که بابابزرگ ـ یعنی همان اصل‌کاری ـ سروکله‌اش پیدا شده بود و برای اولین و آخرین بار آمده بود تهران تا نوه‌هایش را ببیند، مادرجون هم بی‌خبر و غیرمترقبه، درست روز آخری که بابابزرگ پیش ما بود، سر رسید. دم رفتنش وقتی داشت خداحافظی می‌کرد تا بابا ببردش ترمینال، صدای زنگ در بلند شد. وقتی در را باز کردیم، مادرجون با ساک و زنبیل و بادبزن حصیری در دست، عین جن، جلویمان ظاهر شد. صورت رنگ‌پریده و عرق‌کرده‌اش با آن چشمان نه باز نه بسته شبیه روح بود. با همان آرامش مخصوص خودش سلام داد و با همه روبوسی کرد. جوری رفتار می‌کرد انگار بابابزرگ را ندیده. انگار این آدم وجود نداشت. جوری نمی‌دیدش که حتی تعجب هم نکرد. بعداً فهمیدم بعد از اینکه بابابزرگ سال‌ها قبل خانه را ترک کرده، اولین باری بود که او را می‌دیده.

آن هم کجا، تهران. اقلاً باید یک‌کم جا می‌خورد، بعد مثلاً خودش را جمع‌وجور می‌کرد و او را ندید می‌گرفت. جوری رفتار کرد که ما شک کردیم نکند واقعاً او را ندیده. مثلاً بابابزرگ روحی بوده که به چشم او نمی‌آمده. خلاصه بگویم این دیدار جوری صورت گرفت که انگار اصلاً اتفاق نیفتاده. اگر بابابزرگ توی ماشین به بابا نگفته بود: «ماشاءالله‌جان من بهترین زن دنیا رو داشتم؛ ولی چاره‌ای نبود، باید می‌رفتم. دلم با شهر و آدمیزاد سازگاری نداشت»، ما هرگز باورمان نمی‌شد آن روز آن‌ها همدیگر را دیده باشند. بعد هم به بابا گفته بود که بعد از رفتنش از خانه، این اولین بار بوده که باهم روبه‌رو شده‌اند.

می‌دانستم اگر حرف‌های ننجان از بلندگوی سبزی‌فروشی یا تلویزیون هم پخش بشود، مادرجون خودش را می‌زند به نشنیدن. طبعاً من ـ که از حرف‌های نیش‌دار ننجان به مادرجون کلی معذب بودم ـ مخاطب ادامهٔ داستان قرار گرفتم. چون وقتی ننجان داستانی را شروع می‌کرد، اگر هیچ‌کس توی اتاق نبود، اگر برق می‌رفت، اگر توفان می‌شد و حتی اگر کسوف می‌شد، به حرفش ادامه می‌داد و تا آن را تمام نمی‌کرد، ول‌کن نبود. من گیر افتاده بودم و باید داستانی را که بارها و بارها شنیده بودم، دوباره گوش می‌دادم. البته چون داستان هر دفعه کلی با دفعه‌های قبل فرق داشت، حوصله‌ام سر نمی‌رفت؛ ولی دقیقاً به همین دلیل حرصم درمی‌آمد. کارش همین بود. هر داستان صدها نسخهٔ مختلف داشت که هیچ‌کدام هیچ شباهتی به آن یکی نداشت؛ به‌جز یک نکته که در همه مشترک بود. همهٔ نسخه‌های همهٔ داستان‌ها به یک جا ختم می‌شد، اینکه آقاجان حکمت عاشق او بوده و داشته از عشق او می‌مرده. این یکی را نمی‌دانم فیلمش بود یا واقعاً باور داشت. وقت‌هایی که هیچ دلیلی برای شکوه و گلایه‌کردن پیدا نمی‌کرد و دلش می‌خواست غر بزند، یک‌مرتبه می‌زد زیر گریه. دست‌هایش را به‌طرف آسمان دراز می‌کرد و با آه و زاری از درگاه خدا طلب بخشش می‌کرد. «خدایا از گناهم درگذر. خدایا ببخش و پردهٔ روم رو بپوشون. خودم

کردم. معجر سرم رفت، تقصیر خودم شد. عاشقی بد دردیه. قلبش تاب اون همه عشق رو نیاورد و آخرش از عشق من سرطان گرفت و مرد.»

سعی کردم یک‌جوری قبل از گیرافتادن خودم را نجات بدهم. نیم‌خیز شده بودم که گفت:

- باز که داری باریک می‌شی و درمی‌ری. صد بار گفتم ادب داشته باشین و وسط حرف بزرگ‌تر بلند نشین.»
- نه، می‌خواستم صدای تلویزیون رو کم کنم.
- آها! آفرین دختر. بله، می‌گفتم.

و بی وقفه ادامه داد: «جونم براتون بگه خدیجه خانم کجا بودم؟ آها، شیطنت کرده بودن و در طویله رو به روی ما چفت کرده بودن. یکی از گاوها به اسم شوکت تازه‌زا بود و همراه مال نمی‌رفت صحرا بچره. بعد از اینکه همهٔ میش‌ها و گاوها را دوشیدم و راهی صحرا کردم، رفتم طویله گاو تازه‌زا رو بدوشم و غذا بدم. حکمت‌جان هم پشت سرم اومد تا مراقب باشه گاو شاخم نزنه. آخه گاو بعد از زایمان یه‌کم تند و بدخلق می‌شه. گفت: «گلزارجان، چه بی‌باکی! با این جون نازکت از گاو دُژَند نمی‌ترسی.» تا این رو گفت، همه‌جا تاریک شد. چفت در گفت تق و قفل شد. این مرد نازنین اون‌قدر خداترس بود که اون‌طرف گاو ایستاد و گفت: «می‌دونم تو دختر نجیبی هستی و مثل نقره پاکی و خوش نداری با نامحرم پشت یه در بسته باشی؛ پس بگذار گاو بین ما حائل باشه تا تو راحت باشی.» چه دردسرتون بدم، ما توی طویله موندیم تا غروب آفتاب که مال از صحرا برگشت و آقاجانم در طویله رو باز کرد. تا من رو دید، نهیب زد: «اینجا چه می‌کنی دختر؟ چرا تمام سر و لباست پر از خاشاک و علوفه‌ست؟» گفتم: «روی علوفه گاو خوابم برده بود آقاجان.» گفت: «پس وسط این‌همه کار تمام روز غیبت زده بود، اینجا خوابیده بودی؟» گفتم: «آقاجان تمام روز در چفت بود.» آقا جانم گفت: «همه‌جا رو دنبالت گشتیم. اتفاقاً مادرت اومد طویله رو سر بزنه، اما دید در طویله چفته. ولی الان که من اومدم، باز بود. اصلاً اینجا چی‌کار می‌کنی؟» گفتم:«اومده بودم شوکت رو بدوشم.» گفت: «شوکت؟ شوکت که امروز با گوساله‌اش

همراه گله رفته؟» گفتم: «پس این کدوم گاوه؟» گفت: «این برکت‌الله‌ست. دختر، دیوانه شدی؟ تمام روز توی طویله موندی که گاو نر رو بدوشی؟ ندیدی پستون نداره؟ اصلاً وقتی اومدی تو طویله ندیدی گوساله‌ای در کار نیست؟ بدو دختر. برو بیرون بذار مال بیاد تو. برو سطل بیار گاوها رو بدوش. بپا کیروخایهٔ گاوهای نر رو به هوای دوشیدن از بیخ نکّنی.» رفتم بیرون و تا خونه مُردم از خجالت و خنده. چنان خجالت‌زده بودم که تا مدت‌ها به روی آقاجانم نگاه نمی‌کردم.»

به اینجا که رسید، عینکش را برداشت و اشک‌هایش را که از خنده سرازیر شده بود، با گوشهٔ چارقدش پاک کرد و از شدت خنده نتوانست به حرفش ادامه بدهد. اصلاً کل داستان را با خنده تعریف کرده بود. همیشه این داستان را با خنده تعریف می‌کرد. همیشه هم در وارونه جلوه‌دادن داستان چندان موفق نبود و دستش رو می‌شد.

- نن‌جون خانوم پس آقاجون حکمت چی شد؟
- چه می‌دونم. آها، یادم اومد. آقاجانم تو تاریکی طویله اصلاً ندیدش.

فکر می‌کرد وقتی می‌گوید مادرش هم دیده در طویله فقل است، یعنی دیگر همه قانع شدند که شاهد هم داشته. دیگر به این فکر نمی‌کرد که به‌وضوح دارد می‌گوید در از تو فقل بوده. خدا می‌داند هفت‌خط حشری تمام روز توی طویله روی علوفه چه می‌کرده.

این داستان محبوبش بود و هر لحظه آماده بود آن را دوباره تعریف کند. همیشه هم با هیجان و لپ گل‌انداخته درحالی تعریف می‌کرد که نمی‌توانست جلوی خنده‌اش را بگیرد. درصورتی‌که چیز خنده‌داری توی داستان نیست، جز دروغ‌های آشکار و رقت‌انگیز.

۸

خبر مثل رعدوبرق پیچید که آشورحمّام‌دار مرمر، دلّاک حمام، را به‌خاطر گم‌شدن دکمهٔ نقرهٔ بقچه‌حمام شَری‌خانم، زن طهماسب‌خان واثقی، بیرون کرده. می‌گفتند ـ دور باشد ـ مرمر آن را دزدیده. یعنی شَری‌خانم این‌طور گفته و بعد هم قشقرق به پا کرده. آشورحمّام‌دار هم برای اینکه شرّ را بخواباند، عذر مرمر را خواسته؛ وگرنه کسی به چشم ندیده که مرمر دکمهٔ نقره را برداشته باشد. بساطش را گشته بودند و دکمه را پیدا نکرده بودند؛ ولی به‌هرحال کولی‌بازی‌های شَری‌خانم کار خودش را کرده بود.

بیچاره مرمر! شوهرش، امیرداش، چوپان ده بود. زن و شوهر تنها کسانی بودند که آبا و اجدادی اهل ده نبودند. سالی که دِه‌شان، سیف‌بنه، از یخ‌بندان جان در نبرد، از آنجا آمدند ده ما و چون زمین نداشتند، یکی چوپان شد و یکی دلّاک.

ده سیف‌بنه بالاترین ده توی سیصدوشصت پارچه آبادی طالقان بود و شاید کوچک‌ترین هم. وقتی برقرار بود پنج، شش خانوار بیشتر آنجا زندگی نمی‌کردند و کل ده هم باغ سیب بود. سیبی که آنجا عمل می‌آمد، سوای هر نوع سیبی بود. فصل سیب که می‌شد تمام کوهستان بوی سیب می‌گرفت. عسل کلّ طالقان در فصل پاییز بوی سیب می‌داد. انگار زنبورها به‌جای عسل مربای سیب درست می‌کردند.

بزرگ‌ترها می‌گفتند آدم که نافرمانی کرد و از بهشت به زمین رانده شد، دانهٔ آن سیبی که حوای پتّیاره بهش داده بود را با خود آورد و روی بلندترین کوه دنیا زیر خاک قایم کرد. خبر نداشت که دانه از دست می‌رود و سبز می‌شود.

توی بهشت برای خودش آقایی می‌کرده، کشاورز که نبوده. به‌هرحال آن یادگار شاید به او وفا نکرد؛ ولی برای بشر یادگاری شد از بهشت. اسم ده به‌همین دلیل شد سیف‌بنه. آقاجانم می‌گفت چون زمین پر از کفر و ظلم و جور شده، خدا قهرش آمده و یادگار بهشت را پس گرفته. یک سال که برف سنگینی بارید، برف کل ده را بعلید و حتی یک آروغ هم نزد. نه بهار و نه

حتی تابستان برف آب نشد که نشد و ده برای همیشه زیر یخ ماند. تابستان آن سال چند نفری از اهل ده برگشته بودند ببینند می‌توانند خانه‌هایشان را از زیر آوار برف نجات بدهند، اما دیده بودند برف یخ‌زده و شده مثل شیشه. فقط توانسته بودند سقف خانه‌هایشان و درختان خشک سیب را که انگار از زیر یخ دست‌هایشان را به آسمان بلند کرده بودند و کمک می‌خواستند، توی آن شیشهٔ کدر ببینند. آن‌قدر یخ روی یخ بست که همان تصویر کدرِ توی یخ هم محو شد و شد یک کوهِ یخ هولناک.

خلاصه مرمر بدبخت شد. بَیک‌ننه‌جانم خودش آن روز حمّام بوده و شاهد ماجرا. راستش من هم همراهش رفته بودم؛ ولی وقتی از دور دیدیم شری‌خانم سوار بر اسب و نزاکت هم بقچه‌به‌دست پشت سرش دارند به‌طرف حمام می‌آیند، بَیک‌ننه‌جانم امر کرد برگردم خانه. بعد از آن سیزده و تاب‌خوردن پسر خان و آن یاوه‌ای که گفته بود، مادرم از رویارویی با خانوادهٔ خان پرهیز داشت. مرا هم منع می‌کرد. برای بردن شیر سر صبح هم پیغام داد نزاکت را بفرستند و داغ قمر و گرام را به دلم گذاشت.

بعضی‌ها می‌گفتند از کجا معلوم که مرمر دکمهٔ نقره را برداشته باشد؟ چیزی که توی بساطش پیدا نشد. بعضی هم می‌گفتند درست است که توی بساط او پیدا نشد؛ ولی جای دیگری هم پیدا نشد. نقره که آب نمی‌شود برود توی زمین. حتماً آن را قایم کرده. توی ده گم‌شدن و پیدانشدن رایج نبود. البته دزدیدن هم غریب بود و این کلمه به‌جز برای حشره‌ای موذی به‌اسم آب‌دزدک کارکرد دیگری نداشت. نه فقط در نساء سفلی بلکه در کل سیصدوشصت پارچه آبادی طالقان و ساوجبلاغ و الموت این کلمه بی‌معنی بود.

می‌گویند در عهد قدیم مردم طالقان آن‌قدر درستکار بودند که مستجاب‌الدعوه بودند. اول بار که ملایی گذرش به یکی از دهات طالقان می‌افتد و قصد ارشاد می‌کند و پیشنهاد ساختن مسجد می‌دهد، اهالی درصدد پرسش برمی‌آیند که ملاّ و مسجد برای چه؟ ملای بیچاره در خطابه‌ای طولانی توضیح می‌دهد برای رساندن صدای مردم به گوش خدا و

صدای خدا به گوش مردم و اجابت دعا و رسیدن الهام. بعد از خطابه مردم به او اطمینان می‌دهند که احتیاجی به ملاّ نیست و سِرِّ مستجاب‌الدعوه بودن اهالی را آشکار می‌کنند.

ملاّی ناجنس هم که فهمیده بود چون مال این مردم هرگز به حرام آلوده نشده و جملگی مقرّب درگاه خدا هستند، طرح مکری می‌کند. می‌رود پیش کدخدا و می‌گوید حالا که شما چنین مردمان باسعادتی هستید و نیازی به من ندارید، اجازهٔ مرخصی بدهید، من می‌روم. کدخدا هم خیر در پیش می‌گوید.

- کدخدا! فقط یه مشکل هست.
- چه مشکلی؟ من فکر کردم اومده بودی مشکل ما رو حل کنی.
- شرمنده! از شما و مردم ده کمک می‌خوام.
- تو که اومده بودی ما رو کمک کنی ملاّ. پس چی شد؟
- از اونجا که من قصد موندن تو این ده داشتم، هرچی داشتم، خرج سفر به اینجا شد و خرج برگشت ندارم. اگه مردم کمک کنن، من زحمت رو کم می‌کنم.
- باشه. خوش داری چی‌کار کنیم؟
- اگه هر خانوار لطف کنه و یه تخم‌مرغ به من بده، خرج سفرم درمی‌آد.

اهالی همین کار را کردند و دو دبه پر از تخم‌مرغ دادند به ملاّ. روز بعد ملاّ گفت تخم‌مرغ‌ها بیشتر از آن است که او لازم دارد و اعلام کرد هرکس بیاید و یک تخم‌مرغ پس بگیرد. و همین هم شد. تابستان بود و باغ‌های میوه پربار. ملاّ اجازه خواست یک هفته در خانهٔ کدخدا بماند و در میوه‌چینی کمک کند و با مزدش راه برگشت در پیش بگیرد. باز هم کدخدا قبول کرد و ملاّ یک هفته در باغ‌های اهالی به تفرج و شکم‌چرانی گذراند و مزدی گرفت و سر یک هفته دوباره مردم را برای خداحافظی جمع کرد.

مردم پریشان و آشفته جمع شدند و شروع کردند باهم به نقل و حدیث که در آن هفته چه بر سرشان رفته. دردِدل و تصمیم‌شان را با کدخدا در میان

گذاشتند و گفتند اگر کدخدا صلاح بداند، از ملاّ بخواهند در ده بماند و قول ساخت یک مسجد را هم به او بدهند. کدخدا که خودش هم متوجه آن وضعیت هولناک شده بود، موافقت کرد.

اهالی ده بعد از گپ‌وگفت باهم فهمیده بودند دیگر مستجاب‌الدعوه نیستند و دیگر نه خواست‌شان به گوش خدا می‌رسد، نه جواب خدا را دریافت می‌کنند. بد نبود واسطه‌ای به درگاه خدا داشته باشند. نقشهٔ ملاّ گرفته بود. ازآنجاکه هرکس تخم‌مرغی را به خانه برده بود که مال خودش نبود، حلال و حرام زندگی مردم به‌هم ریخت و خلوص از اموال‌شان رفت. این‌طور پای ملاّ و پیامدش به زندگی این مردم باز شد.

بله می‌گفتم، بعد از آن سیزده به‌جز اینکه من قمر و گرام را از دست دادم، خیلی چیزهای دیگر هم عوض شد. رابطه با خانوادهٔ کدخدا هم تیره‌وتار شد. اول آنکه پسر ریغویی که تاب را بسته بود و بعد از تاب‌خوردن بهادر ارشد خان و شنیدن نام من از دهن او با اوقات‌تلخی نوبتش را رها کرده بود و رفته بود، نوهٔ کدخدا یعنی پسر غلامعلی‌خان بود و دوم ماجرایی که اتفاقاً توی آن ماجرا هم یک دکمه بی‌ناموسی به بار آورده بود.

آقاجانم داشت یک دارِ پلاسِ بزرگ برای مسجد می‌ساخت. قرار بود آن را توی حیاط مدرسه بنا کنند و همهٔ زنان ده هم در بافتن بزرگ‌ترین پلاسی که تا آن موقع توی ده بافته شده بود، کمک کنند. آفاق‌خانم، عروس بزرگ کدخدا و بَیک‌ننه‌جانم به رشتن نخ مقرّر شدند. نخ‌های سفید را مادرم می‌رشت و نخ‌های سیاه را آفاق‌خانم.

پدرم بزهای سفید و سیاه را از هم جدا کرد و موی‌شان را جدا برش کرد تا باهم قاتی نشوند و آن‌وقت دو رنگ نخ می‌تابیدند. طرح رایج همهٔ پلاس‌هایی که تو ده ما و همهٔ دهات اطراف بافته می‌شد، از قدیم راه‌راه‌های پهن سفید و سیاه بود. هنوز هم همین است. یعنی باید همین باشد البته اگر کسی حوصلهٔ رشتن و بافتنش را داشته باشد. همه رفته‌اند شهر و پخمه و تنبل شده‌اند.

تنها تفاوت پلاس‌ها پهنای راه‌های سیاه و سفیدشان بود. من خودم استاد بافتن‌شان بودم. مثلاً همان را که توی هال پهن است من بافته‌ام. آن را هم که شده پادری دم توالت، من بافته‌ام؛ البته آن جاجیم است، ولی چه فرق می‌کند همه‌شان زحمت زیاد برده‌اند. هی می‌گویم قدر بدانید. پایهٔ مبل را روی آن نگذارید، از بین می‌رود. حالی‌شان نیست. زحمتش را که نکشیده‌اند تا قدر بدانند.

کجای داستان بودم، رشتهٔ کلام از دستم درمی‌رود. بله، می‌گفتم. آقاجانم کارگاه را آماده کرده بود و بَیک‌ننه‌جان و آفاق‌خانم هم نخ‌ها را آورده بودند پلاس را سر بندازند. آفاق‌خانم زن چاق و قدبلندی بود و به‌زور پستان‌های درشتش را توی پیراهن جا می‌داد. پستانش جور دیگری بزرگ بود. نه مثل هر زن دیگری که بچه شیر بدهد و چاق بشود. جوری که آدمی می‌ماند چطور آن کوله‌بار را می‌کشد. یک بچه‌اش ـ دور باد ـ بیست‌روزه بوده که نصف شب زیر پستان مادر خفه شده بود. این‌طور بگویم که پستانش از پستان شوکت ما که بزرگ‌ترین گاو شیری ده بود و شیرش به‌تنهایی از شیر دو گاو دیگرمان بیشتر بود هم بزرگ‌تر بود.

البته ان‌طور زنی نبود که خدای‌نکرده ولنگار باشد. باحیا بود و همیشه پولکانش را تا دانهٔ آخر زیر گلو می‌انداخت. آن روز از بس تقلا کرده بودند و نخ‌ها را از این سرِ دار به آن سرِ دار کشیده بودند تا هزاران تار را به دار سوار کنند، کسی نفهمید کی و چطور پولک دوم آفاق‌خانم کنده شد. وقتی کارِ سرانداختن تمام شد و همه نشستند تا استراحتی بکنند، مادرم و آقاجانم دیدند قاچ پستان‌های آفاق‌خانم ـ که از کون من گنده‌تر بودند ـ پیداست. اقبال بد، درست همان لحظه هم کدخدا سر رسید.

آفاق‌خانم داشت می‌گفت که چقدر خوش‌حال شده که نخ‌های سیاه بهش افتاده؛ چون تمیز نگه داشتن نخ‌های سفید موقع تابیدن سخت است. باید مواظب بود و در ضمن به نظرش موی بزهای سفید هم کمی زبرتر است که مزخرف می‌گفت. هیچ هم این‌طور نیست. بز بز است دیگر، فرقی نمی‌کند. همین‌طور مزخرفاتش را بدون مکث ادامه داد و رو به آقاجانم کرد و گفت:

«حفظ‌الله‌خان حالا که هم شما و هم بَیک‌ننه‌خانوم حضور دارید و کدخدا هم سر رسیده، می‌خواستم در باب امر خیری با شما صحبت کنم.» یک‌بند لاطائلات می‌گفت و فرصت یک ایما اشاره‌ای، تذکری هم نمی‌داد. پدرم که دید کدخدا برافروخته شده، رو برگرداند و سرش را به کارگاه گرم کرد. مادرم ابرو بالا انداخت و اشاره کرد؛ اما فایده نداشت. طاقتش طاق شد و به پشت سر آفاق‌خانم اشاره کرد؛ انگار کسی آنجا ایستاده باشد و گفت: «آفاق‌خانم حرف بمونه برای بعد. با شما کار دارن. قورت‌ماغه‌خانم رو ببین ـ منظورش قورباغه بود ـ از بس ورپریده، همهٔ پولکانش باز شده.»
آفاق‌خانم برگشت و پشت سرش را نگاه کرد و دید قورت‌ماغه‌خانمی در کار نیست؛ حساب کار دستش آمد. جَلدی دست برد به یقه‌اش و آن را هم آورد. کدخدا چنان عصبانی بود که رو به آفاق‌خانم گفت: «جلوی بزرگ‌تر شما لازم نیست حرف امر خیر پیش بکشی. برو خونه تا بیام به پسرم بگم قبل از امر خیر پسرش اول شر تو رو کم کنه زنیکهٔ بی‌حیا. گاو شیرده پستون‌هاش از تو محفوظ‌تره.»
فردای آن روز شنیدیم توی خانهٔ غلامعلی، پسر کدخدا، هنگامه به پا شده. کدخدا به او گفته زنش چه حقی دارد که یقه‌اش را بدرد و به‌جای شوهرش وارد حرف‌های مردانه بشود و با مرد غریبه از امر خیر حرف بزند؟ غلامعلی هم گفته می‌خواهد زنش را طلاق بدهد و آبروی خودش را بخرد. تا به آن روز کسی توی ده طلاق نداده بود و طلاق نگرفته بود و این کلمه هم بی‌معنا و بی‌استفاده بود. هرچه آفاق‌خانم توی حیاط مدرسه دوروبر دارِ پلاس را گشت که ثابت کند تا یک دقیقه قبل از رسیدن کدخدا، پولک سر جایش بسته بوده، پولک پیدا نشد که نشد. بعد هم خودش را نفرین کرد و به شوهرش گفت: «اگه من رو طلاق بدی، پستون‌هام رو می‌برم می‌اندازم جلوی سگ‌ها تا سگ‌های ده با بچه‌های تو خواهر و برادر بشن. اون‌وقت ببینم می‌خوای چه گهی بخوری.»
کدخدا و پسرش کوتاه آمدند. فردای آن دعوا غلامعلی رفت و از مغازهٔ آشیخ یک توپ پارچهٔ چیت سیاه خرید و داد به آمنه‌خانم خیاط تا پیراهن آن‌قدر

گشادی بدوزد که پستان‌های واماندهٔ آفاق‌خانم توی آن جا بشود. آمنه‌خانم یواشکی به او گفته در شهر نوعی لباس برای زنان رایج است به اسم کرست که با آن پستان‌های زنان را لگام می‌زنند. اهل ده از آنجا این ماجرا را فهمیدند که غلامعلی هم یواشکی به کتاب‌الله‌خانِ افسونگر گفته این بار که به شهر می‌رود، برای زنش کرست تهیه کند.

کتاب‌الله‌خان و بچه‌هایش حتی پسر کوچکش صفت‌الله، همه از دم، افسونگر بودند و مار نیش‌شان نمی‌زد. کارشان این بود که مار می‌گرفتند و به شهر می‌بردند و می‌فروختند. خودش به مردم قند افسون هم می‌داد تا از گزند مار دور باشند. به قند دعا می‌خواند و آن را با آب دهانش تر می‌کرد و هرکس آن قند را به دهان می‌گذاشت، امر از خدای پروردگار، به چشم مار نامرئی می‌شد. البته کتاب‌الله از این حرف ناموسی که بین دو مرد زده شده بود، به کسی چیزی نگفته بود؛ اما وقتی رفته شهر و دست خالی برگشته و غلامعلی‌خان مجبور شده مسئله را پیش آمنه‌خانم خیاط ببرد، حرف درز کرده بود.

کرست خریدن چندان هم کار ساده‌ای نبود. آدمی باید اندازه معلوم کند و کرست بخرد. وقتی کتاب‌الله از غلامعلی اندازه پرسیده بود، غلامعلی با غضب گفته بود: «چه می‌دونم، از کلهٔ پوک ملاّ با عمامه‌اش بزرگ‌تر.» اما کتاب‌الله گفته بود باید اندازه را به شماره بدهی. آمنه‌خانم هم گفته بود باید با متر اندازه بگیرد و خلاصه بعد از این‌همه گفت و واگفت حرف جایی درز کرده بود و شده بود مایهٔ خنده و بی‌آبرویی دیگری برای غلامعلی و همین باعث شد از خیر کرست بگذرد. بچه‌ها برای پستان آفاق‌خانم شعر ساخته بودند و سر کوی و برزن می‌خواندند. شعرش خیلی جالب بود؛ حیف که الان یادم نیست تا برایتان بخوانم.

خلاصه این‌طور شد که حرفی از امر خیر به میان نیامد و آقاجانم مجبور نبود جواب بدهد. می‌دانید که این‌جور موقعیت‌ها جواب‌گفتن سخت است. تف سر پایین به ریش است و سر بالا به سبیل. اگر نه بگویی شاخ‌به‌شاخ

خلق‌الله می‌شوی، بله بگویی دختر شاه پریانت را باید بدهی دست یک کله‌خر.

بعد از پستان‌نمایی آفاق‌خانم با اینکه آن بساط اصلاً به ما مربوط نبود، ولی اوضاع خانهٔ ما هم طور دیگری شد. آقاجانم موقع اذان سر حوض وضو گرفت و به اتاق رفت و تا مدتی که بیشتر از وقت نماز بود، آن تو ماند و حتی وقتی برای شام صدایش کردم هم سر سفره نیامد. بعد از شام که ما همه زیر کرسی خوابیده بودیم، آقاجانم آمد و پایش را کرد زیر کرسی.

- حفظ الله خان شام میل نکردی چرا؟
- میلم نبود زن!
- خدای‌نکرده مکدری؟
- فکری‌ام. این‌طور نمی‌شه. قربون دستت بَیک‌ننه‌خانوم قلیونی چاق کن دود دل درکنیم.
- آقا سرتون سلامت. فکری چی؟
- ببینم این دختره، جونم‌مرگ‌نشده، تکلیف شده؟
- هنوز نه، اما پر نمونده. از سر و سینه و قدوبالاش پیداست. چطور مگه؟
- این دختر داره شر می‌شه. جوون نَمیره الهی، سیزده‌به‌در رو به‌هم زد. دیدی که!
- خدا من رو ورداره که نمی‌دونم چه کنم از دستش.
- خوب شد اون‌روز کارمون به شنیدن امر خیر آفاق‌خانم نکشید. حرف بهادر ارشد خان رو هم که شنیدی سر تاب. امروز هم خان سر زمین خدا قوت گفت و اجازهٔ آوردن شال و انگشتر خواست برای بهادر ارشد.
- از شما چه پنهون خواهر خانوم‌تون، ریحان‌خانوم‌جان، هم دیروز ندایی رسوند که مسئولیت شنیدنش بهم سنگین اومد.
- چی گفت؟

- بی اونکه حال من رو بپرسه، گفت حال «دخترم» گلزارجان چطوره.
- حدس می‌زدم بعد سیزده باید سیل‌بند بزنیم در خونه. با خواهرم نمی‌خوام دربیفتم.
- زمزمهٔ خلق‌الله شروع شده. الله‌اکبر!
- کی بهتر از بهادر ارشد خان. نگه‌داشتن این دختر صلاح نیست. هر بار یه جایی می‌زنه زیر آواز آبروی من می‌لرزه. اگه توی خونهٔ گرام‌دار باشه، صداش که بلند شه، کسی نمی‌فهمه گرامه یا گلزار. توی کل ده هم یه گرام که بیشتر نیست. جای این دختر هم همون خونه‌ست. اصلاً اون خونه توی دیمی‌زارهای پدر خدابیامرزم ساخته شده. استخوون اون خونه هم حق بچه‌های ماست. خدا هم این‌طور خواسته؛ وگرنه که خان و خوانین از رعیت جماعت عروس نمی‌گیرن.

مادرم لبخند زد و پایهٔ قلیان را از جلوی پدرم کشید سمت خودش و قُل‌قُل قلیان را عین قهقهٔ شیطان ول کرد توی هوای اتاق و همه‌جا کدر شد.

- اختیاردارش شمایی. هرچی شما صلاح بدونی، همون بشه ان‌شاءالله.

نمی‌دانم چه شد، نفسم زیر کرسی تنگ شد. آل زد بهم یا چه، نمی‌دانم. جست زدم بیرون از زیر کرسی. گفتم: «پسر خان نجسی می‌خوره. پسر خان تن‌پروره.» گفتم «حرمت مادر پدر نمی‌دونه و بزرگ‌تر و کوچیک‌تر سرش نمی‌شه.» گفتم: «صدای آواز حروم فرنگی دائم توی اون خونه بلنده و اون خونه شده لونهٔ شیاطین. من رو بُکُشین، توی اون خونه نمی‌رم.»
آقاجانم خیز برداشت طرفم و نهیب زد: «ببُر صدات رو دختر.» قلیان افتاد و آبش ولو شد روی لحاف کرسی. مادرم هوار کشید: «ای فتنهٔ فتان، چقدر باید از دست تو بکشم.» دنبالم کرد و خرطومی قلیان را ول کرد طرفم که خورد به لمبرم. فریاد زدم: «شما رو به خدا قسم می‌دم من رو ندین خونهٔ

خان. حاضرم توی مال‌حیاط با گاوها بمونم. رحم کنین. یا خودم رو می‌کشم یا فرار می‌کنم. اصلاً فرار می‌کنم می‌رم آمِریکا.»

سکوت شد. آقاجان و بَیک‌ننه‌خانم خشک‌شان زده بود و مات و مبهوت نگاهم می‌کردند. من هم چپیدم زیر کرسی تا فردا صبح که از نظرها غیب شدم.

۹

حالا این‌ور بگَرد آن‌ور بگَرد، من نیستم. بالا بگَرد پایین بگَرد، من نیستم. ای خدای مهربان، پس من کجام؟ بَیک‌ننه‌جانم زمین و زمان را به‌هم دوخت؛ ولی من پیدا نشدم که نشدم. آن‌قدر نفرینم کرد که دیگر جرئت نمی‌کردم از چغندرچال دربیایم. صدایش را می‌شنیدم، زهره‌ام می‌ترکید.

- جوون‌مردهٔ سَرخور فقط مایهٔ دردسر و بی‌آبروییه. فقط امیدوارم گرگ نخورده باشدش. البت گرگ خورده باشه بهتره تا با یه الدنگی فراری شده باشه. نه زنده‌اش پیدا شده و نه لاشه‌اش. خب حتماً یه مادرقحبه‌ای فراری‌اش داده.

از اینکه می‌شنیدم همهٔ مردم ده بسیج شده‌اند مرا پیدا کنند، خونم خشک می‌شد. ای خدا! می‌مردم بهتر بود. یعنی همهٔ مردم می‌دانستند من غیب شده‌ام. عجب خبطی کرده بودم؛ ولی خب چاره‌ای نداشتم. روی حرف آقاجانم که نمی‌توانستم حرف بزنم. زن پسر خان هم نمی‌توانستم بشوم. یعنی او عیبی نداشت؛ من کم‌سن بودم و دلم نمی‌خواست ازدواج کنم. وگرنه همهٔ دخترهای نساء سفلی و حتی علیا و بعضی دهات اطراف و حتی به گفتهٔ شری‌خانم چندین دختر شهر می‌مردند برای اینکه زن بهادر ارشد خان بشوند.

توی چغندرچال کنار سیب‌زمینی و پیاز و چغندرها ماندم و گاهی هم سیب‌زمینی خام می‌خوردم. خوب شد موقع رفتن توی چال، لحافچه‌ای از کنار کرسی برداشتم؛ وگرنه از سرما می‌مردم. هرازگاهی که بچه‌ای می‌آمد تو سیب‌زمینی یا آذوقه‌های دیگر بردارد، خودم را گوله می‌کردم یک گوشه. نگران دیده‌شدن نبودم؛ آن‌قدر تاریک بود که هیچ‌چیز دیده نمی‌شد. فقط کافی بود ساکت بمانم و دم راه ورودی هم نباشم تا به کسی که وارد می‌شد، برخورد نکنم. دخمهٔ کوچکی بود؛ ولی خوبی‌اش این بود که آدم‌بزرگ‌ها نمی‌توانستند بیایند تو و بچه‌ها هم عقل‌شان نمی‌رسید آن تو دنبال آدم بگردند.

بالشت پَرم شوهر

توی شهر چغندرچال ندارید، نمی‌دانید راجع به چی دارم حرف می‌زنم. خب،
احتیاجی هم ندارید. همه خوراک‌تان را که روزانه از مغازه می‌خرید، اضافه‌اش
را هم می‌گذارید یخچال. کشاورز که نیستید محصول سال‌به‌سال دست بدهد
و مجبور باشید تا سال دیگر نگهش دارید. چطور نگهداری شود که خراب
نشود، که سبز نشود، که تمام نشود، که موش نخورد، که زیر برف نماند، که
زیر آفتاب نماند، خلاصه آسان نبود.

چغندرچال گودالی بود که زیر خانه می‌کندند. راه ورودش از سطح زمین
پایین‌تر بود. یعنی دربَچّه‌ای داشت بر دیوارهٔ گودال کوچکی در کف اتاق.
برای اینکه گرما و نور تو نیاید، در را خیلی کوچک می‌ساختند؛ طوری که
فقط بچه‌ای ریزنقش از آن عبور می‌کرد. مثلاً بچه‌های عباسقلی‌خان که کمی
پروار بودند، از در چغندرچال‌شان رد نمی‌شدند و هر وقت مادرشان از آن تو
خوراک می‌خواست، مرا صدا می‌زد. من باریک و تَروفِرز بودم.

تقریباً همه‌جور خوراک را در چغندرچال نگه می‌داشتند.

سیب‌زمینی، پیاز، چغندر، شلغم و بعضی سبزیجات، قورمه و پنیر توی پوست
و خلاصه همه‌چیز حتی پوست‌های خالی بز هم برای تازه ماندن و فاسد
نشدن آن تو نگهداری می‌شدند. سالی دو بار یک گوسفند پروار را سر
می‌زدند و آن را قورمه می‌کردند و قورمهٔ سرخ‌شده در پیه خود گوسفند را
می‌ریختند توی پوست بز و شش ماه نگه می‌داشتند. آن تو یک کرسی بود
که به پایه‌هایش خار فراوانی چسبانده بودند. و همهٔ خوراکی‌ها را روی آن
کرسی نگه می‌داشتند. هیچ جانوری نمی‌توانست از آن پایه‌های خاردار بالا
برود. بچه‌ای که می‌رفت توی آن چال هم باید در آن تاریکی مواظب بود
دستش به خارها نخورد. گزش بدی داشت و بعد هم جای آن باد می‌کرد و
یک شب خواب را از چشم آدم می‌برد. تازه، ممکن بود به تب هم دچار کند.
بد کوفتی بود. هیچ جانوری طرفش نمی‌رفت.

حالا شما فرض بفرما من توی آن گودال مانده‌ام و نه راه پس دارم، نه راه
پیش. این درست که سیب‌زمینی‌ها آن زیر انگار هنوز برداشت نشده‌اند و سر
جای خودشان هستند و تا سال دیگر می‌مانند؛ اما برای آدمی که جایش زیر

۱۱۰

زمین نیست، جای خوشایندی به حساب نمی‌آید. دور باد، انگار آدم مرده و رفته توی قبر. روز و شب را که نمی‌فهمیدم؛ ولی گاهی که خوابم می‌برد، فکر می‌کردم مرده‌ام.

صدا که می‌شنیدم، از وحشت زهره‌ام می‌رفت. صدای بیرون برایم عادی بود. می‌دانستم اهل خانه دارند حرف می‌زنند یا حرکت می‌کنند. صداهایی که وقتی خانه غرق سکوت بود و احتمالاً شب بود و همه خواب بودند، می‌شنیدم، ترسناک بودند. یک جور صدای فلزی، انگار که کسی مشغول بازی‌کردن با پول خرد باشد. انگار بچه‌ای نشسته آن ته و شبی صد بار عیدی‌هایش را می‌شمارد. یک بار جرئتم را سر هم کردم و همهٔ گوشه‌وکنار چال را دست کشیدم و چیزهای جالبی پیدا کردم.

ای امان! چه خبر بود، واقعاً چیزهای فلزی ریزه‌پیزه بود. اول نفهمیدم چه هستند. بعد از اینکه مدتی توی دستم نگه داشتم، حدس زدم باید دکمه باشند. همه گرد بودند و بعضی پایه داشتند و بعضی هم چند سوراخ در میان.

بعد فهمیدم موشی گنجینه‌اش را آنجا محفوظ کرده. مرتب می‌آمد؛ ولی اصلاً به غذاها کاری نداشت. یعنی می‌خواست هم نمی‌توانست کاری داشته باشد؛ ولی به‌هرحال او برای کار دیگری به آنجا سر می‌زد. دکمه می‌دزدید. خدایا حتماً پولک بقچه‌حمام شری‌خانم هم توی همین چغندرچالِ خانهٔ ما بود. بیچاره مرمر، دلاک حمّام چه تهمت‌ها شنید و از کار بیکار شد. شاید پولک پیراهن آفاق‌خانم بیچاره هم اینجا باشد. خدا می‌داند چه فتنه‌هایی به پا شده به‌خاطر همین یک مشت جرینگ‌جرینگ. یقین دارم پیچ ساعت آقاجانم هم که باز کرده بود تا تمیزش کند و یکهو غیب شد و هرچه گشتند، پیدا نشد هم باید تو همین گنجینه باشد. سنجاق نقره زیر گلوییِ چارقد بَیک‌ننه‌جانم که تهش گوهر داشت هم هست. یکی‌شان با بقیه فرق دارد و عین سنجاق‌قفلی است.

نمی‌دانم چند وقت آن تو ماندم. شاید دیگر از خیر پیداکردنم گذشته بودند. دیگر حرفی هم نشنیدم تا اینکه روزی آقاجانم زیر کرسی نشسته بود و قلیان

می‌کشید و با بَیک‌ننه‌جانم گپ‌وگفت می‌کرد. حتماً ابراهیم‌خان، برادرم، مکتب بود و زیور و زیبنده، خواهرهایم، سر زمین.

- بَیک‌ننه‌خانوم چه کنم؟ بد وضعیتی گیر افتادم.
- حفظ‌الله‌خان بفرما دیگه چی شده؟ گور پدر همه‌شون. دختر نازنینم ورپرید و رفت. اون‌وقت ما باید جواب خواستگارهای دختر نداشته رو بدیم؟
- زن نَقلِ این حرف‌ها نیست. آب از سر این حرف‌ها گذشته.
- دیگه چی شده؟
- بهادر ارشد خان می‌خواد به خون‌خواهی گلزار، حکمت رو بکشه. خواسته برای اعادهٔ حیثیت، من هم باهاش همراه شم. آخه چطور دستم به خون تنها پسر خواهرم که می‌دونم از ورق قرآن پاک‌تره، آلوده بشه؟ برای اینکه جلوی بهادر ارشد رو بگیرم، بهش گفتم باشه. بدون من این کار رو نکن و حق خون‌خواهی من رو ضایع نکن. فقط صبر کن تا اربعین سربیاد. ایّام حروم رو حرمت کن.
- خدا من رو ورداره که از زمین و آسمون برامون شر می‌باره. این دیگه چه مصیبتیه. به اون چه مربوط مگه گلزار پدر و برادر نداره که یه نامحرم بخواد دخالت کنه.
- به گوش ابراهیم‌خان هم خونده که تو برادری و باید غیرت کنی. اون هم جوونه و خامِ خَشم. اون رو هم منع کردم. به گوش ابراهیم گفته دکمهٔ سرآستین پیرهن گلزار دم در خونهٔ حکمت‌الله پیدا شده.
- حالا اون هیز حرومی دکمهٔ سرآستین دختر شما رو از کجا شناخته؟ کسی که باید خونش ریخته بشه، همین ولد زناست.
- اون نشناخته. آمنه‌خانم خیاط که پیرهن رو دوخته، دکمه رو پیدا کرده و خبرش همه‌جا پیچیده.
- تا اربعین هم که دو روز بیشتر نمونده.
- درموندگی من هم از همینه.

این‌ها را که شنیدم، دیوانه شدم. این موش زیانکار چرا آن دکمه را پیدا نکرده! چنگ زدم به گنجینهٔ موش و با مشتِ پُرِ پولک از چال آمدم بیرون و فریاد زدم: «یه موش موذی توی چغندرچاله و همهٔ پولکانی که به‌خاطرشون مرافعه و آبروبری شده هم اونجاست. همه رو اون دزدیده. شما رو به خدای عالم قسم به‌خاطر یه پولکِ دیگه، خونِ یه جوون بی‌گناه رو نریزین.

آقاجان و بَیک‌ننه خانم هاج‌وواج به من و مشت پر از پولکم نگاه کردند. خودم هم حیرت‌زده شدم وقتی دیدم همه‌چیز توی مشتم پیداست؛ بدون اینکه من مشتم را باز کرده باشم. بَیک‌ننه جان جیغ زد و از حال رفت و آقاجانم بسم‌الله گفت و بر جن و شیاطین لعنت کرد.

- جنی یا انسی نمی‌دونم؛ هرچی هستی، ما از خون اون گذشتیم تو هم از خون ما بگذر.
- آقاجان! چی می‌گین؟ خدا من رو از میون ببره اگه قصد خون کسی رو داشته باشم.

مادرم هوش آمد و دوباره فریاد کرد: «افسونگر رو خبر کنین؛ شاید از پس جن و پری هم بربیاد.» به پایش افتادم و گفتم: «بیک‌ننه‌جانم پری کدومه؟ منم، خاک پاتون، گلزارم.»

از بس نور ندیده بودم، رنگم رفته بود. از بس چغندر خام خورده بودم، فقط تخم چشمانم و گیسانم کبود بود و باقی وجودم بی‌رنگ. موشک بدجنس وقتی خواب بودم، تمام پولکانم را با دندان کنده بود و پیراهنم چاک بود. دل و اندرونم عین پلاستیکی که توش پیداست، دیده می‌شد. نور از من رد می‌شد. هیچ‌چیز توی من پنهان نمی‌ماند. ترس برم داشت؛ نکند رازهای دلم پیدا باشد. همهٔ پولکان ولو شد روی زمین و من فوراً پیراهنم را هم آوردم و چمباتمه زدم جلوی پای‌شان و با دو دست قلبم را پوشاندم.

نه مرا تنبیه کردند و نه از ازدواج با پسر خان ترساندند. مادرم خیره به من گفت: «دیدی چه خاکی به سرمون شد. حالا چه کنیم تا رنگ وجودت برگرده؟ باید آفتاب ببینی. ولی کجا بمونی که آفتاب تو رو ببینه و مردم

نبینن. اگر چشمی به تو بیفته، تا آخر عمر بختت می‌خوابه و می‌مونی رو دستم. یا باید از اینکه همه توی ورپریده رو می‌خوان، بنالم یا از اینکه هرگزِ خدا هیچ‌کس نخوادت. الهی آتیشک بگیری که دائم فتنه به پا می‌کنی.»

آقاجانم خوشحال شد و از اینکه مجبور نبود کسی را بکشد، دو رکعت نماز شکرانه خواند و به مادرم گفت: «دیگه مدیون حکمت نیستم که جون گلزار رو نجات داده. حالا گلزار هم جون اون رو نجات داده و حساب بی‌حساب.»

زدم زیر گریه. آن‌قدر گریه کردم که قلبم که توی دلم پیدا بود، کوچک شد. مادرم گفت: «دختر، جوون نمیری الهی. چرا با خودت دشمنی می‌کنی؟ تازه جون در بردی. چه مرگت شده؟ چرا این‌طوری زاری می‌کنی؟ الان هلاک می‌شی.» با آه و ناله گفتم «نمی‌دونم. نمی‌دونم. نمی‌دونم ولی اون تو خیلی ترسناک بود.»

بعد آقاجانم آمد و نزدیک من نشست. چانه‌ام را گرفت و صورتم را بلند کرد. بعد شانه‌هایم را گرفت و همین‌طور که توی چشم‌های لبویی‌رنگم زل زده بود، گفت:

- دخترجان اون چی بود که گفتی؟
- کدوم آقاجان؟
- آخرین حرفی که قبل از غیب‌شدنت زدی؟ اون حرف عجیب رو می‌گم. یه کلمه که هیچ‌کدوم از ما تابه‌حال نشنیده بودیم، آمِریگا، اون چیه؟
- نمی‌دونم آقاجان، ولی انگار یه جاییه. انگار سرزمین عجایب غرایب باشه. فکر کنم دورترین جای دنیاست که چشم آدمیزاد دورتر از اون رو ندیده.
- این رو از کجا یاد گرفتی؟
- بهادر ارشد خان اونجا رفته. صبح‌ها که شیر می‌بردم منزل خان، گاهی داستان‌هاش به گوشم می‌خورد. از کربلا و مکّه دورتره.
- دیگه نشنوم از دهنت گنده‌تر حرف بزنی. دختر مکتب‌نرفته این باشه، مکتب بره دیگه کسی جلودارش نیست. به‌جای چغندرچال

ممکنه سر از همون آمِریگا دربیاره. حَقه که می‌گن دختر رو باید دوخت به رون مادرش تا وقتی که شوهر کنه. حالا بگو ببینم تو که دیوونهٔ گرام و داستان‌های فرنگ و این چیزهای عجیب و غریب می‌شی، پس چرا تا اسم پسر خان اومد، خودت رو گم‌وگور کردی؟

باز زدم زیر گریه. آن‌قدر کولی‌بازی درآوردم که آقاجانم از خیر جواب‌شنیدن گذشت و رفت بیرون.

چندین روز وقتی همه از خانه می‌رفتند بیرون، مادرم مرا لخت زیر ستون نوری که از دریچهٔ سقف تنورستان به درون می‌تابید، می‌نشاند و در را از بیرون چفت می‌انداخت و خودش هم می‌رفت سر زمین. کارم این بود که با ستون نور جابه‌جا بشوم تا نور بخورم. آن‌قدر زیر نور می‌ماندم تا آفتاب مایل می‌شد و از دیوار تنورستان می‌رفت بالا و بعد غروب می‌کرد. یواش‌یواش رنگ گرفتم. اول پلاستیک بی‌رنگ بدنم رنگ عسل گرفت. زیر نور آفتاب تنم عین عقیقِ شَرَفِ شمس می‌درخشید. قلبم عین پشه‌ای که توی صمغِ طلاییِ درخت زردالو گیر افتاده باشد، پیدا بود و عین قناری ترسیده تکان می‌خورد؛ بدون آنکه آوازی بخواند. مادرم غذاهای رنگ‌وارنگ به‌خوردم می‌داد. اولین روز که زردچوبهٔ فراوان توی غذا ریخت، زردش با کبود چغندر قاتی شد و من عین گل سرخ، قرمز آتشین شدم و وجودم گرم شد.

همان روز که گل سرخ شده بودم، سر ظهر که خورشید عمود آسمان بود، گرم و نرم زیر آفتاب داغ نشسته بودم که چفت در صدا کرد. صدا کردم: «بَیک‌ننه جان، شمایین؟» در باز شد و سایهٔ سیاهی که پشته‌ای گَوَن روی دوشش بود، آشکار شد. کسی که جلوی در بود، دو برابر قوارهٔ بَیک‌ننه جان بود. مرد بود.

- برای دایی‌جان حفظ‌الله پیغام دارم.

خودم را مچاله کردم و فریاد کردم.

- حکمت‌الله‌خان شما رو به خدا در رو ببندین.

- گلزارجان شمایین؟

سریع آمد تو و در را بست. پشتهٔ گَوَن را گوشه تنورستان گذاشت زمین و قبایش را درآورد و انداخت روی من. به قبا خار گَوَن چسبیده بود و تنم را خراشید. بس که این مرد مهربان و با خدا بود، دولا شد و شروع کرد خارها را یکی‌یکی از قبا جدا کردن.

- اگر ادب نکردم و در نزده وارد شدم، شما ببخش. چفت در از بیرون انداخته بود، فکر نمی‌کردم کسی توی تنورستان باشه. برای دایی‌جانم پیغام آورده‌ام و گَوَن برای سرتنور.

بعد هم دستمال ابریشمی از لای گَوَن‌ها درآورد و باز کرد و بفرما زد و گفت: «ریحان ننه‌جانم برایت شیرینی فرستاده.» شیرینی آرد برنج و زردهٔ تخم‌مرغ و زعفران بود که مخصوص عید است. اما معلوم بود تازه پخته‌اند و ته‌ماندهٔ شیرینی عیدشان نیست. عمه‌جانم می‌دانست من چقدر آن شیرینی را دوست دارم و توی ده او از همه بهتر آن را می‌پخت. بعد از آن‌همه چغندر خام خوردن آن شیرینی‌ها خیلی می‌چسبید.

من که مدت‌ها بود رنگ آدمیزاد ندیده بودم، خوش‌حال شدم و کمی گپ‌وگفت کردیم و دانستم پیغام چیست. پدر حکمت‌جان رخصت خواسته بود بیاید دست‌بوس آقاجانم. سربسته حرف زد؛ ولی دستگیرم شد آن‌ها هم می‌خواهند برای امر خیر بیایند. همان‌طور که شیرینی‌های زعفرانی را می‌خوردم، زعفران به جانم می‌دوید و زیر ستون نور بدنم شروع کرد مثل طلا درخشیدن. حکمت‌جان می‌خواست برود و مجبور بودم کتش را پس بدهم. اگر بَی‌ک‌ننه‌جانم می‌آمد خانه و آن کت را به تن من می‌دید، خیلی بد می‌شد. کتش را پوشید و همان‌طور خیره مانده بود به من.

- گلزارجان، آخه چت شده؟ چرا به هیئت پریان دراومدی؟ خوشگلی رو از حد گذروندی. آدم تو رو می‌بینه، جونش درد می‌گیره. بی‌ادبی نباشه! می‌خواستم بپرسم چرا لخت نشستی؟
- حکمت‌جان بی‌بی‌قلی شما رو به خدا به کسی از راز من چیزی نگو. باید نور بخورم تا دوباره به هیئت آدمی برگردم.

- اگه اجنه عاشق تو بشن، من چی‌کار کنم. توی چند جبهه باید بجنگم آخه، با بهادر ارشد، با دارودستهٔ کدخدا و با جنیان و از همه سخت‌تر با دل صاحب‌مردهٔ خودم؟ گلزار می‌خوام راز دلم رو با تو در میون بذارم. تو رو به خدا...

دستم را روی دهانش گذاشتم و از گفتن منع کردم. اشکش ریخت کف دستم. عقب‌عقب از در رفت بیرون همان‌طور که آدمی از حرم امامزاده می‌رود بیرون. بعد دوباره یاالله گفت و آمد تو. پشتهٔ خار گَوَن را برداشت و گفت «بهتره این رو بذارم بیرون تنورستان. نمی‌خوام اومدنم برات دردسر بشه.»

من که جرئت نکردم به آقاجانم چیزی بگویم؛ ولی وقتی با مادرم صحبت می‌کرد، دانستم که حکمت‌جان رفته سر باغ و به پدرم پیغام داده و رخصت حضور خواسته. آقاجانم بهانه کرده و گفته شوکت، یکی از گاوها، ناخوش است و هر شب رسیدگی لازم دارد و باید برایش دنبال گیاه مخصوص برود و باید برایش دعا به جا بیاورد و باید چنین کند و چنان کند و فعلاً اوضاع مناسب نیست. هر وقت شوکت خوب شد و خانه مهمان‌پذیر، قدم آن‌ها هم سر چشم. مجبور شدیم شوکت را مدتی با گله نفرستیم.

دلم می‌خواست سرم را از زیر کرسی درآورم و بگویم: «اینکه معلوم است بهانه است» اما نمی‌شد. نگران آبروی آقاجانم بودم. کاشکی بَیک‌ننه جانم بهش می‌گفت برای آبروی‌تان خوب نیست که فامیل را سر بدوانید؛ ولی او هم چیزی نگفت. کسی جرئت نداشت روی حرف آقاجان حرفی بزند. بدبختی این بود که بَیک‌ننه‌جانم هم با او موافق بود؛ وگرنه شاید راهی پیدا می‌کرد و رأی آقاجان را می‌زد.

آقاجان می‌گفت بهتر است اول جواب خان را بدهد و قال قضیه را بکنند، بعد با خواهر و شوهر خواهرش روبه‌رو شود. بهتر از این است که توی چشم فامیل نگاه کند و جواب رد بدهد. دلخوری و کدورت ردکردن فامیل با صد سال تاب سیزده هم رفع نمی‌شد؛ مگر اینکه قبل از آن‌ها قول دخترش را به کس دیگری داده باشد.

۱۰

زن‌دایی گلزاده مرتب منزل ما دعوت می‌شد. هر بار هم یکی از ما دعوتش می‌کرد. البته خودمان نمی‌دانستیم این بار که سروکله‌اش پیدا شده، کدام‌مان دعوتش کرده‌ایم. گرچه زود مشخص می‌شد. مثلاً دختر بزرگ زن‌دایی جان زنگ می‌زند. اول تشکر می‌کند و بعد هم سفارش و پیغام: «زهراجان این بچه‌ها مامان رو دوس دارن؛ ولی موقعیتش رو درک نمی‌کنن. می‌دونم مژگان جون محبت داره زنگ می‌زنه و با اون زبون شیرینش اصرار می‌کنه که مامان بیاد منزل شما. ولی آخه مامانم پیره. قلبش هم که می‌دونی، بسم‌الله بسم‌الله می‌زنه. فشار خون هم که امونش رو بریده. هر غذایی رو نمی‌تونه بخوره. توروخدا براش غذای بی‌نمک بار بذار. چربی هم که خودت بهتر می‌دونی اصلاً براش خوب نیست.»
مادرم هم تشکر می‌کرد که زن‌دایی جان قدم‌رنجه کرده و آمده خانهٔ ما و اطمینان خاطر می‌داد که غذای مخصوص که البته خود زن‌دایی گلزاده قبلاً سفارش داده بود، برایش مهیا شده. داروهایش هم بعضی قبل و بعضی بعد از غذا به ایشان خورانده شده.
دیگر فهمیده بودیم که این بار مژگان دل‌تنگی کرده و با بی‌قراری گوشی را برداشته و با التماس به جان زن‌دایی گلزاده افتاده و گریه کرده و زن‌دایی گلزاده هم نتوانسته نه بگوید و مجبور شده با همهٔ پادردی که دارد، راه بیفتد و بیاید خانهٔ ما. روال رفت‌وآمد نشان می‌داد همه‌مان مرتب این کار را می‌کردیم؛ حتی قبل از اینکه خوب زبان باز کرده باشیم. البته گلزار هم مرتب به‌همین منوال منزل تمام قبیله بزرگ برادرش دعوت می‌شد. هر دوشان نسبت به همدیگر غروری داشتند که بی‌دعوت خانهٔ تیره‌وطایفهٔ هم نمی‌رفتند. بنابر این هر کدام وقتی می‌خواست برود منزل یکی از افراد خانواده دیگری به خانواده خودش وانمود می‌کرد که یکی از بچه‌های آن خانواده زنگ زده و او را دعوت کرده. هرگز هم کسی اسرار فاش‌شدهٔ این دعوت‌های پیاپی را به روی کسی نیاورد.

یکی از همین دفعات سر ناهار وقتی ننجان دید برای زندایی گلزاده غذای سفارشی درست شده، خونش به جوش آمد. می‌دانست غذای او باید بی‌نمک و بی‌چربی باشد. اول دست‌هایش را به‌سوی آسمان برد و شکرانه‌ای به جا آورد و ستایش اشتهاآور جانانه‌ای از غذا کرد که یعنی دارد از مادرم تشکر می‌کند، کاری که اصلاً رسمش نبود و بعد با آب‌وتاب شروع به خوردن کرد. هر لقمه‌ای که به دهان می‌برد، چیزی می‌گفت.

- خدا خوردن رو لذت قرار داد تا آدمی بتونه بار گران زندگی رو بکشه. بدون لذّت که زندگی فقط بارکشی اضافه‌ست. مردن بهتر از نخوردنه.

زندایی گلزاده که عاشق غذاهای شمالی مادرم بود، بدون متلک هم از اینکه باید غذای ساده بخورد، دلخور بود. طاقت نیاورد به نوبهٔ خودش از مادرم تشکر کرد و با به‌به و چه‌چه شروع کرد به خوردن و سعی کرد وانمود کند مرغ توی بشقاب او که توی یک مایع کدر شناور بود و عین جنازه‌ای که بعد از غرق‌شدن آمده روی آب تا پلیس پیدایش کند، از مرغ ترشی که توی ماهیتابه جلرولزکنان سر سفره آورده شد، خیلی خوش‌مزه‌تر است.

ننجان همان‌طور که ملچ‌ملوچ‌کنان لقمه‌ای به دهان می‌گذاشت، انگشتانش را لیسید، دو دستش را زد زیر دو پستانش، یعنی دارد به قلبش اشاره می‌کند. با لهجه‌ای غیر از لهجهٔ خودش که یعنی دارد حرف دکتر قلبش را نقل‌قول می‌کند، گفت: «دکتر بهم گفت: مادرجون ماشاءالله قلبت عین قلب دختر چهارده‌ساله می‌زنه. چی می‌خوری که این‌قدر سالمی؟ گفتم آقای دکتر همه‌چی از نعمت‌های خدا می‌خورم، با بسم‌الله و کیف فراوون. خدا نعمت‌هاش رو فقط به بندهٔ ناشکر منع می‌کنه.»

بعد هم زد زیر خنده و رو به مادرم پرسید: «زهراجان! این غذا خیلی خوش‌مزه‌ست. ترشی چی بهش زدی؟»

مادرم معذب و دست‌به‌عصا جواب داد: «ننجان خانم ربّ انار زدم بهش.»

خون به چهرهٔ زندایی گلزاده دوید و فعمید که بهتر است در عرصهٔ مزه مبارزه را کنار بگذارد و جنبه‌های دیگر غذا را سلاح خود قرار دهد پس گفت:

«وای وای ربّ انار، همون که میخ طویلهٔ آهنی می‌ندازن توش و مثل سولفات دوسود جیگر آدم رو می‌سوزونه؟ زهراجان نریز. این چیزها رو توی غذا نریز. بچه‌های نازنینت گناه دارن. من که هرگزِ خدا لب نمی‌زنم. مگه شکم من آشغال‌دونیه که هر گند و گهی رو قَروقاتی بریزم توش. غذا باید سالم باشه. مگه شماها طب‌الکبیر نمی‌خونین که ببینین امام‌صادق چه چیزها در باب خوراک گفته. من قبل از اینکه غذایی رو بخورم، به ابراهیم می‌گم از توی کُتُبِ مکتوب، خاصّیت و مضّرات هر غذا رو برام بخونه تا هر گند و گهی رو توی شکمم تلنبار نکنم. من که فقط تابع طب‌الکبیر غذا می‌پزم.»
نن‌جان بدون این که سرش را از روی بشقابش بلند کند با دهان پر و با پوزخند گفت: «مارگزیده از کیر خر می‌ترسه. تنبیه بعضیا در نزد خدا اینه که مجبورن دستپخت خودشون رو بخورن بعد فکر می‌کنن غذا گند و گهه.»
البته ازآنجاکه تقریباً همیشه باهم قهر بودند، همدیگر را مستقیم مخاطب قرار نمی‌دادند و معمولاً جواب را یا به جمع می‌دادند یا فرد بیچاره‌ای را انتخاب می‌کردند و به او حمله می‌کردند یا خدا ـ که مطمئنم او هم این‌جور وقت‌ها معذب می‌شد ـ طرف صحبت قرار می‌گرفت. نن‌جان با ملچ‌ملوچ فراوان دست‌های روغنی‌اش را به‌سمت اسمان برد و گفت: «خدایا اگه روزی قرار شد مغز خر بخورم، در دم من رو ببخش و بیامرز و پردهٔ روم رو بپوشون.»
نمی‌دانم از کجا این فکر توی سرش افتاده بود که مغز خر نمک ندارد و به غذای بی‌نمک می‌گفت مغز خر. این را گفت و دندان‌های مصنوعی‌اش را تلق‌تلق جابه‌جا کرد و با این صدا ختم غائله را به نفع خودش اعلام کرد.
با ظاهری پیروزمندانه ناهار بدمزه را به زن‌دایی گلزاده زهرمار کرده بود و ماجرای طب‌الکبیر را عین خنجر آخته قورت داده بود و به روی خودش نیاورده بود؛ امّا فردای آن روز از من تقاضای عجیبی کرد که فهمیدم زخم کاری بوده.

- مگه خودت نگفتی دیگه از بی‌سوادی شکوه نکنم و در عوض هر کار لازم داشتم، تو برام انجام می‌دی؟
- بله، گفتم.

- بهم سرمشق بده.
- بله؟ سرمشق چی؟
- خوندن نوشتن یادم بده.

حرفش آن‌قدر مسخره بود که نشنیده گرفتم و حتی وارد بحث هم نشدم. روز بعد با بقچه‌نمازش آمد به اتاقم. در را بست. بقچه را باز کرد و از لای سجاده دفتری چهل‌برگ و مداد و پاک‌کنی نو درآورد و گفت: «مدادتراش داری؟»

خدا به داد هر انسانی برسد که با این زن پشت دری بسته گیر افتاده باشد. هیچ راه فراری نبود. اشاره کردم به مدادترش رومیزی. رفت سر میز. کمی دسته‌اش را چرخاند. جای تراشه‌های مداد را درآورد و خنده‌ای کرد و گفت «چه جالب! عین چرخ‌گوشت می‌مونه. مداد رو له نکنه. به نظرت من هم یکی لازم دارم؟»

این‌قدر جدی بود که مجبور شدم بهش سرمشق «الف» بدهم. با آن انگشت‌های نافرم و مفصل‌های متورم از آرتروز نمی‌توانست مداد را خوب دست بگیرد. آن‌قدر برای نوشتن «الف» تلاش کرد که فکر کردم شاید چپ‌دست باشد و من دارم به‌زور مداد را می‌دهم دست راستش.

- نن‌جان خانوم با کدوم دست غذا می‌خوری؟
- مثل همه با دست راست. مگه شیاطینم که با دست چپ بخورم؟

در تلاش برای نوشتن «الف» پیشانی‌اش عرق کرده بود و نوک زبانش از دهنش بیرون مانده بود. جوری زبانش را گاز گرفته بود که فکر کردم اگر بخواهم آی با کلاه را یادش بدهم، زبانش کنده می‌شود. گفتم: «درس امروز تمام شد. باید تمرین کنید دستت‌ون روان بشه. بعد بریم سر درس بعد.» با غرور خاصی بندوبساطش را پیچید توی جانمازش و گفت هر روز همان ساعت می‌آید برای درس بعد و تأکید کرد بهتر است کسی دراین‌باره چیزی نفهمد.

قرار بود یک صفحه «الف» بنویسد. فکر کردم به نیم‌صفحه نرسیده، پشیمان می‌شود. پس چه بهتر که حرفی از درس‌خواندنش به کسی نزنیم تا اگر

پشیمان شد، تو رودربایستی دیگران نخواهد ادامه بدهد و مرا بیچاره کند. از نظر من ماجرا فیصله یافته بود که دیدم فردا سر همان ساعت آمد توی اتاقم و در را پشت سرش بست. اول بسم‌الله گفت. مدادش را با مدادترش رومیزی تراشید، بعد هم جانمازش را پهن کرد. کنار مهر و تسبیحش دفتر، مداد، پاک‌کن و یک عینک بزرگ قاب‌سیاه هم توی جانماز بود. اول عینک خودش را گذاشت توی جیبش و آن عینک قاب‌سیاه را زد که برای صورتش بزرگ بود. پس آن را با کش به سرش سفت کرد. بعد هم مهر را بوسید و جانماز را بست و دفتر را باز کرد.

- عینک داداش جانمه. به‌گمونم برای مطالعه، بهتر از عینک خودم باشه. به‌هرحال می‌دونی که اون سواد داره و کتاب‌خونه. دو سه تا عینک داره. فعلاً یکی ازش قرض گرفتم تا ببینم کار خوندن و نوشتنم به کجا می‌کشه.

باورم نمی‌شد که به‌همین سادگی توی هچل افتاده باشم؛ ولی واقعیت داشت. از سر ناچاری سرمشق جدید را بالای صفحه نوشتم و گفتم عین دیروز برود و صفحه را پر کند. آی با کلاه را که دید، چشمانش را گشاد کرد و به فکر فرو رفت. بلند شد و رفت چراغ را روشن کرد، برگشت و سرجایش نشست.

- الله‌اکبر! بیخود نیست که خداوند می‌فرماد ملائکه بال‌شون رو زیر پای کسی که برای یاد گرفتن علم به مکتب می‌ره، پهن می‌کنن.

و طوری که انگار مواظب است بال ملائک آسیب نبینند، با احتیاط دفترش را چرخاند سمت خودش. با دست چپ مداد را توی دست راست تنظیم کرد و صلوات فرستاد و از من خواست دستش را بگیرم و خط اول را باهم بنویسیم. مطمئن بودم هر آی با کلاهی که می‌نوشتیم، اقلاً دو سه تایی از موهای سر من سفید می‌شد.

بعد از یکی دو هفته با همهٔ مشقت‌هایی که سر راه علم و دانش قرار داشت، رسیدیم به حرف «جیم». مثل هر نوآموزی درشت می‌نوشت. هرچه پیش می‌رفتیم، خطش درشت و درشت‌تر شد تا اینکه سر جیم دیدم دفتر بزرگی خریده.

بالشت پَرم شوهر

-   مادر کُسِ موش که نمی‌خوایم چال کنیم. سیاه‌کوری توی اون
    دفتر تا کی؟ «جیم» رو نباید دست‌کم گرفت. بیا «جیم» رو از اول
    درس بده و با خیال راحت هر اندازه که دلت خواست، بنویس.
-   ننجان خانوم دلبخواه که نیست. این خط‌کشی‌ها رو می‌بینی؟
    باید بین این خط‌ها نوشت.
-   چه فرق می‌کنه؟ آیهٔ قرآن که نیست غلط بشه.

به‌هرحال «جیم» را کمی درشت‌تر دوباره سرمشق دادم. صلوات فرستاد و
مثل چتربازی که وسط میدان جنگ مجبور باشد از هواپیما بپرد پایین، اول
سر به‌سوی آسمان کرد، بعد چشم‌هایش را ریز کرد و گردنش را کشید بالا
و دفتر را در دورترین فاصله نگه داشت و نگاه پرمعنایی به «جیم» کرد و
گفت: «خدایا به امید تو.»

مداد توی دستش می‌لرزید. نمی‌توانست مچ دستش را بچرخاند. سر هر
«جیم»، نیم‌خیز بلند می‌شد و تمام هیکلش را می‌چرخاند و دور می‌گرفت
و «جیم» که تمام می‌شد، آن‌طرف دفتر کونش را می‌گذاشت زمین. خودش
را باد می‌زد. آب می‌خورد. عینکش را تمیز می‌کرد و می‌رفت برای «جیم»
بعدی. یک خط نوشت و خسته‌وکوفته رفت اتاق خودش. آن شب پیش از
وقت رفت آشپزخانه و به مادرم گفت اگر ممکن است شام او را زودتر بدهد.
خیلی خسته است و می‌خواهد زودتر بخوابد. یعنی این‌طور بگویم که اگر هر
«جیم» را قرار بود از سنگ خارا بتراشی، کمتر کار می‌برد تا جوری که او
«جیم» می‌نوشت.

عجیب‌تر از درس‌خواندنش چفت دهنش بود. با اینکه هیچ‌وقت آلو توی
دهنش خیس نمی‌خورد، کل این ده‌دوازده روز یعنی از «الف» تا «جیم» لام
تا کام حرف نزده بود و هیچ‌کس از این سرّ مگو بویی نبرده بود. فردای روز
«جیم» که اگر تقاضای مرخصی استعلاجی نمی‌کرد، باید می‌رفتیم زیر
یک‌خم «چ» را می‌گرفتیم، گفت آن روز کلاس بی‌کلاس، چون «خر
گازگرفته پیشانی» قرار است همان ساعت‌ها بیاید خانهٔ ما. منظورش زن‌دایی
گلزاده بود. هرگز اسمش را به زبان نیاورده بود. می‌گفت این اسم برای آن

۱۲٤

هیولا حیف است و خدا را خوش نمی‌آید به این اسم صدایش کنیم. خودش اسم عمیق و پیچیدهٔ «خر گازگرفته پیشانی» را برای زن برادرش انتخاب کرده بود. هرچقدر فکر می‌کردم، با بقیهٔ افراد خانواده مشورت می‌کردم، از بزرگ‌ترهای فامیل که ممکن بود چیزی از قدیم یادشان باشد، می‌پرسیدم یا به پیشانی زن‌دایی گلزاده دقت می‌کردم وجه تسمیه‌اش دستگیرم نمی‌شد که نمی‌شد.

به‌هرحال من خوش‌حال شدم که کلاس «چ» شناسی تعطیل شده بود. حتماً نمی‌خواست طرف از این پروژه بویی ببرد. توی اتاق خودم بودم که صدای زنگ در را شنیدم. فکر کردم بهتر است از اتاقم بیرون نروم و وسط آتشبار متلک‌های مارشال دوگل قرار نگیرم. بالاخره کسی می‌رفت و در را باز می‌کرد. صدای زنگ دوباره بلند شد. یادم آمد کسی خانه نیست جز او و من. خب دیگر مطمئن بودم به صلاح نیست بروم در را باز کنم. اگر می‌رفتم، دیگر راه نجاتی بر من نبود. می‌ماندم بین آن دو که از ماندن لای در قلعهٔ خیبر هم بدتر بود. بالاخره خودش مجبور می‌شد در را باز کند.

- خدایا! مگه گوشتون سنگینه. چرا در رو باز نمی‌کنین. مهمون حبیب خداست و دم در منتظره. خدا رو خوش نمی‌آد.

با تعجب دویدم به‌سمت افاف. از کی تا به حالا زن‌دایی گلزاده شده بود حبیب خدا؟! افاف را زدم و بلافاصله پشیمان شدم. الان زن‌دایی گلزاده سر می‌رسید و این صحنه را می‌دید که قطعاً نباید می‌دید. ننجان با عینک قاب‌سیاه دایی‌جان به چشمش نشسته بود وسط هال و چندین ورق روزنامه دوروبَرش پخش‌وپلا کرده بود. سرش سخت توی روزنامه بود و هر چند ثانیه نوک مداد قرمزی را می‌برد توی دهانش و بعد روی روزنامه علامت می‌زد. قبل از اینکه بتوانم کاری بکنم، زن‌دایی گلزاده از پله‌ها آمده بود بالا و جلوی در هال بود. ننجان مثل فیثاغورث سر در جیب تفکر فرو برده و اصلاً از جا تکان نخورد. مات و مبهوت در را باز کردم و زن‌دایی گلزاده وارد شد.

سلام کردم؛ ولی او جواب نداد. مبهوت‌تر از من خیره شده بود به ننجان.

- گلزار!

شاید اولین بار بود که اسم مستقیم او را از دهن زن‌دایی گلزاده می‌شنیدم. جوابی شنیده نشد و او دوباره صدا کرد.

- گلزاردای‌قزی! مشغول چه کاری؟! روزنامه می‌خونی؟!

نن‌جان به‌آرامی بودا سر برگرداند و همین‌طور که به او نگاه می‌کرد، مداد قرمز را تفی کرد و لبخند ظریفی زد که دندان‌های قرمز شده‌اش پیدا شد.

- مطالعه می‌کنم.

بعد دیدم دور تمامی جیم‌های توی همهٔ صفحه‌های روزنامه را خط کشیده. زن‌دایی گلزاده رنگش پرید. بعد کمی کبود شد. بعد چانه‌اش که همیشه لرزهٔ خفیفی داشت، شروع کرد به تکان خوردن؛ طوری که حرفش مفهوم نبود و از در رفت بیرون. پشت سرش رفتم.

- زن‌دایی گلزاده جان بفرمایین تو. چی شد؟ چرا نیومده، دارین می‌رین؟

- دخترجان، قرص قلبم همراهم نیست. قلبم گرفته، حالم خوش نیست. باید برگردم خونه.

برگشتم تو. اثری از نن‌جان و روزنامه‌ها نبود. سریع همه را جمع کرده بود. رفتم توی اتاقم. دیدم با جانمازِ ولو نشسته سر جای هر روزش، روی قالی، جلوی بخاری. مداد قرمز را گرفت طرفم.

- این رو لازم داشتم، از رو میزت برداشتم. این زهرماری‌ها رو یه وقت به دهنت نزنی. عین زغنبود تلخه. ناخوش نشم، خوبه. ریاضتِ علم آدمی رو پیر می‌کنه.

مداد را گرفتم گذاشتم سر جایش. این‌طور نمی‌شود. این زن دارد مرا هم در ریاضت علم خودش پیر می‌کند.

- نن‌جان خانوم امروز می‌خوایم کلمه یاد بگیریم.

- به‌سلامتی. حروف تمام شد؟ همه‌اش همین‌هاست که یاد گرفتم؟

- نه، نن‌جان خانوم. سی‌ودو تا حرفه. شما فقط شش تا حرف یاد گرفتین. با همین حروف می‌خوایم کلمه بسازیم.

کلمهٔ «باج» را انتخاب کردم که همهٔ حروفش را می‌دانست. به نظرم آن شب هم باید زود شام می‌خورد و می‌خوابید.

- باج؟! دخترجان این چه کلمه‌ایه آخه؟ تو قرآن هست؟ گمون نمی‌کنم باشه. اگه نیست، بیخود وقت تلف یادگرفتنش نکنیم.
- اولاً نمی‌دونم، شاید باشه. ثانیاً ربطی نداره. ما می‌خوایم کلمه درست‌کردن رو یاد بگیریم.
- لعنت خدا بر جان شیطان! یعنی بعد از عمری بی‌سوادی حالا که سواددار شدم، اولین کلمه‌ای که بنویسم باید باج باشه؟ والله شگون نداره. یه چیز بهتر بگو. می‌گی بعد ایامی روزه‌ام رو با گه سگ باز کنم!؟

می‌خواستم سخت باشد و جیم داشته باشد که منصرفش کنم؛ ولی دیدم حالا که کولی‌بازی درمی‌آورد، بهتر است مثل همهٔ کلاس‌اولی‌ها، اولین کلمه همان آب باشد. آی باکلاه هم کم از جیم ندارد.

- خب، نن‌جان خانوم با آب شروع می‌کنیم. چطوره؟
- الله‌اکبر! یعنی من می‌تونم بنویسم آب، اون‌وقت تو می‌خواستی باج یادم بدی؟ کفره به خدای عالم. همون آب خوبه که هم روشناییه و هم جان زندگی.

به آب راضی شد. من هم سرمشق دادم «آب». آب را با حیرت نگاه کرد.

- هرگزِ خدا فکر نمی‌کردم آب این‌طور باشه. قدرت خدا رو ببین چطور مایهٔ حیاتِ آدمی روی کاغذ که میاد به این هیئت درمیاد.

بعد سرش را آورد دم گوشم و آرام گفت:

- می‌شه بنویسیم حکمت‌الله‌جان بی‌بی‌قلی؟
- نن‌جان خانوم ما هنوز حروفش رو نخوندیم. نمی‌تونیم.
- باشه ننه، من نمی‌تونم. تو که می‌تونی. می‌تونی؟
- بله، من می‌تونم؛ ولی به درد کلاس ما نمی‌خوره.
- چطور به درد نمی‌خوره؟ زبونت رو گاز بگیر که دیگه به جدّت نگی به‌دردنخور. فقط می‌خوام ببینم اسم نازنینش چه شکلیه.

خدایا به قول خودش پردهٔ روی این عفریته را بپوشان تا من یکی راحت بشوم. یک کاغذ از روی میز برداشتم و شروع به نوشتن کردم.

- نه ننه، توی دفتر خودم بنویس. می‌خوام نگهش دارم.

صفحهٔ وسط دفتر بزرگه را باز کرد و گفت: «اینجا بنویس که حسابی جا داره.» بزرگ نوشتم: «حکمت‌الله جان بی‌بی‌قلی». دفتر را برگرداند به‌سمت خودش. عینک بزرگه به چشمش بود. نمی‌دانم نمرهٔ عینک چند بود که چشمانش از پشت آن عین قورباغه دیده می‌شد. خیره ماند به دفتر و زیر لب شروع کرد به صلوات. دیدم چشم‌های درشت قورباغه لرزید و خیس شد و بی‌صدا چکید روی بی‌بی‌قلی. زود بی‌بی‌قلی را با گوشه چارقد ململش پاک کرد و بعد از صلوات بوسید. سرکش حکمت تفی شد که آن را هم با چارقد پاک کرد.

- ننه چه باوقاره! من این‌همه کتاب‌های تو رو ورق زدم، هرگزِ خدا این‌طور نوشته ندیده بودم. درسته که نمی‌تونم بخونم؛ ولی قشنگی زشتی که سرم می‌شه.

دلم برایش سوخت. انگار در آن لحظه تمام غر و ناله‌هایش برای سواد و شوهر را یکجا فهمیدم و فکر نکنم دیگر هرگز دربارهٔ این دو موضوع از دستش عصبانی شده باشم.

- نن‌جان خانوم، الهی من قربون چشم‌های درشتت برم که روزبه‌روز هم درشت‌تر می‌شه.

- ای‌بابا، تو کجا بودی که درشتی چشمون من رو ببینی. الان که چشمونم شده اندازهٔ کون خروس. چشمونم این‌قدر درشت بود که اگه آهو من رو می‌دید، شرم می‌کرد. حکمت‌جانم همیشه می‌گفت: «می‌ترسم آخرش جن و پری تو رو ببرن از بس چشمونت خوشگله.»

عجب! باز ازش رودست خوردم. لحظه‌ای فرصت بدهی، هزار تا دروغ و قمپز به خورد آدم می‌دهد. یعنی واقعاً خودش را با این عینک مسخره توی آینه ندیده؟

«آب» را بی‌خیال شد و بندوبساطش را پیچید تو جانماز و رفت اتاق خودش. اسم آقاجان حکمت را با خودش برد و دیگر هیچ‌وقت پی سرمشق نیامد. دیگر قصد ادامهٔ تحصیل نداشت. همین که جلوی زن‌دایی گلزاده روزنامه دست گرفته بود، کافی بود و مسئلهٔ طب‌الکبیر را جبران کرده بود. البته کافی بود، درصورتی‌که زن‌دایی گلزاده شکست را پذیرفته باشد که به نظر نمی‌آمد این‌طور باشد.

چندی بعد مریم، نوهٔ زندایی گلزاده را دیدم که همتای من در خانوادهٔ دایی‌جان است. ما همسن بودیم و صمیمی. باهم مدرسه رفته بودیم و در تمامی معاشرت‌های فامیلی رفیقِ هم بودیم. از مهم‌ترین موضوع‌هایی که ما را به‌هم پیوند می‌داد، مادربزرگ‌هایمان بود که مایهٔ نشاط ما می‌شد. در واقع بیشتر داستان‌های جنگی مارشال دوگل به بی‌رحمانه‌ترین شکل ممکن از طریق ما دو نفر بین بقیهٔ قوم پراکنده می‌شد.

با اینکه قرار بود حرفی از راز نن‌جان نزنم و تا آن روز هم توانسته بودم وفادار بمانم و توی خانه هم صدایش را درنیاورده بودم، ولی با دیدن مریم وفاداری کار دشواری بود. یعنی اگر او حرفی به میان نمی‌آورد، شاید من هم می‌توانستم چفت دهانم را ببندم و آبروی پیرزن را نگه دارم که این‌طور نشد.

- تازگی‌ها مامان گلزاده گیر داده بهش سرمشق بدم. باورت می‌شه؟ می‌گه می‌خواد باسواد بشه. می‌گه هر طور شده، باید بتونه روزنامه بخونه.
- جداً؟
- می‌گه هرچقدر بابات بهت پول توجیبی می‌ده، من هم همون‌قدر بهت می‌دهم؛ ولی لامصب خوب خنگه.
- نگران نباش! همشون خنگن. تو تنها کسی نیستی که این مشکل رو داره.

بهش گفتم ماجرا از کجا آب می‌خورد و ازش خواهش کردم به کسی چیزی نگوید؛ چون راز است.

- خیلی می‌بخشی، ولی این یکی رو از من نخواه. همچین جوک بی‌نظیر دست‌اولی رو چطور می‌شه به کسی نگفت؟! خب من باید زود برم خونه کار دارم. به‌جز افراد خونواده به چند نفر هم باید زنگ بزنم. به اون‌هایی که دلم می‌خواد خودم بهشون بگم قبل از اینکه از دیگرون بشنون. به بابام که رسماً می‌تونم این جک رو به قیمت گزافی بفروشم.

راست می‌گفت. انصاف نبود ازش بخواهم رازداری کند. وقتی فکرش را می‌کنم، می‌بینم خود من هم برای این داشتم تندتر از معمول راه می‌رفتم که زودتر برسم خانه و ماجرای باسوادشدن زن‌دایی گلزاده در رقابت با گلزار را برای خانواده تعریف کنم.

سر شام حرف را پیش کشیدم و موضوع با استقبال و خندهٔ همه روبه‌رو شد به‌جز نن‌جان که عبوس و جدّی داشت با دندان‌های عاریه تق‌وتق می‌کوبید بر سر نان سنگک و قبل از اینکه قورتش بدهد، با دهان پر گفت: «بس که حسوده!» بابا گفت: «حسود که هست، درست، ولی در این مورد به نظر نمیاد حسودی در کار باشه. حسودی به کی؟ کی ممکنه همچین کار شاخ‌داری کرده باشه که اون بخواد حسودی کنه.» نن‌جان با یک چشم باز و یک چشم بسته فحش داد به ماست.

- بی‌صاحب از بس ترشه چشم سگ رو کور می‌کنه.

همه خودشان را جمع‌وجور کردند و همدیگر را نگاه کردند. مامان که روزنامه‌های علامت‌دار را دیده بود و دیده بود نن‌جان دندان‌هایش را گذاشته روی زانویش و دارد قرمزی دندان‌های پیش را با جوش شیرین پاک می‌کند، به بابا چشم‌غره رفت و لبش را گاز گرفت. بابا متوجه ارتباط ماجرا نشد؛ ولی فهمید حرف بیشتر جایز نیست.

نن‌جان خودش طاقت نیاورد. انگار یک‌مرتبه تصمیم گرفته بود که خودش رازش را برملا کند. لقمهٔ بزرگی را نجویده، قورت داد و شروع به حرف‌زدن کرد و با چشمان تنگ و دهان گشاد ادای خاصی از خودش درآورد که یعنی اصلاً برایش مهم نیست بقیه بدانند.

- بذار بره سرمشق کنه. بذار به نوه‌اش زور بگه و نذاره اون طفل معصوم به درس و مشق خودش برسه. به من چه! گوشت خر و دندان سگ! حالا فرض کن یه «الف» هم نوشت. می‌خوام بدونم به «جیم» برسه، چه خاکی می‌خواد بر سر کنه؟ من «جیم» می‌نویسم، انگار بفرما گردن غاز. اگه بتونه یه «جیم» مثل من بنویسه، من اسمم رو عوض می‌کنم.

همه متعجب و بی‌صدا به شام خوردن ادامه دادند.

چند روز بعد سروکلۀ زندایی گلزاده پیدا شد. برخلاف انتظار همه، هیچ‌یک به روی خودش نیاورد که از ماجرای تحصیلات آن دیگری خبر دارد. احتمالاً چون پروژۀ تحصیلات هر دو به شکست انجامیده بود، با توافقی پنهان از این موضوع چشم‌پوشی کردند؛ اما هر دو از شکست خود زخمی کاری داشتند. هر دو بی‌آنکه چیزی به‌دست آورده باشند، گزک به دست دیگری و کل فامیل داده بودند و از آبرو و غرورشان خرج کرده بودند که تنها دارایی ناچیزشان بود. حتماً هریک در دل نقشه‌ای برای دیگری داشت؛ حتی اگر ظاهراً از کنار این ضرر بزرگ به‌سادگی رد شوند.

زندایی گلزاده رو به آشپزخانه که هیچ‌کس تویش نبود، سلام داد. نن‌جان نشسته بود روبه‌روی عکس آقاجان حکمت و داشت موهای تازه حنابسته‌اش را شانه می‌زد. موهای وزکردۀ سفیدی که با حنا نارنجی شده بود و زیر نور آفتابی که یک‌وری بهش می‌تابید، انگار گُر گرفته بود و شبیه شعلۀ کم فروغی دور سر نن‌جان شده بود. همان‌طور که سرش را شانه می‌زد، کونش را نیم‌خیز تکان داد. زیر لب چیزی گفت که «سین»اش شنیده شد. همیشه همین‌طور بود. حرکت ریزی که معنی خاصی نداشت؛ ولی هر دو به‌سادگی از آن بهرۀ زیادی می‌بردند و بنا به موقعیت از آن تعابیر مختلفی می‌کردند. مثلاً در مواقعی که نن‌جان مغلوب بود، اگر زندایی گلزاده ادعا می‌کرد او سلام نکرده، می‌گفت: «با اینکه دستم بند بود، سلام کردم و جلوی پاش بلند شدم. از بس این زن ناسپاسه، چرند می‌گه. لیاقت سلام من رو نداشت.» اگر موقعیت پیروزمندانه‌ای به‌هم می‌زد، ممکن بود بگوید: «دیدی اصلاً

محلی به سلامش ندادم و کونم رو کردم بهش؟» یا ادعا می‌کرد داشته صلوات می‌فرستاده اگر صدای سین از او شنیده شده و سلامی در کار نبوده یا حتی بدتر از آن شاید ادعا می‌کرد که با آن حرکت نیم‌خیز شدن فقط بادی درکرده است.

زن‌دایی گلزاده که از این حرکت چندپهلو خوشش نیامد. تا او را گیس‌افشان دید، سریع چادرش را انداخت روی شانه‌اش. پوست پیشانی و گردن و کنار گوشش چند جا سیاه شده بود و معلوم بود تازه موهایش را رنگ کرده.

اشاره کرد به موهای پرکلاغی‌اش که همیشه عین جادوگرها زبر و سیاه بود و رو به من گفت: «دخترجان من تازه سرم رو رنگ کردم. نیم ساعت تموم توی حموم نشسته بودم سرم سرما خورده. قربون قدّت، برام کیسه آب‌گرم آماده کن بذارم سرم.»

نن‌جان از اینکه طرف نرسیده، خرده فرمایشاتش را شروع کرده و می‌خواهد با کیسهٔ آب‌گرم به سر مرکز توجه باشد، حالش بد شد.

- لااله‌الاالله! بر کیر خر لعنت! خدایا خودت از گناه زن بی‌حیا درگذر. آخه برای سن‌وسال ما زشته که گیسانمون رو عین تازه‌عروس سیاه کنیم.

زن‌دایی گلزاده رفت سراغ یکی از سلاح‌های قدیمی‌اش که جزو معدود برگ‌های برنده‌اش بود. شمشیر تیزی که همیشه به‌کار می‌آمد.

- ای‌بابا! من دختر شهر بودم. از روزی که نوعروس بودم تا به امروز، موی سرم عین شَبَق سیاه بوده. کسی تابه‌حال موی سفید من رو ندیده. اصلاً به عمرم یه بار هم به رسم دهات حنا و جوشاندهٔ پوست گردو و از این‌جور گند و گُه‌ها به سرم نمالیدم. یعنی ابراهیم‌جان این‌طور دوست داره. به من می‌گه: «گلی‌جان قرص قلب من رو یادت رفت بدی، عیب نداره؛ ولی رنگ موت رو تو رو خدا فراموش نکن.»

نن‌جان برافروخته گفت:

- خدایا دور دار! دنیا رو ببین چه فنده، کور به کچل می‌خنده! دنیا رو ببین چه فیسه، خرچسونه رئیسه! حنا گیاه بهشته. من اصلاً نیازی به رنگ‌کردن ندارم. گیسم هنوز سیاهِ سیاهه. زن مؤمنه برای ثوابش حنا می‌بنده. در قرآن اومده جدم، بی‌بی‌زهرا، توی بهشت زیر درخت حنا نشسته و عید مبعث به ملائکهٔ مقربِ درگاهِ باری‌تعالی حنا سوغات می‌ده. مادرم سواد قرآن داشت، برامون می‌خوند که ملائکه از دم زلفشون حناییه به احترام جدم، فاطمهٔ زهرا. حضرت مریم اولین زنی بوده که امر از خدای پروردگار موی سرش حنایی بوده و نسل همهٔ خارجی‌های بور از بی‌بی عالمِ فرنگ، مریم صلوات‌الله‌ست. در قرآن کریم اومده به لَعن هند جگرخوار که گیسِ سرش سیاه بوده، موی سیاه برای زن مسلمان مکروهه و حنا رو از بهشت به زمین فرستادن که زن‌های مسلمون سرشون پاک و مطهر بشه. اصلاً حدیث هست پیغمبر، صلوات‌الله، کف پای عایشه حنا بست و گفت گناه زن با حنا شسته می‌شه. پس وای به حال زنی که بدنش هرگز رنگ حنا ندیده.

زن‌دایی گلزاده که از خشم خون به صورتش دویده بود، کیسهٔ آب‌گرمی را که روی سرش داشت، پس زد و ژاکت سیاهش را درآورد و بی‌آنکه اشاره‌ای به بی‌سوادی او و این‌همه جعل حدیث و قرآن بکند، گفت:

- وای خدایا مُردم از گرما.

بعد دکمهٔ بالای پیراهن تنگش را باز کرد و ناله‌ای کرد. من رفتم یک لیوان آب برایش آوردم. نن‌جان از این کار من اصلاً خوشش نیامد. رو به من کرد و گفت:

- اینقد دم به دمش نده!

زندایی‌گلزاده همیشه عادت داشت لباس‌های تنگ بپوشد. با اینکه زانوهایش رنجور بود و پاهایش از محل زانو به حالت وارفته‌ای باز مانده بود، همیشه دامن‌های مدل قدیمی تنگ و کمی بالای زانو می‌پوشید و در آن هیئت

مضحک کاملاً احساس خوش‌تیپی می‌کرد. دکمهٔ دوم را هم باز کرد و سینه‌اش را داد جلو.

نمی‌دانم کرست‌هایش را از کجا تهیه می‌کرد. شاید هم از قدیم داشت‌شان. کرست‌های نوک‌تیز شق و رق که از زیر آن لباس‌های تنگ پستان‌هایش مثل دو تودهٔ مچاله‌شده مقوایی به نظر می‌آمد. رو به من گفت:

- دخترهای شهر و دهات کار و کردارشون فرق داره. مثلاً من هرگز به عمرم پستون‌هام رو تاب ندادم موقع راه‌رفتن. برای یه دختر عیبه راه بره و پستون‌هاش عین خایهٔ خر تاب بخوره.

در این قیاس هرگز از کلمهٔ پیرزن یا زن استفاده نمی‌کرد. نمی‌دانم خودش را چه سنی فرض می‌کرد که این قیاس همیشه بین دخترهای شهر و دهات درمی‌گرفت.

یک آن شک کردم نکند نن‌جان واقعاً آتش گرفته و باید آتش‌نشانی خبر کنم. برافروخته از جا پرید، لااله‌الاالله گفت و با ژست خاصی دو انگشت سبابه‌اش را رو به هوا نوک پستان‌هایش قرار داد و با صدای بلند گفت:

- برای سن‌وسال ما زشته که پستون‌هامون رو مثل موشک هوا کنیم. پستون باید نجیب تخت سینهٔ زن بنشینه، همون‌طور که خدا آفریده. اگه قرار بود شق رو به آسمون باشه، به امر خدای پروردگار جای پستون کیر خر سبز می‌شد.

زن‌دایی گلزاده چشمانش را نیمه باز نیمه بسته نگه داشت و ابروهایش را انداخت تاق پیشانی‌اش و گفت: «فاطی جان یه چای نبات درست می‌کنی برام. چای مونده نباشه تو رو خدا.»

نن جان صورتش را با حالت بیزاری و چندش درهم کشید و گفت: «نگفتم آب به آسیابش نریز! این زن عین کیر خره که هر چی تیمارش کنی شق‌تره.»

من جرات نکردم پی فرمان زن‌دایی بروم و گفتم: «زن‌دایی جان چای دم کردم. چند دیقه دیگه دم می‌کشه.»

زن‌دایی گلزاده که حرص خوردن نن‌جان را دید پیروزمندانه پوزخندی زد و گفت: «از روزی که پستون‌هام سبز شده، تابه‌حال من یه دقیقه هم بدون

پستون‌بند نموندم. یعنی صبح که بیدار می‌شم، قبل از صبح‌به‌خیر، به ابراهیم‌جان می‌گم قزن کرست من رو بندازه.»

کشاندن حرف به رختخوابِ و شوهر و ابراهیم‌جان یعنی آخرین تیر ترکش که تیر خلاص برای گلزار بود و او را به خاک و خون کشید.

مامان با چای و نبات و شیرینی از آشپزخانه آمد و داستان کرست را خاتمه داد. از معدود اوقاتی بود که نن‌جان این‌طور شکست خورد؛ انگار چنگیزخان مغول از اسب به زمین افتاده باشد. دلم برایش سوخت و سریع چای گذاشتم جلویش و گفتم: «نن‌جون خانوم عینک‌تون رو بدین براتون پاک کنم.»

عینک را داد و دیدم چشم‌هایش خیس است و چانه‌اش می‌لرزد. قربان‌صدقه‌ام رفت و چایش را ریخت توی نعلبکی و هورت کشید. ولی یک‌مرتبه چشمانش برقی زد و دستپاچه خواست چیزی بگوید که چای پرید توی گلویش. مامان پشتش را مالید تا حالش جا بیاید. هنوز حالش درست جا نیامده بود که با صدای گرفته شروع کرد به حرف‌زدن.

- خدایا من رو خر کن ولی گیر آدم خر ننداز! زنی که حیا نداشته باشه و حرف رختخوابش رو به این و اون بزنه، به درد زندگی نمی‌خوره. بیچاره برادرم یه عمر ابروداری کرد و گیر این یأجوج‌مأجوج موند. بارها بهش گفتم: «برادر تا توانی می‌گریز از یار بد. یار بد از مار بد بدتر بود.» اصل‌ونسب مهمه. خانواده باید آبرومند باشه. مثلاً خود من هرگز حرف رختخوابم رو به احدی نزدم و نخواهم زد. خدا رحمت کنه حکمت‌الله بی‌بی‌قلی رو، یه بار کسی از دهن من نشنید اسباب مَردی‌اش چقدری بود. یه بار به عمرم، که دیگه داره به شصت می‌رسه، اسرار شب زفافم رو مثل این زنیکه شلخته‌ها به خاله‌خان‌باجی نگفتم. با اینکه خردسال بودم که شوهر کردم. چه می‌دونستم اسباب مردی چه اندازه باید باشه.

با اشارهٔ سر به‌سمت زن‌دایی گلزاده ادامه داد:

- مگه مثل بعضی‌ها که شکم دارن و عروس می‌شن بودم که بدونم هرکس چند ذرع تو تنبونش چمبره کرده. نه دیده بودم و نه هرگز چیزی شنیده بودم. یعنی این‌جور زنی بودم. نه‌تنها خودم حریم گفتن نگه می‌داشتم، بلکه به کسی هم رو نمی‌دادم که حرف پایین‌تنهٔ این‌واون رو بزنه. البته دربارهٔ حیوون‌ها دیگه دست من نبود تا اون‌ها رو ادب کنم. خر هم که حیوون خداست؛ هر جا میلش بکشه، کیرش رو ول می‌کنه و تاب می‌ده. تنها اسبابی که دیده بودم ـ تُف، تُف، دور باد ـ همان اسباب خر بود. چه می‌دونستم آدمی با خر فرق داره.»

نمی‌دانم یاد چی افتاد که هم لبخند به لبش نشست و هم اشک در چشمانش حلقه زد:

- شب عروسی از فکر اینکه شاید هرگزِ خدا دامنم سبز نشه، غم عالم به دلم ریخت. اما مگه حرفی زدم؟ مگه شوهرم رو سخن‌سوز کردم که چرا اسبابش قد دنب قاشقه؟ خدایا دور دار، مگه از کسی سؤال کردم که آی خانم، آی خاله‌ام، آی باجیم کیر شوهر شما چقدره؟ مگه افتادم به جون مردم کیرشون رو وجب بزنم ببینم کی از خر بیشتر داره کی کمتر؟ هیچ، اگه این دیوار حرف زد، من هم زدم. مگه سخن سرکوفت به تاج سرم زدم؟ اصلاً! هرگز! خدایا اون روز رو نیار که من تو روی شوهرم دربیام که اگه بچه‌مون نمی‌شه، عیب از اندازهٔ اسباب شماست. اصلاً به‌خاطر همین دل پاکم امر از خدای پروردگار همون شب عروسی شکم گرفتم؛ وگرنه از غصه دق می‌کردم می‌مُردم؛ هیچ‌کس هم نمی‌فهمید از آبروداری مُردم. البته از اونجا که خدا جای حق نشسته و بنده‌اش رو بی‌جواب نمی‌ذاره، سال‌ها بعد، بعد از اینکه یازده شکم زاییده بودم و با اینکه فکر می‌کردم مغبون زناشویی هستم، احترام شوهر رو برای اسباب کوچک زیر پا نگذاشته بودم، فهمیدم اندازهٔ کیر آدمی با خر فرق داره. اون بندهٔ خدا هم نه‌تنها کم از بقیه نداشت، بلکه

ـ ماشاءالله به جونش ـ اجر دل پاکم، انگار چیز به‌دردبخوری هم بوده. خودش می‌گفت، من باور نمی‌کردم. اون هم امر از خدای پروردگار داستانی شد تا من متر و میزان اسباب دستگیرم شد.

من داشتم دیوانه می‌شدم. اصلاً نمی‌فهمیدم برای چه این داستان‌های ناجور را سر هم می‌کرد. آن خودزنی رقت‌انگیز برای چه بود؟ آیا قرار بود با این مزخرفات زن شایسته‌تری به نظر بیاید؟ کم‌کم شور و شعف خاصی در چهره نن‌جان پدیدار شد و ادامه داد:

- زن قربت‌الله رو اون زمون که تازه عروس شده بود فقط عروس صداش می‌کردن، همون‌طور که طبق رسم، هر زنی رو تا قبل از بچه‌دارشدن فقط عروس صدا می‌کنن، دو سه سالی بعد از عروسی دامنش سبز نشد. خونوادهٔ شوهرش تصمیم گرفتن به‌جای عروس، او رو مادرعروس صدا کنن؛ بلکه مرغ آمین در راه باشه و بشنوه. باز هم دامنش سبز نشد. بعد از چندی گریون و نالون اومد سراغ مادرم. بَیک‌ننه‌جان، خدابیامرز، هم محض چاره‌اندیشی باید از یه چیزهایی سر درمی‌آورد. به من گفت برم سر جالیز و چند تا خیار به اندازه‌های مختلف بچینم. گمان برده بودم که می‌خواد بدونه اسباب شوهرش، قربت‌الله، کفاف کار خدا رو می‌ده یا نه. من هم تو چیدن خیارها دقت بیشتری کردم و محض احتیاط یه کدو قلیونی هم چیدم که خیلی پیچ‌وتاب نخورده بود و به نظرم به اسباب طبیعی خر شبیه‌تر بود. با یه دامن سیفی‌جات برای کار طبابت برگشتم و دامنم رو جلوی بَیک‌ننه‌جان و مادرعروس پهن کردم. تا چشم‌شون به خیارها و کدو افتاد، اول هر دو چشمون‌شون گرد شد، بعد زدند زیر خنده؛ ولی مادرم سریع خنده‌اش رو جمع‌وجور کرد و اخم به پیشونی آورد و گفت: 'جوان نمیری تو دختر، مسخره کردی؟ توقعت از آدمیزاد دوپا چیه؟ قربت‌الله رو خر فرض کردی یا از روی پایین‌تنهٔ شوهرت نمونه برداشتی؟ نکنه شوهرت سُم هم داره و ما خبر نداریم.' بعد هم با نگرانی به من

گفت: ’بگو ببینم اسباب کفن‌پیچ حکمت قد کدوم این‌هاست؟‘ مرغ جانم داشت از خجالت از بدنم می‌پرید. شرم‌زده گفتم: ’بیک‌ننه جان حیا مانع می‌شه جواب بدم.‘ فریاد زد: ’ذلیل نمیری! وقتی کدو می‌چیدی، شرم نداشتی.‘ گفتم: ’شما اوقات‌تون رو مکدر نکنین؛ هر کدوم هست، کدو نیست، خیال‌تون راحت.‘ بعد رو به مادرعروس کرد و پرسید: ’مال قربت‌الله اندازۀ کدومه؟‘ مادرعروس هم یه خیار متوسطی رو نشان داد و پرسید: ’کیر به این قاعده باشه، برای بچه درست‌کردن بسه یا نه؟‘ مادرم گفت: ’همه با همین اندازه کارشون راه می‌افته. شاید اشکال کار جای دیگه‌ای باشه.‘ امر از خدای پروردگار خیاری که نشون داد، خیلی کوچیک‌تر از اسباب مردی حکمت‌جانم بود. توی دلم خدا رو شکر کردم. برای خدا هیچ کاری نداره که جواب بندۀ صبور نجیبش رو بده. آدمی نباید ایمانش رو از دست بده؛ حتی اگه خون جیگر بخوره.»

بدین‌وسیله پز کیر گندۀ شوهر فقیدش و نجابت و صبوری خودش را به زن‌دایی گلزاده داد و خیالش راحت شد و آرام گرفت.

وقتی زندایی گلزاده رفت به نن‌جان گفتم:

- نن‌جون خانوم یه چایی جلوی مهمون گذاشتیم شما از دماغش درآوردی. آدم از دست شما خجالت می‌کشه.

با خنده جواب داد:

- جواب سگ رو باید سر لش داد. مشت بعد از دعوا رو باید بزنی تو سر خودت.
- بیچاره چیز بدی نگفت. منظوری نداشت.
- زبون خر رو خرکچی می‌فهمه. من می‌دونم اون وندر (رتیل) چه منظوری داشت.

البته، من به اشتباه فکر کردم که آرام گرفته. فردا صبح قبل از اینکه ساعتم زنگ بزند، مرا بیدار کرد. آرام شانه‌ام را تکان داد و قبل از اینکه خوب از خوب بیدار شده باشم و بفهمم چه خبر است، زیر گوشم چیزهایی گفت.

- ننه رنگ مو چنده؟ سیاهش. سیاه‌ترینش که چشم کلاغ رو کور کنه چنده؟
- چی؟ رنگ مو برای چی؟
- کاری‌ات نباشه. پولش رو خودم می‌دم. سر درد دارم. می‌گن این گند و گه برای سردرد خوبه. می‌بینی که سردرد امونم رو بریده. چاره ندارم، مجبورم.

توی جایم نشستم. نمی‌دانستم چه باید بگویم. هرگز این‌قدر مستأصل ندیده بودمش.

- باشه، باشه. ببینم نن‌جون خانوم کرست هم می‌خوای برات بخرم؟
- ای قربون قدّت، اصرار نکن ولی دلت رو هم نمی‌شکنم. تو داری می‌ری خرید، دیگه خودت صاب‌اختیاری.

۱۱

شایع شده بود حکمت مریض شده. مریضی سختی که به مریضی‌های دیگر نمی‌ماند. حکیم گفته بود دارو ندارد یا می‌میرد یا به معجز خوب می‌شود. از دست آدمیزاد کاری ساخته نیست. شایع بود مریضی‌اش به جنّ و پری ربط دارد. هفته‌ای یک روز کلمات را فراموش می‌کرد. نام خودش را نمی‌دانست. با چشم بسته راه می‌رفت. آقاجانم بهش گفته بود: «حکمت‌جان چرا هفته‌ای یه روز نماز صبح به‌جا نمی‌آری؟ چرا مثل روزهای دیگه مسجد نمی‌آیی؟» خجالت‌زده گفته بود: «دایی‌جان، هفته‌ای یه روز نماز رو فراموش می‌کنم. خدا رو فراموش می‌کنم. اصلاً هفته‌ای یه روز کافر می‌شم. اگه دهنم رو باز کنم، فقط یه کلمه بیرون می‌آد که جرئت گفتن اون یه کلمه رو ندارم.» آقاجانم بهش گفته بود: «صبور باش و اون یه کلمه رو هم به زبون نیار. راز دلت رو پیش خودت نگه دار.»

دیگر همه فهمیده بودند مریضی او به جن و پری ربط دارد. آخر مریضی او درست همان روزی از هفته بروز می‌کرد که صبحش قبل از اذان جن و پری در «دوزخ‌دره» شیون و سروصدا می‌کردند و صدایشان از دور شنیده می‌شد. صدای اذان که از بلندگوی مسجد پخش می‌شد، همراه با شیون و شیطنت آن‌ها بود. همهمهٔ محوی از دور که با اذان قاتی می‌شد و صدای وهم‌انگیزی ایجاد می‌کرد و بچّه‌های کوچک نابالغ که نماز نمی‌خواندند و آن‌موقع خواب بودند را می‌ترساند.

بعدازظهر گرمی بود و توی ایوان رو به آفتاب نشسته بودم و موهایم را شانه می‌زدم که مادرم وارد شد. کمی خیره به من نگاه کرد. انگار که بوی مشکوکی را دنبال کند، به دماغش چین انداخت و کم‌کم اخمی هم وسط ابروهایش پیدا شد و آمد طرفم.

چنان سریع اتفاق افتاد که درست به خاطرم نماند. آیا واقعاً مادرم به من سیلی زد؟ یا صاعقه به من زد؟ یا زنبور زردی گونه‌ام را گزید؟ یا شاید از قبل دندان‌درد شدیدی داشتم که متوجهش نبودم؛ ولی سرم گیج رفت و دردی پیچید توی جانم.

با قیافه‌ای که انگار راز بزرگی را پرده برداشته به من خیره شده بود و فقط
برای اینکه مطمئن شود، پرسید.

- کی حموم بودی؟
- سه‌شنبه.
- هفتهٔ قبل، کی؟
- پنج‌شنبه.
- لابد هفتهٔ قبلش هم جمعه.
- بله، بَیک‌ننه‌جان. چرا این‌جور نگاهم می‌کنین؟ مگه این روزها عیبی دارن؟
- روزهای خدا عیبی ندارن. تو عیب داری پتیاره.

مرا هل داد توی اتاق و شانهٔ چوبی‌ام را چنان پرت کرد که دندانه‌اش
شکست. در و پنجره را بست و درز پنجره را هم با چارقدش گرفت.

- حالا گور مرگت، موهات رو شونه کن. دیگه حق نداری توی باد مو
شونه بزنی. حموم هم می‌ری، زود دربیا. با آب داغ هم خودت رو
نشور. قبل از اینکه عرق کنی و بوی تنت قاتی بخار حموم شه، بیا
بیرون گیس‌بریده. عطر تنت رو به باد و بخار حموم نده. خودت رو
بدبخت نکن و ده رو به آتیش نکش. جن و انس رو شیدا نکن. اون
پسر بیچاره رو آواره و مجنون نکن؛ وگرنه گیست رو می‌برم. گناه
تمام نمازهایی که اون فلک‌زده نمی‌خونه، گردن توئه. گناه تمام
نمازهای شک‌دار مردم گردن توئه. گناه صدای اذون که مثل زوزهٔ
شیطون پخش می‌شه، گردن توئه. خدایا من رو وردار و راحتم کن
که این فتنه فتّان رو زاییدم.

داشتم زیر سنگینی بار این‌همه گناه که بیک‌ننه‌جان گردنم گذاشت، خرد
می‌شدم. خدایا نمی‌دانم چه کرده‌ام؛ ولی تو که می‌دانی، مرا ببخش. به
خداوندی خدا قسم که من از نقره پاک‌تر بودم و سزاوار این‌همه ناسزا نبودم.
از اینکه مادرم بهم گفته بود گیس‌بریده چنان بهم برخورده بود که طاقت
نیاوردم و کار دست خودم دادم.

گیسانم را هفده لنگه می‌بافتم و مثل هفده شلاق می‌انداختم پشتم، یک خروار گیس سیاه سنگین تا کمر. آن روز برای اولین بار از مادرم سیلی خورده بودم و بهم گفته بود گیس‌بریده. وقتی دیدم آن‌جور خودش را فحش می‌دهد و مرا نفرین می‌کند و با این‌همه نمازی که خوانده‌ام، گناه بی‌نمازی همهٔ خلق خدا را گردن من می‌اندازد، دیوانه شدم و از عصبانیت سه لنگه از بافهٔ موهایم را قیچی کردم و واقعاً شدم گیس‌بریده.
آن لحظه که این کار را کردم، به هیچ‌چیز فکر نکردم. جوری خودکشی بود و فردایی برای خودم نمی‌دیدم؛ ولی آن گندکاری که به سر خودم آوردم، فردا داشت و چه فردای بدی و چه فرداهای بدتری.
وقتی مادرم گیس بریده‌ام را دید انگار مار گزیده باشدش، رنگش پرید و فریاد کشید: «دختر! تو نه به من رحم می‌کنی، نه به خلق خدا و نه حتی به خودت؟ تو دیوونه‌ای. کجا قایمت کنم تا این گیس دوباره دربیاد؟ به سال می‌کشه تا این خراب‌کاری درست بشه. کدوم سوراخ قایمت کنم؟ حرف مردم رو چه کنم از این رسوایی؟
موهایم را درهم‌وبرهم بافتم تا آن سه لنگهٔ ناقص دیده نشود؛ ولی به‌وضوح یک ور کم‌پشت‌تر می‌نمود. چارقدم را بستم سرم. شب موقع خواب هم بازش نکردم. به آقاجان چیزی نگفتیم.
شب جمعهٔ همان هفته مهمان آمد که کاش نمی‌آمد. حکمت‌جان با پدر و عموی بزرگش از در وارد شدند. نمی‌دانم چرا آن شب اصلاً از اتاق درنیامدم. مردها با پدرم آرام صحبت می‌کردند. نمی‌شنیدم چه می‌گویند؛ ولی حس می‌کردم راجع به موضوع مهمی حرف می‌زنند. مادرم هم توی حیاط ماند. از پنجره آرام صدایش زدم: «بَیک‌ننه‌جان کی می‌رن؟»
عین سگ بصره عبوس و آهسته جواب داد: «وقتی تو بمیری. من چه می‌دونم کی می‌رن.»
حتی اگر این‌قدر بدخلق نبود و این‌ها را نمی‌گفت هم، فهمیده بودم برای چه آمده‌اند.

تمام ترس مادرم از این بود که چطور به پدرم بگوید چه بلایی سر خودم آورده‌ام. مگر عروس گیس‌بریده هم می‌شد؟ اصلاً قیامت بود. واقعاً باید می‌مردم.

فردا قبل اینکه آقاجان از مزرعه برگردد، به مادرم گفتم: «بَیک‌ننه‌جان شما اگه بفرمایین شوکران می‌خورم خودم رو می‌کشم تا شما رسوا نشین و آقاجانم بدقول نشه. تو رو به خدا به آقاجانم چیزی نَگین.» مادرم هوار کشید: «دختر اگه مرگ، این رسوایی رو پاک می‌کرد، خودم می‌کشتمت. چه کنم که مرگ هم علاج نیست. اون وقت رو تخت مرده‌شورخونه رسوا می‌شیم. خاک بر سرت.»

آقاجان وقتی فهمید چنان نعره‌ای زد که گربه از خانه رفت و یک هفته برنگشت. «آخه چرا با آبروی من بازی می‌کنین؟ من دیشب قول دادم. نشستم جلوی سه تا مرد و قول دادم. وعدهٔ عروسی از من گرفتن.»

بَیک‌ننه‌جان به آقاجانم دلگرمی داد که کار چاره دارد. چون من خردسال بودم شرط پیش پای خواستگار گذاشتند. باید تا وقت تکلیف‌شدن عروس صبر کنند. ریحان عمه‌جانم دلخور شد؛ ولی چاره‌ای نبود، باید صبر می‌کردند. یک سال گذشت و ریحان عمه‌جانم مرتب جویای احوال من بود و مرا زیر نظر داشت. نگران بودم مبادا این‌قدر که به من نگاه می‌کند و دقیق می‌شود، متوجه گیس بریده‌ام بشود.

دیگر اجازه نداشتم تنها حمام بروم. یک بار با بَیک‌ننه‌جان حمام بودیم که ریحان عمه‌جان وارد حمام شد. ما آب کشیده بودیم و صلوات آخر را هم داده بودیم و داشتیم می‌رفتیم سر بینه تا رختان‌مان را تن کنیم که دم در با عمه‌جان روبه‌رو شدیم. ما اوقاتی حمام می‌رفتیم که خلوت بود. جوری سر و تن می‌شستم که گیسانم جمع باشد و کسی نبیند گیسم بریده. تا عمه‌جانم را دیدم دست بردم پشت سرم و سریع گیسم را گوله کردم بالای سرم. خدا را شکر عمه‌جان اصلاً به گیسم توجه نکرد؛ اما همهٔ جانم راورانداز کرد و نگاهش خیره ماند به پستان نورسته‌ام و رو به مادرم گفت: «زن‌داداش جون ماشاءالله به جون عروسم باشه. همهٔ غنچه‌های جانش شکفته.» سریع رفتم

حوله پیچیدم و زیرپایی بَیک‌ننه‌جان را پهن کردم. چند دقیقه طول کشید تا بیاید. من رختانم را تن کرده بودم و گیسانم را بافته بودم که آمد. خلقش تنگ بود. زود حوله انداختم روی شانه‌اش و بقچهٔ حمام را برایش پهن کردم. ریحان عمه‌جان به طعنه گفته بود: چطور می‌شود که دختری هم‌قد زن‌ها شده باشد، سینه برآورده باشد، گیسانش به این پرپشتی شده باشد، ولی هنوز تکلیف نشده باشد! گفته بود خدا را خوش نمی‌آید جوان عاشق را سر بدوانیم. چند روز بعد هم خود حکمت‌جان وسط روز که آقاجانم خانه نبود، آمد دیدن بَیک‌ننه‌جانم. ترحلوا و گوشت قرقاول و سنجد آورده بود. التماس کرده بود و موعد جشن خرمن را برای عروسی رخصت خواسته بود.

- حکمت‌الله جان گناهه. دخترِ تلکیف‌نشده از پس زناشویی برنمیاد.
- بَیک‌ننه‌خانوم قبول دارم. امّا من از گلزارجان زناشویی توقع ندارم. اصلاً هیچ‌چیز توقع ندارم، عین عروسک بشینه توی طاقچه. فقط اجازه بدین کنار من باشه. قول می‌دم دست به سیاه‌سفید نزنه تا وقتی خودش مایل باشه.
- حکمت‌الله‌جان حرفِ کارکردن نیست. می‌دونی که ماشاءالله به جونش باشه، خونهٔ ما رو اون می‌گردونه. با پدرش صحبت می‌کنم. تاک نشوندیم برای سر عروس. دایی‌جانت گفته باید انگور یاقوتی زینت سر عروس باشه.

مادرم و آقاجانم شُور کرده بودند و به این نتیجه رسیده بودند که اگر انگور یاقوتی و برگ مو سر عروس باشد، دیگر معلوم نمی‌شود گیس عروس کم‌وکسری دارد.

- ولی زن‌دایی جان تاک اقلاً یه سال دیگه حاصل می‌ده.
- پس برو دست به دامن خدا شو. دعا کن همین تابستان حاصل کنه.

مادرم هر کار بلد بود، دریغ نمی‌کرد. زردهٔ تخم‌مرغ و حنا به سرم می‌بست، سوختهٔ بادام به پوست سرم می‌مالید، سنجد و رازیانه به خوردم می‌داد. به همه‌شان دعا می‌خواند و تخم‌مرغ را قسم می‌داد که به خدمت موی سر

درآید. تخم رازیانه را امر می‌کرد خورنده را دلپذیر شوهر کند. سنجد را دستور می‌داد ریشهٔ مو را خوراک بدهد.

- ای سنجد خدا! زیر پوست سر بشین و تار مو بریس.

شب‌ها بعد از نماز و قبل از خواب یا خودم مدتی آن سه لنگهٔ گیس کوتاه را می‌کشیدم یا از زیور و زیبنده می‌خواستم وضو بگیرند و به آن سه لنگه دعا بخوانند و آن‌ها را بکشند. مادرم دعای بخت‌وبالین یادمان داده بود؛ اما من بیشتر دعای حفظ آبروی والدین می‌خواندم. گیسانم هفته‌به‌هفته درازتر می‌شد و مادرم هر هفته کمی پایین بقیه گیسانم را مقراض می‌زد تا کم‌کم هم‌اندازه شوند. شاید بدون برگ مو و خوشه انگور هم می‌شد عیب‌پوشی کرد.

حکمت‌الله جان نوبت آب باغ خودشان را نصف کرد و آب را ریخت به انگورباغ ما و دو روز هم مرغ‌لانهٔ خودشان و ما را رُفت و زُفت و برد ریخت پای تاک‌ها. امر از خدای پروردگار و دعای حکمت‌جان تاک یک‌ساله همان تابستان انگور داد. خوشه‌های شرابی‌رنگش توی آفتابِ خدا می‌درخشید.

مدّتی به این منوال گذشت. خبر آمد ماشین‌های ارتشی برای سربازگیری به صمغ‌آباد رفته‌اند. معلوم بود بعد از آنجا هم به تمام آبادی‌های طالقان سر می‌کشیدند و تمام جوانان به‌دردبخور را می‌بردند اجباری. همان شب که این خبر پیچید، ریحان عمه‌جانم آمد منزل ما پیش آقاجانم. با خاکستر روی پیشانی‌اش نقش به‌علاوه کشیده بود. گریه‌زاری کرد و به پیشانی‌اش اشاره کرد و گفت: «به همین خط و نشون! اگه جوونم بره اجباری و جنگ و ناکام از دنیا بره، خواهر برادری ما دروغ می‌شه.» پدرم رخصت داد بیایند شال و انگشتر بیاورند و روز عروسی را ساعت کنند.

سه روز قبل از عروسی امان‌الله‌خان و خرگازگرفته‌پیشانی با خانواده‌اش و فک‌وفامیل با داداش داهول بی‌عقلم با یک دستگاه مینی‌بوس وارد ده شدند. بام خودمان و بام مسجد را پشه‌بند زدیم و برای مهمان‌ها رختخواب بردیم. گفتند درخت سیب ساعتِ سعد دارد. باغ سیبِ گلاب یک‌پارچه شکوفه سر کرده بود. توی ده فقط آقاجانم سیب گلاب داشت. یعنی حتی توی سیف‌بنه

که از وسط کلاه مردم هم درخت سیب سبز می‌شد، سیب گلاب نداشتند. اولین تابستانی که امیرداش و مرمر آمدند ده ما و ماندگار شدند، وقتی چشم مرمر به سیب گلاب افتاد، شوهرش را با سبد بزرگی فرستاد در خانهٔ ما پیش بَیک‌ننه جانم.

- بَیک‌ننه خانوم اجازه هست یه سبد از زالزالک‌های باغتون بچینیم؟ الله‌اکبر! من تابه‌حال زالزالک به این درشتی و سفیدی ندیدم.
- کدوم زالزالک؟ فصل زالزالک که گذشته.
- همون باغ بالای مسجد که درختاش شبیه به درخت سیبه؛ ولی زالزالک‌های درشت لطیفی داره که انگار از بهشت اومدن. مرمر ویار داره. از باغتون رد می‌شدیم، دست دراز کرد یکی چید. تا خواست دهن بذاره، زدم رو دستش. گفتم بی‌اجازه نمی‌شه. رگ و پی بچه باید از مال حلال ببنده.
- امیر داش قابل‌دار نیست؛ ولی کاش مرمر ویار دیگه‌ای داشت. زالزالک در کار نیست. اون‌ها سیب گلاب هستن.
- سیب! نفرمایین بَیک‌ننه‌خانوم. یعنی سیب باشه و ما نفهمیم؟ اگر می‌گفتین خربزه‌ست حرف روی حرفتون نمی‌زدم؛ ولی سیب نفرمایین. ما جداندرجدمون مال سیف‌بنه‌ست و از گورمون درخت سیب بلند می‌شه. نمی‌خواین بدین، حرفی نیست.
- چرا مزخرف می‌گی امیر داش. باشه، برو سبدت رو پر زالزالک کن ببر برای زنت.
- خدا خیرتون بده. ویار زن آبستن رو جا آوردن یک در دنیا و صد در آخرت اجر داره.

رفت و چند دقیقه بعد خجل برگشت.

- به والله اون دونهٔ سیبی که آدم از بهشت آورد، همینه که باغ شما رو تبرّک کرده. زبون فضولی من رو ببخشین. همچنین سیب لطیفی هرگز ندیده بودم. تنها چیزی که به فکرم رسید، زالزالک بود.

- نوش جون‌تون امیر داش. از مرمر عذر بخواه که زالزالک ندارم. ان‌شاءالله این یکی رو به سلامت از سر بگذرونه. بعدی رو فصلی سر بنداز که ویارش بیفته به زالزالک. اون‌وقت بیا باغ کنار چشمه زالزالک ببر.

امیرداش از این شوخی مادرم سرخ شد. خندید و سرسلامتی داد و رفت.

خلاصه باغ غرق شکوفه بود، زمین فرش شکوفه هوا تور شکوفه. خدا را شاهد می‌گیرم تابه‌حال هیچ‌کس عروسی‌ای از عروسی حکمت‌الله بی‌بی‌قلی باشکوه‌تر ندیده.

آشور حمّام‌دار آب تازه به خزینه انداخت. مرمر با اینکه از کار توی حمّام بیرونش کرده بودند، به‌عنوان آرایشگر عروس مرا برد حمّام بخت و شست. پیه و روشور به تنم مالید و کیسه کشید. بعد خاکستر چوب عنبر مالید به تنم و دعا خواند. با آب انگور غسلم داد و تنم را با آن مالش داد. یاس سفید ریخت توی آب خزینه و سه بار مرا توی آن کُر داد. الله‌اکبر که پوست تنم عین کرم شب‌تاب می‌درخشید.

هفت خوشهٔ بزرگ انگور یاقوتی روی سرم سوار کرد و صدرشته تاک به بافهٔ گیسانم تاباندند. انگار بفرما درخت انگور چشم درآورده باشد. آن هم چه چشمی. ابروانم را وسمه کرد و چشمانم را سرمه بادام کشید. گل محمدی توی روغن مورد خیساند و سرخی‌اش را مالید به لبان و لپانم. یک خال گذاشت کنج لبم. به نیّت پیچ تن آل عبا، رقم سبز محمّد، پنج خال سبز هم ردیف روی چانه‌ام کوبید که هنوز هم به یادگار دارم. آینه آورد. دود اسفند را فوت کرد به آینه و با کاغذ دعای بخت که از افسونگر گرفته بود، آیینه را پاک کرد و قسم داد تا ضامن بخت این عروس باشد. بعد آیینه را گرفت جلوی صورتم.

هزار و صد الله‌اکبر! ترس برم داشت. اگر مادرم مرا نشناسد، چه؟ اگر حکمت جانم مرا نشناسد، چه کنیم؟ غوغای محشر بودم. وقتی خودم خودم را نشناسم، چه توقع از دیگران که آدمی را از حور و پری تمیز دهند. به مرمر گفتم: «من از حمام بیرون نمیام. تا تو نری و قسم‌شون ندی که من، منم و

حورالعین بهشت نیست که داره از حمام درمیاد محاله پام رو از این در بذارم بیرون.»

بعدها حکمت جانم همیشه می‌گفت خوب شد آن زمان دوربین عکاسی در کار نبود و عکسی از روز عروسی‌مان باقی نماند؛ وگرنه فتنه‌ای که آن شب در بین جن و انس درگرفت، هرگز تمام نمی‌شد. تا یک هفته هر شب از حمام ده صدای جشن و سرور اجنه شنیده می‌شد. خدا رحم کرد که مرا ندزدیدند. اجنه اگر عاشق آدمی بشوند، کوتاه نمی‌آیند. می‌دزدند می‌برند برای شاه اجنه. هر جور حساب می‌کنم، می‌بینم باز هم حکمت خدابیامرز جانِ مرا نجات داد. پادشاه جن و شیاطین به حرمت آبروی ایشان مرا به شوهرم بخشیدند.

این شد که قبل از خرمن عروسی کردیم. همان شد که حکمت جانم خواسته بود. بس که این مرد دلش پاک بود. انگار بفرما هرچه از دلش می‌گذشت، مرغ آمین می‌شنید.

آن روز هم من عروس شدم، هم ابراهیم داداشم بدبخت شد. بعد از اینکه مکتب را تمام کرد، رفت گیلان و شاگرد تجارت‌خانه شد. و آن خرگازگرفته‌پیشانی هم گویا خواهرزادهٔ امان‌الله‌خان، صاحب آنجا بود. آن‌قدر خودش را قِلووِلو داده بود که هوش از سر برادر بی‌عقل درازم برده بود. وقتی جریان سربازگیری در سراسر کشور جدی شد، امان‌الله خان هم به ابراهیم داداشم گفت باید برود خدمت اجباری؛ وگرنه اجازهٔ کارش باطل می‌شود. بهش گفت اگر ازدواج کند هم دوران سربازی راحت‌تر می‌گذرد و هم وقتی برگردد، به‌جای آنکه مثل یالغوزها کلاهش پس معرکه باشد، صاحب زن و فرزند است و اینکه سربازهای زن و بچه‌دار را کمتر به جنگ می‌فرستند. برای محکم‌کاری پای خدا را هم وسط کشید و گفت خدا هم به جان سرباز عیالوار رحم می‌کند. بعد هم تا تنور داغ بود چسباند و گفت: «نگران زن هم نباش. همین گلزاده را از خواهرم برایت خواستگاری می‌کنم.» داداش الدنگ داهول من هم خر شد و همان شب جمعه با امان‌الله خان رفت خواستگاری که شما انگار کن «خاک‌سپاری».

وقتی کاغذش آمد، بَیک‌ننه‌جانم خیلی دلخور شد. می‌گفت: «مگه من چی از بقیه که برای پسرشون دختر نشون می‌کنن، کم دارم که خدا این‌طور من رو بی‌اجر گذاشت.» تازه هنوز ندیده بودیم چه تحفه‌ای توی دامانمان افتاده. آقاجانم اولش کمی غر زد؛ ولی وقتی وسط غر زدن خواست گله کند و بگوید خودش برای پسرش دختری در نظر داشته، هیچ‌کس یادش نیامد و از شکوهِ دست برداشت.

به این سوی چراغ، به این قبلهٔ محمدی، هرچه سعی کردم نامش را ببرم، نشد. یعنی عین کفر خدا به دهانم نمی‌آمد. نامی بود که اصلاً سزاوار نبود روی آن انتر خانم باشد. یعنی من خدا را شاهد می‌گیرم روز قیامت این نام بی‌گناه به درگاه خدا شکوه می‌برد که چرا به گوش این عفریته خوانده شده. نام نیک قشنگی بود و زبانم لال، دور باد، دور باد، کمی هم جور نام من. به‌همین خاطر بَیک‌ننه‌جان و آقاجانم هم بهشان برخورد و از روز اول تا روز آخر که پردهٔ روی‌شان پوشانده شد، عروس صدایش کردند. البته به قشنگی نام من نبود، من گلزار بودم او گلزاده.

نمی‌دانم پدر مادرش کور بودند وقتی این اسم را روی بچه‌شان می‌گذاشتند یا محض خنده این کار را کرده بودند. نمی‌خواهم از بی‌ریختی‌اش بگویم، بالاخره ریخت و شمایل دست خداست و بندهٔ خدا هیچ‌کاره است؛ اما نام که دیگر دست آدمی است. اگر خدا به کسی فرزند کور بدهد، یک عیب است و اگر اسم او را بگذارند چراغ‌علی هزار عیب. حکایت خرگازگرفته‌پیشانی هم همین بود. بین دو ابرویش یک گره داشت، قد کوهان شتر. انگار بفرما قرار بوده کرگدن بشود؛ ولی نیمه‌راه شاخ درآوردن امر پروردگار عوض شده و شده آدمی. البته همچین آدم هم نبود. بسی که بدجنس بود، گمانم از قهر خدا داشته از وسط پیشانی‌اش کیر خر سبز می‌شده که رحم خدا به قهرش پیشی گرفته.

خلاصه عروسی ما هر دو در یک شب شد که هرچه فکر می‌کنم، می‌بینم نباید می‌شد. آن بدبخت گناه داشت. کینهٔ مرا همان شب به دل گرفت که خب، حق هم داشت. خدا روا نبود روز عروسی‌اش آن‌طور سرشکسته و

مغبون بشود. دو عروس بودیم یکی شبیه ماه‌پیشانی و یکی هم شبیه خواهرش، کیر خر پیشانی. اما تقصیر خودش بود. عروسی ما از قبل تدارک دیده شده بود. آن‌ها آن‌قدر برای عروسی عجله داشتند که گفتند فرصت دوباره‌کاری نیست و چه بهتر که هر دو عروسی یک‌جا بر پا شود. نمی‌دانم شکم داشت یا نگران بود ابراهیم داداشم پشیمان شود، هرچه بود که سربازی‌رفتن ابراهیم‌جان را بهانه کردند و عروسی‌شان را سر عروسی ما هوار کردند.

یک هفته عروس بودم که حکمت‌جانم رفت خدمت اجباری. امر از خدای پروردگار همان شب اول پسر اولم را شکم گرفته بودم. نیامد، نیامد تا فارغ شدم و بچه دو سه ماهه توی گهواره بود. پنج روز ماند و دوباره برگشت. همان پنج روز ـ خدا رحمت کند ـ خضرالله‌جانم را شکم گرفتم. ایشان دو سال و نیم اجباری بود که انگار بفرما به من بیست‌وپنج سال گذشت.

دو شکم زاییدم. دو پسر که هریک تو بگو یک نره غول. شکم دوم دو روز و دو شب سر زا درد کشیدم و درست لحظه‌ای که پردهٔ رویم افتاد و دنیا پیش چشمم تار شد، فریاد زدم «یا حضرت خضر!» که ناگهان پرده ور افتاد. خون به جانم دوید و زور آخر را زدم و عین زردالو دوپاره شدم و بچه از من درآمد. قابله تا بچه را گرفت، صلوات فرستاد و طلب مغفرت کرد از اینکه چارقد سرش نیست. می‌گفت این بچه ماشاءالله برای خودش مردی است؛ مثل نامحرم به آدم نگاه می‌کند. اگر می‌مانْد، شک ندارم که پهلوان می‌شد. پشت لبش سبز شده بود. پنج ساعت بیشتر عمر نکرد. بی‌وقتی شد، عین چغندر کبود شد، دست‌های کوچکش رو به آسمان سیخ شد، عین شاه‌توت سیاه شد و مرد؛ انگار پیرمردی است که هفتاد سال است مرده.

بدویار هم بودم. یک‌تنه کار خانه و مزرعه و مال و احشام را می‌رسیدم. او که رفت اجباری، من ماندم خانهٔ آن‌ها. ریحان عمه‌جانم همان سال تراخم گرفت. چون از سر عروسی ما با مادرم سرسنگین شده بود، نرفت پیش او. می‌گفت یک سال آزگار جوانش جلوی چشمش آب می‌شده و از اینکه بَیک‌ننه‌خانم اجازهٔ عروسی نمی‌داده، از او مکدر است.

رفت پیش کدخدا و کدخدای خر هم توی چشمش دواگلی چکاند و سوی چشمش چنان کم شد که خانه‌نشین شد و با عصا از این اتاق به آن اتاق می‌رفت. چند سال بعد هم کامل کور شد. دیگر عصا را کنار گذاشت و با نور دل شروع کرد خانه و کوچه و ده را دوباره یاد گرفتن و شد مثل اول که چشم داشت. به‌هرحال آن چند سال به خودش و همه سختی زیاد رسید.

یازده شکم زاییدم که چهار تا بیشتر برایم نماند. گله‌ای نیست و باز هم خدا را شکر می‌کنم. مرغ هم روی یازده تا تخم بنشیند، بیشتر از این به ثمر نمی‌رساند. یکی خراب می‌شود، یکی خنک می‌شود، یکی کونش می‌چسبد به دیوار تخم، یکی ریغو می‌شود، یکی می‌ماند زیر کون مادرش خفه می‌شود ـ خدا بیامرزد دومین خضرالله هم شب ماند زیر پستان نفسش بند آمد ـ دو تا را گربه می‌خورد، سه تا را شغال و خلاصه اگر چهار تا تخم برایش بماند، هنر کرده.

حکمت بی‌بی‌قلی همیشه می‌گفت گلزارجان تو عین «پیله‌مرز» حاصلخیزی. پیله‌مرز زمین آقاجانم بود که از پدرش به ارث برده بود. هرچه درش می‌کاشتی، سالی چهار بار برمی‌داشتی. هیچ سال آیش لازم نداشت. سال قحطیِ بزرگ تنها زمینی بود که حاصل داد. اگر گندم پیله‌مرز نبود، تمام اهل ده آن سال از گرسنگی تلف می‌شدند. خدا رحمت کند آقاجانم را، بعد از او هم زمین رسید به ما. یعنی بَیک‌ننه‌جان این‌طور وصیت کرد. می‌گفت بعد از من این زمین باید به دست گلزار آباد شود. حاصل زیادش همه از زمین نیست، دست کشاورز هم هست. می‌گفت زمین هم مثل اسب است که ممکن است به همه سواری بدهد؛ ولی رکاب خوش فقط و فقط به یک نفر می‌دهد. خاطرم هست چهار سال زمین را زیر نظر گرفت. هر سال داد یک کدام‌مان زمین را بکاریم. اول ابراهیم داداش بعد آبجی زیور بعد من و بعد هم آبجی زیبنده.

سالی که من کاشتم، کمترین باران آمد. زمستانش هم سرد بود و جان زمین چنان یخ زد که محصول تمام ده نصف شد. اما درست همان سال پیله‌مرز از هر سال بیشتر حاصل کرد. همان سال بَیک‌ننه‌جان به آقاجانم گفت: «این

زمین خودش به زبان آمده که مال کیست.» آقاجانم هم حرفی روی حرفش نیاورد و گفت: «بعد از من، زمین مال گلزار است.» مادرم خواست نام زمین را عوض کند و بگذارد گلزار که آقاجانم مخالفت کرد. زمین اول ده قرار داشت و جاده را از کنار آن به ده کشیده بودند. آقاجانم گفت زمینی که ماشین از توی آن عبور کند، نباید به نام آدمی دربیاید. جان آن آدم در رنج می‌افتد.

خلاصه اینکه بدون مَعجَر سر یک‌تنه کاشتم و داشتم و برداشتم و زاییدم و کورداری کردم و چه و چه تا آقا برگشت. حکمت‌جان عین جواهر می‌ماند. عین ورق قرآن پاک بود. این را رضاشاه کبیر هم فهمیده بود. بیخود که کسی شاه نمی‌شود. به یقین گوهرشناس بوده. حکمت‌جانم بارگاه شاه خدمت کرد و شد قراول مخصوص خوابگاه رضاشاه کبیر که والله کم از وزیر شاه شدن نیست. فقط خدابیامرز بی‌عرضه بود. صد بار گفتم: «آقا شما چرا تخت و بارگاه را ول کردی؟ برگشتی به این کوره ده که چه؟ بیا و دست زن و بچه‌ات را بگیر و برو شهر. برو پایتخت تو که امین دربار شاهی.» هرچه می‌گفتم، به خرجش نمی‌رفت که نمی‌رفت.

- زمین و حَشَم رو چه کُنم؟ مادر کور رو چه کنم؟
- ول کن مردا! آدمی تا پنج انگشتش رو از هم باز نکنه، چیزی گیرش نمیاد. یه چیز را از دست بده، یه چیز دیگه به دست بیار.
- لااله‌الاالله! زن بر شیطون لعنت کن. نمی‌خوام چیزی به دست بیارم اگه قراره اون چیزی که از دست می‌دم تو باشی.

هرچه می‌گفتم: «من همراهتم» به خرجش نمی‌رفت. می‌گفت: «گلزارجان زیبایی تو زیبایی معمول شهر نیست که. اگه من تو رو ببرم تهرون، صد البته می‌دونم رضا شاه تو رو ببینه، عاشق تو می‌شه. اگر تو رو طلب کنه، من چه کنم؟ اون وقت باید بزنم شاه رو بکشم. سزاوار نیست به‌خاطر زیبایی تو کشور بی‌پدر بشه. همین که جن و انس رو دربه‌در کردی، بسه.»

یک شب از بس گریه کردم و گفتم و جواب دل خوش کنی نشنیدم قهر کردم. نردبان را گرفتم و رفتم بالای پشت‌بام. چمباتمه آن بالا نشستم و به

آسمان نگاه کردم و به اندازه همه ستاره‌ها اشک ریختم. به خدا گفتم: «همین امشب منو ببر. هیچی ازت نمی‌خوام. همه چی رو ازم بگیر فقط من فردا صبح بشم یه پرنده پرواز کنم از این ده کوره در برم.» همانطور نشسته خوابم برد. خواب دیدم فرشته‌ها چهار گوشه ابر بزرگی را گرفتند و از طاق آسمان آوردند پایین و پایین و پایین‌تر تا پشت‌بام خانه ما. بعد من را توی آن ابر سفید، عین لحاف پیچیدند و گذاشتند روی کول حکمت جان. بعد همگی دست به سینه و ردیف لبه پشت‌بام صف بستند و زیر لب دعای حفظ جان خواندند تا حکمت جان با احتیاط از نردبان بیایید پایین.

صبح بیدار شدم دیدم لحاف پیچ توی رختخواب هستم. حکمت جانم خیره به من نگاه می‌کرد و ریزریز می‌خندید. حیرت کردم. گفتم: «پناه بر خدا! من چطور اومدم پایین؟» همانطور با خنده گفت: «چه می‌دونم شاید فرشته‌ها تو رو به من برگردوندن.» اینجور مردی بود. کرامات داشت.

مردم از نداده‌های خدا در رنجند و من از داده‌هایش. ناشکری نمی‌کنم. خدایا اما من کم از دست این زیبایی نکشیدم.

۱۲

کاش آن روزها که مرتب در مورد عاشق پنهانی از من می‌پرسید به جای آن عکس قدیمی که از آلبوم درآورده بودم این عکس اصل‌کاری را داشتم و نشانش داده بودم.

حتی فکرش را هم نمی‌کردم که کار به اینجا بکشد. فقط می‌دیدم وقت‌گذرانی با جوانک نقاش خیلی خوش می‌گذرد؛ مثلاً توی دانشگاه آزادِ هنر اتفاقی همدیگر را دیده بودیم که اصلاً هم اتفاقی نبود. از دوستانم شنیده بودم که جوانی لاهیجانی و عجیب‌وغریب توی دانشگاه‌شان هست. نبوغ نقاشی دارد و شبیه اگون شیله است. داشتم از فضولی می‌مردم ببینم چطور جانوری است. ندید ازش خوشم آمده بود. او سال آخر بود و من سال اول، شانس زیادی برای خودم قائل نبودم ولی کوتاه نیامدم. از آن به بعد به غریزه و طبیعتم بیشترم از عقلم اعتماد کردم.

به نظرم آن کسی که همهٔ دخترهای عالم توی ذهن‌شان به انتظارش هستند، آن شاهزادهٔ معروف سوار بر اسب سفید نیست. بیخود این نسبت را به مرد آرزوهای زنانِ جوان داده‌اند. شاید در عالم واقع و در روز به این یارو فکر کنند؛ ولی در عالم خیال زن‌ها جولانگاه بزرگ‌تری از قصر برای خودشان تصویر می‌کنند. شب‌ها آن هنگام که هر دختری قبل از رفتن از عالم بیداری به دنیای خواب، به پرواز در می‌آید، اگر کسی سوار است، خود اوست نه نره‌خری دیگر، آن هم شاهزاده.

آنجا اگر کسی قرار است مقامی داشته باشد، خود اوست. گور پدر هرچه شاهزاده! اسب را هر شب زین نمی‌کند برای نره‌خری دیگر. سوار خود اوست، آن‌هم نه بر اسب پسر پادشاه، بلکه سوار اسب بال‌داری که سر به فرمان دختر است و هر شب آسمان هفتم را درمی‌نوردد و دختر را می‌برد نزد مردی که زانو می‌زند پای رکاب اسب تا دختر پا بر زانوی او از اسب فرود بیاید و در آغوش او آرام بگیرد. آن مرد افسانه‌ای کسی نیست جز یک نقاش.

نقاش شوریده‌سری که می‌تواند تو را در هیئت ملکه‌ای تصویر کند و به‌عنوان نقشهٔ راهنمای زندگی، بدهد دستت تا در هزارتوی زندگی گم نشوی.

به‌گمانم شاهزاده و اسب و قصر و همه این کس‌شعرها از وقتی به داستان اضافه شدند که تصویر ملکه گم شد. برای ملکه بودن، نیازی به پادشاه نیست. اگر زنی توی خیال خودش نتواند ملکه باشد، هیچ پادشاهی نمی‌تواند کمکی به او بکند؛ اما اگر آن تصویر راهنما همراهت باشد هر الدنگی کنار تو باشد، فرق نمی‌کند. تو می‌شوی ملکه و او هم بالطبع پادشاه.

حالا فرض بفرمایید آن نقاش که توصیفش رفت را ببرند سربازی. از این بدتر نمی‌شود، انگار شیر توی قفس. اصلاً انحطاط بشر از آن روزی شروع شد که کسی پول داد بلیط خرید و رفت باغ‌وحش تا شیر را توی قفس تماشا کند و بعد از دیدن آن هم از غصه دق نکرد و نمرد.

اگر قرار باشد روزی علیه حکم ظالمانه سربازی قیام شود، هیچ ربطی به مردان جوانی که می‌روند سربازی ندارد. مطمئن باشید این زنان جوان هستند که قیام می‌کنند. سازمان ملل و حقوق بشر، وزارت بهداشت و سلامت، شرکت‌های بیمه باید فکری برای زنانی بکنند که معشوقهٔ نقاش نداشته‌اند. این زنان، آسیب‌دیده‌ترین قشر مظلوم در هر جامعه‌ای هستند که باید تحت درمان و مراقبت‌های ویژه قرار گیرند و مشمول حقوق بازنشستگی و ازکارافتادگی بشوند.

اسم باسعادتش سعید بود. از دوستم شیرین که توی دانشگاه آزاد نقاشی می‌خواند، شنیدم آن روز، آخرین روزِ آخرین کلاس باقی‌مانده از درس‌های جوانک است و باتوجه به اینکه در دو ماه گذشته پایش را توی دانشگاه نگذاشته، باید سر آن کلاس حضور پیدا کند و کار ارائه بدهد؛ وگرنه نمی‌تواند فارغ‌التحصیل شود.

آن سال‌ها همه دانشگاه را تا جای ممکن کش می‌دادند تا نروند سربازی. ولی از سال گذشته که جنگ تمام شده بود، تمامی دانشجوهایی که فقط یک کلاس را نگه داشته بودند تا بتوانند ترم دیگری هم دانشجو باشند، زود کلک آن یک کلاس را می‌کندند. این کلاس هم از همان‌ها بود. پس حتم داشتم که سروکله‌اش پیدا می‌شود و چون لاهیجانی بود، حتماً بعد از آن برمی‌گشت به شهرش؛ بنابراین، شاید آن روز تنها شانس دیدار بود.

رفتم سر کلاس‌شان که مثلاً دوستم، شیرین را ببینم. با آنکه سعید را قبلاً ندیده بودم، بلافاصله شناختمش. نمی‌دانم چطور شناختمش. هرچه نگاه کردم، چیز شاخصی درش نبود که به آن واسطه شناخته باشمش؛ ولی تردید هم نکردم که خودش است. شاید هم نشناخته بودم؛ فقط دلم خواسته بود که فرد مدنظر این جوانی باشد که بومش از همه بزرگ‌تر است و چشمان سبز باریکی دارد که برق چشمانش دل آدم را شاد می‌کند. بعد از چند دقیقه با شیرین رفتیم سراغش. شیرین ازش دعوت کرد تا اگر وقت دارد امروز باهم ناهار بخوریم که گفت وقت ندارد. بهش گفتم:

- می‌شه کارِت رو ببینم؟
- نه!
- نه دیگه! نباید زود بگی نه. فقط کافیه جواب ندی. بعد من دوباره می‌پرسم و سه باره. بعد تو می‌گی: «با اجازه بزرگ‌ترها، بله».
- چه لوس! هنوز کار نکردم که ببینی. تازه اومدم. وقت لوس‌بازی هم ندارم؛ چون باید آخر کلاس با همین نقاشی نمره بگیرم و قال فضیه رو بکنم. نمی‌تونم تا روز ژوژمان بمونم.
- خب بابا! ما رفتیم. کار یه ترم رو می‌خوای یه‌روزه انجام بدی که بعیده بشه. به نظر میاد شدیداً هم آمادگی داری یه نفر رو پیدا کنی، نشدنش رو بندازی گردن یارو.
- نگران نشدنش نیستم. نترس! گردن تو نمی‌افته.
- روحیهٔ مثبتت رو تحسین می‌کنم پسر. چطوری می‌خوای تا آخر روز یه کاری که بشه باهاش نقاشی تخصصی سال آخر رو پاس کرد، انجام بدی؟
- اینجا کلاسه. جای خوش‌وبش نیست. یواش‌تر حرف بزن.
- خیلی‌خب! خیلی‌خب! غر نزن. ببخشین که حرف زدم و وقتت رو گرفتم. من رفتم.
- کجا؟ نگفتم حرف نزن، فقط یواش‌تر. دست‌هات رو هم این‌قدر تکون نده.

- پسر، تو انگار کاملاً بوی دردسر می‌دی. چقدر خرده فرمایشات داری. مرحمت شما زیاد. بهتره تا دعوامون نشده، من برم.
- نمی‌تونی بری. می‌خواستی از اول شروع نکنی. حالا هم وقت کمه. باید صبر کنی، تموم شه.
- چی تموم شه؟
- گفتم که! من وقت خوش‌وبش ندارم و دارم کار می‌کنم. دارم تو رو می‌کشم. مگه نمی‌خواستی کارم رو ببینی؟ بمون تا ببینی. این‌قدر هم دست‌هات رو تکون نده.
- واقعاً!
- مگه قرار نیست با شیرین ناهار بخوری؟ پس اقلاً یکی دو ساعتی اینجایی.

بعد هم رو کرد به شیرین و گفت: «اگه به این دوستت بگی این‌قدر دست‌هاش رو تکون نده، نقاشی به یه جایی می‌رسه. اون‌وقت من هم می‌تونم باهاتون بیام ناهار.»

من ازخداخواسته نشستم و تا وقت ناهار ریزریز حرف زدم. او هم نقاشی کرد.

- خسته شدم. گرسنه هم هستم.
- نقاشی من هنوز تموم نشده. فعلاً بریم ناهار بخوریم. بعدش می‌تونی بیایی یه‌کم دیگه بشینی؟
- بذار ببینم داری چی‌کار می‌کنی. اگه از کارت خوشم اومد، برمی‌گردم مدلت می‌شم.

حتی نیمه‌کاره‌اش هم بی‌نظیر بود. عین الههٔ شیوا یک عالمه دست داشت. شیوا چند تا دست دارد؟ نمی‌دانم! ولی من توی این تصویر شش دست داشتم.

- دیدی؟ این‌قدری خوب هست که بعد از ناهار برگردی؟
- اگه وقت کم بود، خب دو تا دست می‌کشیدی به‌جای شش تا. من رو چی دیدی که این‌همه دست کشیدی؟

- ملکهٔ زنبور عسل دیدم. گفتم که این‌قدر تکون نخور. هر وقت نگاهت کردم، دستت یه جایی توی هوا بود.

شیرین به بهانهٔ اینکه نقاشی‌اش خوب پیش نرفته و برای ناهار خوردن وقت ندارد، با ما نیامد و خواهش کرد برایش غذا بگیرم و عذر موجهی برای برگشتنم به کلاس تراشید. من هم با خوش‌حالی قبول کردم. آن روز تا آخر کلاس ماندم و وقتی نقاشی تمام شد، دیدم به‌جز اینکه نقاش خوبی است، عاشق من هم هست؛ حتی اگر خودش نداند. هرکس آن نقاشی را می‌دید، می‌فهمید نقاش عاشق مدل است. این را همان روز اول فهمیدم؛ اما خیلی طول کشید تا بفهمم خودم گرفتار شدم.

عصر بعد از کلاس هم باهم رفتیم فیلم آخرین امپراتور برتولوچی را دیدیم. تا دو هفته بعد از آن هر روز عصر می‌رفتیم سینما عصر جدید و همان فیلم را می‌دیدیم و از روز دوم هم بعد از فیلم می‌رفتیم به اتاق لخت او که قبلاً اثاثیهٔ مختصرش را جمع کرده بود و از شرشان خلاص شده بود؛ چون قرار بود آن روز بعد از کلاس برود ترمینال و برگردد لاهیجان که نرفت. به‌هرحال آن اتاق تا آخر ماه در اجارهٔ او بود و ما هر روز عصر کف خالی آن اتاق به‌هم می‌پیچیدیم و غلت می‌زدیم و آهنگ عجیب فیلم آخرین امپراطور را با صدای تودماغی می‌نواختیم.

یکی از همان روزهای لخت غلطیدن در کف آن اتاق لخت، شاید دومین روز، اتفاق عجیبی افتاد. من برای یک لحظهٔ بی‌همتا فکر کردم زندگی‌ام تمام شد و مردم. در یک آن احساس کردم تمام جانم از بدنم خارج شد درست مثل اینکه در قابلمهٔ در حال جوش را باز کنی و بخار غلیظ ابر مانندی از توی قابلمه فرار کند و در هوا پخش بشود. قبل از این که خودم را به لذت آن بسپارم از ترس آه از نهادم بلند شد.

من فکر می‌کردم می‌دانم لذت معاشقه چیست. فکر می‌کردم همان حال است که بوسیدن و بغل کردن و آن کارهای دیگر به آدم می‌دهد ولی نیست. انگار مردم. انگار ناگهان پرواز کردم. انگار برق مرا گرفت. انگار برای یک

لحظه به موجود عظیم و خارق العاده‌ای تبدیل شدم، موجودی غیر از خودم. انگار جنی مرا تسخیر کرد.
ای ناقلای اعظم! ای مار هفت خط! ای دروغگوی کبیرا! ای پیرزن کلک! تازه می‌فهمم آن داستان مسخرهٔ بی‌معنی که تنها داستانی بود که بابا را عصبانی می‌کرد و مامان را می‌خنداد چه معنایی داشت و چرا بابا با داد و بی‌داد به نن‌جان می‌گفت: «آخه مادر من این مزخرفات چیه که می گی؟! این لاطائلات رو نگو تو رو خدا. قباحت داره والله!» و مامان با آرمش، همانطور که لبش را می‌گزید و سعی می‌کرد نخندد و به نن‌جان هم نگاه نکند به او می‌گفت: «نن‌جون خانم شما که این همه داستان‌های جالب‌تر دارید بهتره این یکی رو جایی تعریف نکنید. بچه‌ها از جن و شیاطین می‌ترسند.»
ولی او حیا نمی‌کرد و باز هر از گاهی که سرذوق بود می‌رفت سراغ این داستان. البته عین بقیه داستان‌ها هزاران بار تعریفش نکرده بود ولی به هر حال اینقدر بود که در خاطر من بماند و آنروز در یک همچون لحظه نابی به یادم بیاید. از ذوق داشتم بال در می‌آوردم نه فقط به خاطر آن تجربه بلکه از ذوق رمزشگایی آن داستان شاهکار.
این که به خاطر زیبایی بی‌حدش پادشاه جنیان عاشقش بوده و چون حکمت‌الله مورد احترام جنیان بوده پادشاه جنیان گلزار را به او بخشیده بود را شما هم می‌دانید، موضوعی که دستمایهٔ داستان‌های زیادی بود. مطمئنم خودش این یکی را کاملاً باور دارد. یعنی اگر در مورد بقیه دروغ‌هایی که به خورد ما می‌دهد اندکی در دل احساس شرم داشته باشد این یکی را چنان باور دارد که موقع تعریف کردنش صداقت و خلوص توی چشم‌های ریزش موج می‌زند.
می‌گوید با این که پادشاه جنیان قسم خورده بود که از او درگذرد ولی باز گاهی عشق کورش می‌کرد و به سراغ او می‌آمد و او را چندین روز به تسخیر خودش در می‌آورد. اینطور می‌گفت:
«وقتی می‌اومد می‌فهمیدم. قشنگ دلم آگاه می‌شد که دور و برم می‌چرخه و حضور داره. سایه‌ام سنگینی می‌کرد و با من راه نمی‌اومد. دست و دلم به

کار نمی‌رفت. خدایا دور دار، میلم به نماز اول وقت کم می‌شد و گاهی -دور باد، دور باد- نمازم قضا می‌شد. گاهی چند روز به این منوال می‌رفت و حال من بدتر می‌شد تا جایی که دیگه نمی‌تونستم نون بپزم. یعنی می‌تونستم ولی از آتیش تنور که برهله می‌کشید خوف می‌کردم. انگار از جیگر من زبانه می‌کشید. دلم گُر می‌گرفت. می‌خواستم تموم رختانم رو از تن درکنم و بنشینم جلوی تنور نون بپزم.

یه بار - خدا رحمت کنه - حکمت جانم هیزم آورد سر تنورستان دید یقهٔ پیرهن من بازه و من هم بیحالم. نامرد خدا همون دم زناشوییِ‌اش گرفت. هرچی گفتم: «مرد این چه وقت زناشوییه!» گفت: «الا و بلا همین الان!» منم زنی نبودم تو روی شوهر - اون هم یه همچین نازنین شوهری ـ دربیام و رو حرفش حرف بیارم. درست حین همون کار یهو خیال کردم آتش تنور به جونم افتاده. انگار بفرما جونم از تنم در رفت. فریاد زدم آی حکمت جان من رو سفت نگه‌دار وگرنه من از دست می‌رم. اونم محکم منو بغل کرد تا یواش‌یواش جانم آروم گرفت و فهمیدم اون جن نابکار از وجودم رفته بیرون. امر از خدای پروردگار به دل حکمت جان افتاده بوده که بیاد سراغ من. اون جن نابکار هم از حضور حکمت جان شرم کرده و پا به فرار گذاشته بود. اینطور مرد با خدایی بود. اینطور دلش برای من می‌تپید. همیشه مراقب بود من جن زد نشم و هر لحظه آماده بود نجاتم بده. حتی وقتی پدرم به رحمت خدا رفته بود و من گریه زاری می‌کردم مرتب می‌گفت: «گلزار جان جن زد نشی.» خداپدربیامرز اینقدر نگران من بود که تو اون ایام روزی سه بار منو شفاعت می‌کرد. من اون دوقلوهایی که نارس دنیا اومدن و عمرشون به دنیا نبود رو همون وقت آبستن شدم.»

من آنروز تازه معنای شفاعت را فهمیدم و عاشق شفاعت شدم. هر روز عصر توی آن اتاق محقر شفاعت می‌شدم و عرش خدا را سیر می‌کردم.»

اینکه او آن روز برنگشت به شهرش اتفاق خوبی بود به هزار دلیل. یک دلیلش این شد که با ذوق و شوق زیاد هر روز روی نقاشی کار کرد و روز ژوژمان

هم حضور داشت و توانست برای ارائهٔ کارش که همان یک نقاشی بود، برنامه‌ریزی کند.
ازآنجاکه علاقه داشت هر کاری را با آداب شخصی خودش انجام بدهد، جدا از سالن بزرگی که کار همهٔ بچه‌ها به دیوارهای آن نصب بود، اتاقی از دفتر دانشگاه تقاضا کرد. نور متمرکزی روی نقاشی که پرده‌ای روی آن کشیده شده بود، تنظیم کرد. چند ردیف صندلی چید. از دوستی به نام جمشید که کمانچه می‌نواخت، خواست تا آهنگ فیلم آخرین امپراطور را در طول رونمایی نقاشی بنوازد. من و جمشید یک بعدازظهر تمام باهم تمرین کردیم؛ چون جمشید آن فیلم را ندیده بود و در نتیجه موسیقی آن را نشنیده بود، من به همان روش تودماغی می‌نواختم تا او نت آهنگ را دربیاورد. به نظرم موسیقی نسبتاً نزدیکی به آهنگ مدنظر درآمد که نمی‌دانم چرا هیچ‌کس آن را تشخیص نداد.
استادهایی را که دوست داشت برای رونمایی دعوت کرد و چند استاد مهمان هم از دانشگاه‌های دیگر. البته اسم‌ورسمی توی نقاشی داشت که همه دعوتش را قبول کردند و روز ژوزمان تمامی صندلی‌هایی که چیده بود، پر شد از نقاشان برجسته. نور اتاق کم شد. موزیک شروع شد و نور روی پرده بیشتر و بیشتر شد و بعد از حدود یک دقیقه پرده فرو افتاد. الهه‌ای با شش دست با کمانچه‌ای جادویی می‌رقصید. انگار همراه نقاشی راز بزرگی هم از پرده بیرون افتاده بود. همه به من و او نگاه می‌کردند و با لبخند پچ‌پچ می‌کردند.
آن کلاس را با همان یک نقاشی با بهترین نمره گذراند. فهمیده بودم واقعاً هنرمند بزرگی است؛ اما مهم‌ترین هنرش نقاشی بی‌نظیرش نبود. عشق‌ورزی او بود که کاملاً شایستهٔ ملکهٔ زنبور عسل بود. یک‌تنه به‌اندازهٔ یک کندو سرباز به ملکه خدمت می‌کرد.
آن‌موقع نمی‌دانستم کارم به کجا می‌کشد. تازه آشنا شده بودیم. از وقتی که رفت سربازی، دیگر از دروغ‌های نن‌جان در مورد سربازی‌رفتن آقاجان حرص نمی‌خوردم.

چهار ماه از رفتنش گذشته بود، اما چنان توی وجودم خالی شده بود که انگار چهل سال بود داشتم غوره می‌جویدم. رمق از تمام وجودم رفته بود. توی دلم هر شب شام غریبان بود. توی خانه هم که نمی‌شد درست‌وحسابی گریه کرد. چقدر می‌شد شب توی رختخواب گریه کنم و بالش خیسم را پشت‌ورو کنم؟ می‌گفتم چه مرگم شده؟ چقدر می‌شد درد عادت ماهانه را بهانه کرد؟ چقدر تب می‌کردم و استفراغ می‌کردم، بعدش یک دل سیر گریه می‌کردم و الکی می‌گفتم مسموم شده‌ام؟ کاش نن‌جان واقعاً این‌قدر کر بود که هیچ‌چیز نمی‌شنید. آن‌وقت توی اتاق خودم نگهش می‌داشتم و تمام دردِدلم را صد بار برایش می‌گفتم.

عکس قشنگش را با لباس سربازی به نن‌جان نشان می‌دادم و می‌گذاشتم هرقدر که دلش خواست، ببوسدش. بگوید این جوان رعنا پسرم است و من قند توی دلم آب بشود. عکسی را که می‌خواستم برایش بفرستم ـ ولی نمی‌دانستم به کدام نشانی، چون جایشان عوض شده بود ـ به نن‌جان نشان می‌دادم و می‌گفتم: «ببین پولکانم رو تا دم نافم براش باز کرده‌ام.» می‌گفتم چقدر به او که با آقاجان حکمت یک روز تمام توی طویله بوده و به تمام آنچه با او روی علف‌ها کرده، حسودی می‌کنم. می‌گفتم به نامه‌هایی که ابراهیم‌دایی‌جان برای زن‌دایی گلزاده می‌نوشته و اینکه همهٔ مردم ده از عشق‌شان و نامه‌های عاشقانه‌شان خبر داشتند، حسودی می‌کنم.

کاش داستان عشق من بر سر زبان همه بود و همهٔ شهر مثل من منتظر نامه‌اش می‌ماندند و من می‌توانستم با خیال راحت با همه‌کس درباره‌اش حرف بزنم. کاش کسی می‌فهمید من چه مرگم شده بود. به قول نن‌جان کاش خدا پردهٔ روی مرا می‌پوشاند که از دام بلا راحت شوم.

سه ماه آموزشی کرمان بود و بعد از یک ماه و نیم برای اولین بار زنگ زد. همان روز هم نامه‌اش رسید که ده روز قبلش فرستاده بود. خیر نبینند آن لعنتی‌ها که ده روز یک نامه را معطل می‌کنند. نامه را به باد می‌داد یا به بال کبوتر می‌بست، زودتر می‌رسید. نوشته بود بهتر است من جواب نامه را نفرستم تا وقتی که جای ثابتی که قرار است خدمت کند، مشخص شود. من

هر روز نامه می‌نوشتم؛ بدون آنکه امیدی به رسیدن‌شان به دست صاحب‌شان داشته باشم. نامه‌اش را صد بار می‌خواندم، دلم راضی نمی‌شد.
نوشته بود مرا روی دیوار پشت بالشش نقاشی کرده با شش دست و انگشتان دراز و ناخن‌های خوشگل و توی خواب سی انگشت کشیده که با موهای فرفری‌اش که توی خواب تراشیده نشده‌اند، بازی می‌کنند. گفته بود نمی‌گذارد بقیهٔ سربازها ببینند و روزی که آموزشی‌اش تمام شود، آن تکه از دیوار را با رنگ سفید می‌پوشاند و نقاشی را برای همیشه آنجا به یادگار می‌گذارد تا دلگرمی پنهانی باشد برای سربازهای بدبخت عاشق تا وقتی دارند از غصه هلاک می‌شوند، الهه‌ای کلهٔ کچل‌شان را توی خواب نوازش کند. عکس تاری هم توی پاکت بود که صورتش خیلی مشخص نبود؛ ولی من می‌دانستم چشمان سبز باریک براقی دارد و لبخندش شبیه سربازانی است که دارند به‌سوی معشوقه‌های منتظرشان برمی‌گردند.
آن‌وقت که در خواب و بیداری نمی‌توانستم این عکس را از سینه‌ام جدا کنم، خودم را لعنت می‌کردم که چرا عکس آقاجان را از دسترس نن‌جان دور می‌کردم. روزی شصت بار می‌رفتم دست‌شویی و طولانی می‌ماندم و صورت‌شسته می‌آمدم بیرون. مادرم می‌خواست به‌زور مرا ببرد دکتر. می‌گفت شاید انگل دارم که این‌قدر می‌روم دست‌شویی و این‌قدر زرد و ضعیف شده‌ام. می‌گفت انگار چیزی دارد مرا از درون می‌خورد که درست می‌گفت. فقط نمی‌توانستم بهش بگویم آن چیست. می‌گفت شاید دچار وسواس شده‌ام که این‌قدر صورت می‌شویم. دنبال بهانه می‌گشتم که گریه کنم.
آن مراسم رونمایی نقاشی نتیجه‌های خوبی داشت که یکی از آن‌ها این بود که یکی از استادان حاضر که دست‌اندرکار موزهٔ هنرهای معاصر بود، ترتیبی داد که او خدمت سربازی‌اش را در موزهٔ مردم‌شناسی بگذراند و در پروژهٔ احیای یک نقاشی قدیمی کار کند که اخیراً روی دیوار موزه کشف شده بود. روی نقاشی رنگ یکدست سفید زده بودند. احتمالاً عکسی برهنه بوده یا پادشاهی توی تصویر بوده و بعد از انقلاب روی آن را رنگ زده بودند و عجیب بود که رئیس جدید موزه می‌خواست آن را احیا کند. احتمالاً رییس بعدی

دوباره می‌داد رویش را رنگ بزنند؛ ولی خوش به حال من که به‌خاطر احیای یک نقاشی هزاران بوسه نصیبم می‌شد.

به نظر شما در مدت یک سال و هشت ماه فرصت چند بوسه برای من فراهم می‌شد؟! حتی یک دانه را هم نمی‌خواستم از دست بدهم. باید هرچه زودتر به خانهٔ ما می‌آمد.

وقتی برگشت، بعدها که فرصت دیدار دست داد، همهٔ نامه‌هایش را بهش دادم و بهش گفتم باید جواب تک‌تک‌شان را برایم بنویسد تا شاید کمی از دل‌تنگی‌هایم جبران شود. یک روز در میان جواب یک نامه به‌دستم می‌رسید و خیلی مزه می‌داد. خنگ خدا به ترتیب جواب نمی‌داد. می‌گفت شانسی یک دانه را از توی کولهٔ سربازی‌اش می‌کشد بیرون و بعد از بارهاوبارها خواندن شروع می‌کند به جواب‌دادن. در جواب بعضی از نامه‌ها نقاشی می‌کشید و من باید حدس می‌زدم جواب کدام نامه است. جواب بعضی از آن‌ها شعر بود، یک‌سره شعرهای مرتبط با آنچه من توی نامه نوشته بودم. سر هر نامه یک بازی تازه درمی‌آورد و مرا می‌خنداند.

به نظرم می‌توانست تا آخر خدمت سربازی‌اش برای هر قطرهٔ اشکی که ریخته بودم، یک قهقهه مرا بخنداند و یک بوسه نثارم کند و یک بغل عشق بدهد. پس یادتان باشد فقط برای مردانی اشک بریزید که توانایی این را دارند که حساب گریه‌ها را تسویه کنند؛ وگرنه ارزش اشک شما را ندارند.

خوشحال بودم که آمده بود تهران؛ ولی خیلی زود فهمیدم به‌هرحال سرباز سرباز است. هر کجا که باشد، اسیر است. نمی‌تواند به میل خودش هر روز برود معشوقه‌اش را ببیند و آن‌قدر او را ببوسد تا دل‌تنگی‌اش را برطرف کند. گریه‌های من تمامی نداشت که نداشت.

شما در خیابان یا توی تلویزیون سرباز می‌بینید، گریه‌تان نمی‌گیرد؟ چه کسی لباس سربازها را طراحی کرده؟ چرا این لباس این‌قدر رنجور و غمناک است؟ اگر این لباس سربازهاست، دلم می‌خواهد بدانم لباس اسرا و زندانی‌ها چه شکلی است.

اوایل که برگشته بود متوجه شدم دیدار آنقدرها هم آسان نیست. نمی‌شد برم پادگان ببینمش. سه هفته اول مرخصی نداشت و آخرهفته سوم می‌توانست دو روز بیاید بیرون ولی او که جایی نداشت بماند مجبور بود یا بماند پادگان یا چارهٔ دیگری می‌جستیم. من هنوز توی لباس سربازی ندیده بودمش. نمی‌دانستم اصلاً دلم می‌خواهد توی این لباس ببینمش یا نه. وقتی یادم می‌افتاد که موهای قشنگ خرمایی‌اش را بی‌رحمانه تراشیده‌اند، دلم خون می‌شد.

امیدوارم هیچ مادری پسرش را توی این لباس مسخره نبیند. من مطمئنم مادرها طاقتش را ندارند. حالا اگر به معشوقه‌ها توجهی ندارند، اقلاً به مادرها رحم کنند. محققان باید تحقیق کنند ببینند چند مادر تابه‌حال از دیدن پسرش توی این لباس توی اشک‌های خودش غرق شده؟ چند مادر قلبش شکسته و صدای شکستنش مثل شکستن گلدان چینی توی گنبد آسمان پیچیده و خرده‌هایش برای همیشه توی خونش جریان گرفته؟

حتماً لاغر شده بود. خدای من، یعنی از آنچه بود هم لاغرتر؟ خداخدا می‌کردم همهٔ اعضا و جوارحش لاغر نشده باشد. زن‌ها تا لاغر می‌شوند، اول پستان و جاهای به‌دردبخورشان آب می‌شود. مردها را خوب نمی‌دانستم که آیا چاقی و لاغری‌شان به آنجایشان ربط دارد یا نه. فکر نمی‌کردم داشته باشد. اگر این‌طور بود، مردهای چاق باید بیشتر طرف‌دار می‌داشتند که این واقعیت نداشت.

باید در اولین فرصت دعوتش می‌کردم خانه‌مان. چطور به پدر و مادرم نشانش می‌دادم؟ می‌گفتم کیست؟ توی خانهٔ ما از این رسم‌ها نبود که دوست‌پسرت را دعوت کنی. اصلاً نمی‌دانستم پدر و مادرم چه عکس‌العملی خواهند داشت. حتی نمی‌توانستم حدس بزنم. هرچه در سوابق و تاریخچهٔ خانوادگی جست‌وجو می‌کردم ببینم در مواقع مشابه یا نزدیک خانواده چه برخوردی داشته‌اند، چیزی دستگیرم نمی‌شد. انگار در این زمینه هیچ شناختی از خودشان به‌دست نداده بودند.

پدر و مادرم آدم‌های عجیبی بودند. حتی وقتی بعدازظهرهای جمعه فیلمی عاشقانه از تلویزیون پخش می‌شد، خودشان را می‌زدند به کوچهٔ علی‌چپ. مامانم عادت داشت موقع تلویزیون تماشاکردن مرتب اظهارنظر کند و پابه‌پای آدم‌های توی برنامه صحبت کند؛ طوری‌که انگار یک نفر یا شاید حتی سه نفر از افراد سر میزگرد برنامه باشد. انگار هر سؤالی مطرح می‌شد، از مامان من پرسیده شده بود و او مقابل هشتاد میلیون بیننده مسئول بود حتماً جواب بدهد. اما وقتی فیلم خدای‌نکرده عاشقانه‌ای بود، سر خودش را درجا گرم می‌کرد و انگار تلویزیون خاموش بود. اگر چیزی مثل بافتنی یا خوراکی یا آشغال روی میز نبود که بشود با دست دانه‌دانه برچید، سریع کوسنی می‌گذاشت زیر سرش و دراز می‌کشید روی کاناپه و مثلاً می‌گفت: «این لاکردار تلویزیون انگار قرص خوابه.» و چشمانش را هم می‌گذاشت.

از روابط خودشان هم نمی‌شد سر درآورد. نه‌تنها از رفتارشان چیزی معلوم نبود؛ بلکه هرگز خاطرهٔ عاشقانه‌ای هم ازشان نشنیده بودیم. مثلاً بابا مامان را «دخترعمّه» صدا می‌کرد؛ بدون آنکه هیچ نسبت فامیلی داشته باشند. هیچ‌کس هم نمی‌دانست چرا. من حدس‌هایی زده بودم که هیچ دلیلی برای تأییدش نداشتم؛ ولی حدس می‌زدم آن فاسیل و معرفی که مامان را به بابا پیشنهاد داده و همراه بابا به خواستگاری رفته، احتمالاً مادرجون را «عمّه» صدا می‌کرده و بابا هم به تبعیت از او مادرجون را عمه فرض کرده و طبق قانون فامیلی، مامان هم می‌شد دخترعمه.

هیچ ردپایی که بشود احساسی را درش پیدا کرد، به جا نمی‌گذاشت. حالا نه «عزیزم»، «عشقم» و از این‌جور عبارات، ولی حتی به اسم کوچک که با نشانی از صمیمیت توأم است هم، صدایش نمی‌زد که از لحن آن ما بفهمیم آیا رابطه‌شان هیچ بویی از عشق و عاشقی داشت یا نه. تنها نشانهٔ عاشقانه‌ای که در طول تاریخ از این دو موجود که به نظر من شبیه به آدم و حوا بودند ـ از بس شبیه به هیچ زوج دیگری توی دنیا نبودند ـ دیده شده، این بوده که با اصرار توی یک بشقاب بزرگ با هم غذا می‌خوردند و از بس به جان هم غر می‌زدند، اعصاب همه را خرد می‌کردند.

- می‌خوای زنده‌زنده من رو بپزی؟ من زبونم مثل تو آستر نداره بتونم غذای به این داغی رو بخورم.
- ای‌بابا. غذا یخ کنه که از دهن می‌افته. دیگه مزه نداره.
- خودت هم نمی‌تونی به این داغی بخوری که ماست می‌ریزی رو همه‌اش، غذا رو معیوب می‌کنی.
- واالله تو که از من بیشتر ماست می‌خوری. اقلاً یه چیز دیگه پیدا کن واسه غر زدن.
- حرف بیشتر کمتری نیست. آخه رو قیمه؟
- ماست با همه‌چی خوبه. تو از اون گوشه بخور.
- لااله‌الاالله. زن چرا همهٔ کارهای تو شاخ‌داره؟
- من که کلسترولم بالاست، یه بار غر می‌زنم که چرا این‌همه کرهٔ حیوانی می‌ذاری لای پلو؟

حاضر بودند هر روز این‌همه باهم چانه بزنند؛ ولی از بشقاب جدا استفاده نکنند. توی کتم نمی‌رفت که این کار احمقانه عاشقانه باشد. البته نشانهٔ دیگری هم یافت نشد که مجبور شدم این را مطرح کنم. سال‌ها بود که از سر درآوردن از روابط‌شان دست شسته بودم؛ اما دیگر کار خودم گیر بود که دوباره به صرافت فهمیدن افتاده بودم. نمی‌دانستم آیا ممکن است با روی خوش عین دوستی معمولی بپذیرندش. شاید هم قشقرق به پا می‌کردند.
چاره‌ای نبود، مرگ یک بار و شیون یک بار! باید اولین روزی که از پادگان می‌آمد بیرون، یک‌راست می‌آمد پیش خودم. باید به مامان می‌گفتم بهترین غذاهایی را که بلد بود، بپزد. باید به نن‌جان نشانش می‌دادم. پیر بود بندهٔ خدا، می‌ترسیدم نکند آرزو به دل از دنیا برود. هرچقدر هم برایش قر و عشوه می‌آمد و آبروریزی می‌کرد، طوری نبود.

۱۳

من و دریا، چه باهم جورِ جوریم
بلندآوازه اما بی‌غروریم

دو تا خوش‌منظر و خوش‌نام هستیم
شراب کهنه در یک جام هستیم

اگر طوفان شود سرمست هستیم
به‌آرامی کنار هم نشستیم

چو عاشق هر دو سینه چاک داریم
دمی آرام و دم پژواک داریم

دو مخلوق بزرگ باصلابت
کنار هم بمانیم تا قیامت

خزربانو بگو نام و نشانم
که شاهرود بزرگ طالقانم

از این شعر فهمیدم برخلاف انتظار، مادرم احتمالاً خیلی هم سخت‌گیری نخواهد کرد. البته شاید خیلی آسان هم نباشد؛ ولی حتماً به امتحانش می‌ارزد. این شعر را سال‌ها پیش گفته. مادرم دورهٔ ابتدایی خوانده، توی همان مدرسهٔ ابتدایی‌ای که من درس خوانده‌ام. وقتی من کلاس سوم بودم، مادرم کلاس اول بود. ولی باهم کلاس پنجم را تمام کردیم. چون کلاس‌های نهضت سوادآموزی که بعد از انقلاب دایر شد و فرصتی شد تا مادرم سواددار بشود، به‌جای سالی یک کلاس، هر سال دو کلاس درس می‌دادند. این یعنی او فقط سواد خواندن و نوشتن دارد.

توی مدرسه به ما گفتند که اگر پدر یا مادرمان سواد ندارد، می‌تواند عصرها توی کلاس‌های نهضت شرکت کند و سواددار بشود. مامان با خوشحالی ثبت‌نام کرد؛ درحالی‌که مسئولیت چهار بچه و شوهر و خانه و زندگی و از همه سخت‌تر مادرشوهری مثل ننجان را به عهده داشت. شاید این کار مامان در تصمیمی که ننجان سال‌ها بعد برای سواددار شدن گرفت و مرا بیچاره کرد، چندان بی‌تأثیر نبود.

از آنجا که ـ نمی‌دانم چرا ـ همهٔ بی‌سوادها در خانوادهٔ مضحک من شاعر هستند، هرگز این سؤال پیش نیامد که شعرگفتن مامان دیگر چه صیغه‌ای است. کلاس دوم که بود دفتر مشق‌اش پر از شعرهایی بود که توی کتاب درسی خبری از آنها نبود. معلوم شد شعرهای قدیمی خودش هستند که آنها را از بر کرده و برای نوشتن همین شعرها هم درکلاس‌های نهضت شرکت کرده. بابا به شوخی به دفتر مشق مامان می‌گفت دیوان اشعار.

هرازگاهی به مناسبتی شعرش گل می‌کرد و آن را با اعتماد به نفس زیاد و غلط‌های املایی فراوان به من نشان می‌داد و در من احساسات مختلفی برمی‌انگیخت که من همه را به‌خوبی کنترل می‌کردم و لبخند می‌زدم. این شعر که ظاهراً مربوط به جغرافیاست و دربارهٔ شاهرود طالقان است که به دریای خزر می‌ریزد ـ مانند بقیهٔ شعرهایش ـ توجهم را جلب نکرده بود تا همین اواخر.

نامهٔ سعید را روی میزم زیر گلدانی که مداد و خودکار توش ریخته‌ام، پیدا کردم. نامه که با پای خودش نمی‌رود آنجا قایم بشود. حتماً کسی آن را برده آنجا که در جریان است و نمی‌خواهد به روی من بیاورد. چندی پیش هم عکس نازنینش که همیشه توی سینه‌ام نگه می‌دارم، گم شد و شب زیر بالشم پیدایش کردم. این یکی هم باید کار خودش باشد. هرکس دیگری توی خانه نامه و عکس پیدا کند، چیزی به آدم می‌گوید.

مادرم این‌طور است. ما هرگز نمی‌دانیم چه چیزهایی را می‌داند و چه چیزهایی را نه. همیشه دارد خودش را می‌زند به آن راه؛ اما حواسش به همه‌چیز هست. مثلاً دربارهٔ ماجرای عشق و عاشقی ننجان با قاب عکس

آقاجان حکمت و تمام بازی که من سرش درآوردم، بعداً فهمیدم همه‌چیز را موبه‌مو زیر نظر داشته؛ اما وانمود می‌کرده در جریان نیست. اصلاً یک طور آدم غیرمستقیمی است.

اگر بخواهم حدس بزنم شاید یکی از دلایل غیرمستقیم بودنش این است که بسیار مودب و محترم است و از روبرو کردن آدم‌ها با مسائل و قراردادن آنها در موقعیت ناخوشایند سخت پرهیز می‌کند. حتی توی دعوا کردن هم مودب و شاعرانه رفتار می‌کند.

یادم هست یک بار بابا توی آشپزخانه تا کمر رفته بود توی کابینت قابلمه‌ها و داشت هی غر می‌زد و صدایش می‌پیچید توی کابینت‌هایی که بهم راه داشتند و از تمام کشوها هم شنیده می‌شد.

حرفش این بود که چرا قابلمه‌ها به ترتیب اندازه توی هم چیده نشده‌اند! و چرا کف ماهیتابه‌های تفلن حوله‌ای گذاشته نشده تا تابه‌ای که توی آن قرار گرفته کف آن را نخراشد! و چرا در قابلمه‌ها لای آن شکاف چوبی که بابا کنار دیوارهٔ کابینت درست کرده سرجای‌شان نایستاده‌اند!

گاهی صدایش بلند می‌شد و اکو می‌شد توی قابلمه‌ها. صدا هی بلندتر می‌شد تا این که قاشق چنگال‌های توی کشو لرزهٔ وزّه مانندی پیدا کردند. درِ قابلمه‌ای هم پرت شد توی حال. بابا هی عصبانی‌تر می‌شد و اوضاع داشت حسابی ترسناک می‌شد که مامان توی یک استکان کمر باریک چای تازه دم ریخت و چند پَرگل یاس هم از گلدان کند و ریخت توی قندان و یک کاغذ کوچک هم گذاشت کنار چای و رویش گل یاس گذاشت و بابا را صدا زد.

- ماشالا خسته شدی بیا یه چایی بخور.
- من کوفت بخورم که نمی‌تونم یه نظم و انضباط ساده حالی زن و بچهٔ خودم بکنم.

مامان سینی چای را گذاشت روی میز آشپزخانه؛ آرام زد روی شانه بابا و اشاره کرد به سینی و خودش رفت توی اتاقش و در را بست.

بابا عرق کرده و با کله قرمز و رگ‌های برجستهٔ شقیقه، سرش را از کابینت درآورد و دست برد طرف استکان چای ولی کمی معطل ماند و به جای

استکان دستش رفت طرف کاغذ. مدتی به کاغذ نگاه کرد و سرش را خاراند بعد سبیل‌هایش کشیده شدند به دو طرف و لبخند درشتی نمایان شد. بعد از کمی تامل سینی چای را برداشت و رفت دم اتاق مامان و یواش در زد و رفت تو. در باز بود و من می‌دیدم آنجا چه می‌گذرد. چای را به مامان تعارف کرد و گفت: «دخترعمه چرا دلخور شدی؟ من که چیزی نگفتم!» مامان چیزی نگفت چای را برداشت و یک قند هم گذاشت دهنش و یاسی هم گذاشت توی جیب پیرهن بابا. بعد بابا نشست کنارش و گفت: «خب شما شلخته‌ای من هم چشمم کور خودم ریخت‌وپاش شما رو جمع می‌کنم.»

داشتم از فضولی می‌مردم که بدانم روی آن تکه کاغذ چه نوشته شده. کشیک کشیدم تا وقتی مامان با سینی برگشت توی آشپزخانه. فوراً رفتم سراغش. کاغذ را قاپیدم و دیدم روی آن به خط درشت و کج‌وکوله مامان شعری نوشته شده. همه‌اش یادم نیست ولی خط اولش این بود: «دلم از دست و تو دریای غم شد. چرا مردانگی‌ات اینقدر کم شد.» و باقی شعر که یاد نیست چه بود.

سال‌هاست که ما به کاغذبازی آنروز می‌خندیم. واقعاً نمی‌دانم اسمش را چه می‌شود گذاشت ولی بابا اینطور توی مشت مامان بود یا شاید هم مامان توی مشت بابا.

وقتی ما بچه بودیم مامان جذبه‌ای داشت که اگر خطایی از ما سر می‌زد و او دعوایمان می‌کرد با یک نگاه چپش ما حساب کار دستمان می‌آمد. اگر کار به فحش می‌کشید من و خواهرم بزرگم، کتایون، فکر می‌کردیم دنیا به آخر رسیده و مامان حتماً ما را خواهد کشت.

فکر می‌کنید آن فحش‌هایی که زهره ما را آب می‌کرد چه بودند؟ دوتا فحش آخرالزمانی داشت که وقتی آنها را به زبان می‌آورد ما از ترس می‌لرزیدیم بی آن‌که بدانیم آن فحش‌ها چه معنایی دارند. هنوز یادآوری طنین صدایش وقتی می‌گفت: «یلخی مادیون» و «ای مست دلارام» دلم را می‌لرزاند.

تابستان سالی که هفت یا هشت ساله بودم رفته بودیم شمال. روزی با خاله‌ام از سر باغ چایی برمی‌گشتیم. از لای درختان انبوهی از کنار برکه نازکی

می‌گذشتیم که از دور سروصدای شلپ‌شلپ آب شنیدم و دیدم آب برکه در فاصله حدود ده قدمی ما با سروصدای زیاد مثل خورده شیشه‌های رنگی در نور آفتابی که از لابلای درختان می‌تابید به هوا می‌جهند و دو حیوان سفید عظیم زیبا با دم‌های بلند مثل موهای خاله هاجر و یال‌های بلند سفید از لابه‌لای پرده‌های آب به سمت ما می‌دوند. به ما که رسیدند روی دوپا بلند شدند و شیهه کشیدند و به سرعت پشت پیچ برکه گم شدند.

من از حیرت دهانم باز مانده بود و نزدیک بود به خاطر آن همه زیبایی اشک‌هایم سرازیر شوند. از خاله هاجر پرسیدم:

- این‌ها دیگه چی بودن؟!
- یلخی مادیون
- یلخی مادیون اینه؟ اینا که خیلی خوشگلن
- آره خب، خیلی خوشگلن

مست دلارام اما فحش ترسناک‌تری به حساب می‌آمد. آهنگش جور دیگری بود. همیشه در تعجب بودم که چرا دیگران از شنیدن این ناسزا می‌خندند. مستاجرمان که پسر جوانی بود وقتی این فحش را می‌شنید می‌خندید و می‌گفت: «الان فحش دادی یا نازشون کردی؟ این جور که تو این دخترا رو لوس می‌کنی خدا می‌دونه پس فردا کدوم بیچاره‌ای رو خونه‌خراب می‌کنن.» بعدها خودش با کتایون ازدواج کرد و شد یکی از همان خانه‌خراب‌ها.

الان که معنای آن دو فحش را می‌دانم هم به خودم می‌بالم که با این فحش‌های شاعرانه بزرگ شده‌ام هم کمی احساس حماقت می‌کنم که چطور بی‌رحمانه گول خورده‌ام و شاید هرگز نتوانم ماما‌ن را به خاطر آن فحش‌ها ببخشم.

اگر از مامان دربارهٔ مسائل عاشقانه سؤال کنی، با دقتِ تمام و طول و تفصیل جواب می‌دهد، جواب بی‌ربطی که نه می‌توانی دوباره سؤال کنی، نه می‌توانی اشاره به مزخرف‌بودن جواب کنی و نه کار دیگری به‌جز لبخند و تشکر.

- مامان، تو قبل از بابا دوست‌پسر داشتی؟

- زندگی ما با شما فرق داشت. توی روستا همه باهم آشنا هستن و می‌شه گفت همه از دم، زن و مرد، باهم دوست هستن. این‌طور نبود که الان همسایه‌های نزدیک هم همدیگه رو نمی‌شناسن.

یعنی اگر می‌گفت خفه شو، شاید راهی برای ادامهٔ گفت‌وگو باقی بود. کدام آدم عاقلی با این جواب راهش را نمی‌کشد برود و برای همیشه صحبت در این باب را فراموش کند؟ همه‌چیز را به در می‌گوید که دیوار بشنود. مثل همین شعرش با همهٔ ظاهر جغرافی‌مآبش به نظر من شعر عاشقانه‌ای است مربوط به عشق خودش و بابا. البته هیچ‌کس این ادعای مرا باور نخواهد کرد؛ اما مهم نیست. این‌قدر به این فکرم ایمان دارم که اصلاً نیازی به باور دیگران نیست. با کمال تعجب به نظر می‌رسد که یک چیزهایی از عشق و عاشقی سرش می‌شود.

شعر را کلمه‌به‌کلمه مثل منتقدی حرفه‌ای بررسی کردم و بیشتر و بیشتر مطمئن شدم صفاتی که برای خزربانو در نظر گرفته، همه را به‌شدت برای خودش قائل است؛ مثلاً در عبارت «دو مخلوق بزرگ باصلابت» متأسفانه برای من واضح و آشکار است که دارد راجع به چه کسی حرف می‌زند. یا عبارت «شراب کهنه در یک جام» شما را یاد در یک بشقاب غذا خوردن‌شان نمی‌اندازد؟ طوفان و آرامش هم که ریتم دائمی رابطهٔ عجیب‌وغریب‌شان است. «شاهرود بزرگ طالقان» هم که می‌ریزد توی «خزر بانو» نشان می‌دهد نه‌تنها در عشق و عاشقی، بلکه در زمینهٔ بقیهٔ مسائلی هم که خودشان را می‌زنند به آن راه، کارهایی ازشان برمی‌آید.

ماشاءالله به ادعا و اعتماد به نفس زنان خانواده! خدا را شکر که دیگران متوجه عاشقانه بودن این شعر نشده‌اند؛ وگرنه مضحکهٔ فامیل می‌شدیم. به‌هرحال خدا کند تفسیرم درست باشد. اگر باشد، می‌توانم سعید را دعوت کنم و مطمئن باشم کسی ما را نخواهد کشت.

احتمالاً به ننجان هم به‌همین دلیل میدان می‌داده. خوب که فکر می‌کنم می‌بینم فقط دربارهٔ داستان‌های عاشقانهٔ آقاجان حکمت سکوت می‌کرد و هرکدام را صد بار با دقت گوش می‌داد. در بقیهٔ مواقع با مهارت خاصی دُم

ننجان را قیچی می‌کرد؛ مثلاً وقتی ننجان در امور تربیت بچه وارد عمل می‌شد و با لوس‌کردن ما سعی در محکم‌کردن پایه‌های اریکهٔ قدرتش در قلمرو مامان می‌کرد، مامان با چشم‌غره‌ای به ما و کلام قاطعی به او توطئه را خنثی می‌کرد.

برای عاشق‌ها تخفیف اخلاقی قائل است؛ بدون اینکه به روی خودش بیاورد. هرچه بیشتر فکر می‌کنم، بیشتر مطمئن می‌شوم که ما در امانیم و چه‌بسا قرار است روزگار خوشی زیر سایهٔ مامان داشته باشیم.

مخصوصاً که سعید شمالی هم هست. مامان فکر می‌کند تمام شمالی‌ها دخترخاله، پسرخاله‌هایش هستند. فرقی نمی‌کند که باشد. یعنی شمالی بودن مقدم بر هر خصوصیت دیگر عمل می‌کند، حتی مقدم بر انسان بودن. مثلاً مرغ می‌خرد و اگر مرغ فروش بگوید مرغ امروز از مرغداری‌ای در شمال آمده، حتماً آن را با آب‌وتاب بیشتری می‌پزد یا شاید با آن فسنجان درست کند و حتماً هم سر غذا اعلام می‌کند که این مرغ از این مرغ‌های الکی نیست و حتی به ننجان خانم خواهد گفت که بیشتر بخورد؛ چون برای زانودردش خوب است.

مثلاً اگر ماشین لباس‌شویی بخرد و نصاب ماشین لباس‌شویی شمالی باشد و بعد از تمام‌شدن کارش ماشین کار نکند، برخلاف هر انسان عاقل و بالغی، اولین احتمالی که قائل است این است که ماشین لباس‌شویی نو خراب است و اکراه دارد که فکر کند شاید بد نصب شده باشد.

هم شمالی است، هم عاشق، هم چشمانش سبز بود. البته این آخری تأثیری در مامان نداشت؛ ولی حتماً تأثیر بسزایی روی ننجان می‌گذاشت که نباید آن را دست‌کم می‌گرفتم. اگر ننجان خانم خوشش نمی‌آمد، گمان نمی‌کنم مامان خودش را به دردسر می‌انداخت و سعید را تحویل می‌گرفت. هیچ‌کس حوصلهٔ درگیرشدن با ننجان را ندارد.

مانده بود بابا، که آن هم واقعاً هیچ رقم نمی‌شد پیش‌بینی کرد. نباید نگران می‌بودم. اصلاً به من مربوط نمی‌شد. اگر مامان از سعید خوشش می‌آمد خودش دل بابا را نرم می‌کرد. مامان هر کاری دلش بخواهد می‌تواند با بابا

بالشت پَرم شوهر

بکند. اگر بابا بخواهد مامان را در یک جمله توصیف کند این است: «چُسش آسیاب رو می‌گردونه.»

۱۴

دیدم دارد راستهٔ قطارداران درخت گردو می‌نشاند، گفتم:

- حکمت‌جان ان‌شاءالله که صد سال بعد از این بمانی، ولی چه وقت گردو کاشتنه.

- گلزار جانم، الهی که من دورت بگردم، مگه گردو درختی که یه عمر سایهٔ سر ما بوده و ما رو خورش داده، من کاشته‌ام؟ دو تا درخت از قطارداران داره خشک می‌شه. یکی رو سه سال پیش صاعقه زد و یکی رو آفت. درختی که به مرگش نزدیک می‌شه، خودش رو جمع می‌کنه. انگار قوز می‌کنه و چمباتمه می‌زنه یه گوشه تا خواب ببردش. مخصوصاً اگه آفتی شده باشه، چنان دامنش رو جمع‌وجور می‌کنه که فاصله‌اش از بقیهٔ درخت‌ها بیشتر شه تا مبادا دامن اون‌ها رو به دام بلا بکشه. اگه وقتی درختی خشک می‌شد، کسی جاش درختی نمی‌کاشت، اینجا دیگه قطارداران نبود. اگه این دو تا درخت به‌زودی بمیرند و نوچه‌ای پاشون سبز نشه، ردیف درخت‌ها کچل می‌شه. انگار دو دندان از ردیف دندان‌های آدمی کم باشه، نه خوردن لذت داره و نه خندیدن قشنگی. برای این اسمِ اینجا قطاردارانه که ردیف درخت‌های گردو هرگز به‌هم نخورده.

- فرمایش شما درست، ولی شما ناخوش‌احوالی. چند روز دیگه هم عازم تهرانیم. هزار کار ضروری هست.

- این هم ضروریه.

- باشه وقتی برگشتیم.

- شاید برنگشتم.

- خدا نکنه.

انگار به دلش برات شده بود. انگار خواب‌نمای خوبان شده بود. کرامات داشت. مسلط بود. همان سال، برف آخر که آب شد، داد بام را شیروانی کردند. آن‌وقت‌ها طالقانات شیروانی رسم نبود. برف پارو می‌کردند. اولین شیروانی

ده خانهٔ ما بود. گفتم: «قربانت گردم، پشت بام رو شیرونی کنی سگ شب‌ها کجا بنشینه لابه کنه، صداش رو همهٔ گرگ‌ها بشنوند و امن و امان گوسفندا رو فراهم کنه؟ پشت‌بام عین برج دیدبان سگه.» گفت: «کدوم گوسفندا؟» راست می‌گفت. همان سال همهٔ مال و احشام را فروخت جز شوکت را.

شوکت را نمی‌شد فروخت. عین عضوی از خانواده بود. گرچه دیگر چه خانواده‌ای؟ یک من مانده بودم و یک شوکت. مادر شوکت هم اسمش شوکت بود و گاو آقاجانم این‌ها بود. بهترین گاو شیری ده بود. سه برابر گاوهای دیگر شیر می‌داد. وقتی توانست گاوی بزاید که به‌اندازهٔ خودش شیر بدهد، سرش را بریدند و قورمهٔ یک سال خانهٔ ما و خانهٔ آقاجانم شد و شوکت دوم را هم وقتی بچهٔ آخرم را زاییدم، آقاجانم پیشکشی آورد و بست توی طویلهٔ ما. گفت: «دیگه جمعیت خونهٔ شما از ما بیشتر شده؛ پس گاو شیری مال شما باشه». زیور و زیبنده هر دو شوهر کرده بودند، یکی به تهران و یکی به شهراسر. ابراهیم‌داداش جانم هم رفته بود تهران. تنها من توی آن ده خراب‌شده مانده بودم و خودم رسیدگی‌شان می‌کردم. آقاجان با بَیک‌ننه‌جانم تنها شده بودند. بَیک‌ننه جانم ناخوش‌احوال هم بود. تا آخر عمرشان خودم بگذار و وردارشان را کردم.

روز قبل از سفرمان به تهران مثل هر روز سر صبح شوکت را دوشیدم و در را باز گذاشتم که با گله برود چرّه. خودم دیدم از در رفت بیرون؛ ولی سر ظهر دیدم توی طویله است. فکر کردم خدای‌نکرده خوش نیست. نکند چشم خورده باشد. تخم‌مرغی از مرغ‌لانه برداشتم و بهش دعا خواندم، فوت کردم، به شاخ شوکت شکستم و انداختم روی سنگ نمک. به یک لیس آن را خورد. حکمت‌جان که برای ناهار برگشت خانه، رفت طویله و شروع کرد غشو کشیدن شوکت. او هم دست ایشان را لیس می‌زد. به این قبلهٔ محمدی، به این سوی چراغ، گاوِ خدا گریه می‌کرد. اشک از چشمش راه گرفته بود تا زیر چانه‌اش و ماغ غمناک می‌کشید. داد زدم سر گاو: «جوان‌مرگ نشی الهی، با گله نرفته‌ای که خودت رو برای ما لوس کنی؟ چه مرگت شده؟» حکمت‌جانم گفت: «گاو رو دعوا نکن. مونده خداحافظی کنه.» گفتم: «آقا قندهار که

نمی‌خوایم بریم. زود برمی‌گردیم.» گفت: «چه می‌دونی؟ شاید دیگه برنگردم.» گفتم: «آقا حکمت‌جان شما رو به خدا این‌طور حرف نزن.» دلم ترکید و زدم زیر گریه. همان هم شد. خودش می‌دانست.

کرامات داشت. ملازم داشت و خبر از غیب می‌گرفت. بس که دل‌رحم و با خدا بود. جن و انس حرمتش را داشتند. بیراه نمی‌گویم همه آن روز را به یاد داشتند که وسط روز آسمان سیاه شد و به قاعدهٔ خواندن دو رکعت نماز وحشت شب شد و بعد دوباره روز قانون خودش را از سر گرفت. نوبت خرمن آقاجانم بود. نصف اهل ده آن روز توی پیله‌مرز خرمن می‌کردند. دو تا ورزا را به چَپَر بسته بودند و من سوار چَپَر داشتم ورزاها را روی خرمن دور می‌گرداندم. بَیک‌ننه‌جانم داشت با چنگک خرمن را باد می‌داد. گندم که هوا می‌رفت، توی نور خورشید عین طلای بیست‌عیار می‌درخشید. الله‌اکبر داشت.

یک‌مرتبه آسمان تار شد. انگار سراسر ابری باشد، بی‌آنکه حتی یک کف دست ابر توی آسمان دیده شود. چنان آسمان سیاه شد که گِل زمین از طلای گندم توفیر نمی‌کرد. دنیا یک‌سر سیاه شد. بَیک‌ننه‌جانم خم شد و مشتی گندم برداشت. دستش را زد به کسر خسته‌اش و آسمان را نگاه کرد. گفت: «خدایا نور بی‌وقتی به خرمن بیفته، از صاعقه بدتره.» سریع سر به سجده برد و به همهٔ ما گفت: «به خاک بیفتین، تیمم کنین، اول با صدای بلند فاتحه بخونین، بعد همه باهم نماز وحشت می‌خونیم؛ وگرنه هیچ معلوم نیست از دام این بلا جان و مال دربیریم.»

ما که نفهمیدیم چه شد. فقط با وحشت هرچه گفت انجام دادیم. هیچ مردی نماز وحشت بلد نبود؛ پس همه پشت سر مادرم قامت بستیم. نماز که تمام شد، انگار چادر سیاه از سر آسمان کشیدند و دنیا به قاعده برگشت. مادرم گفت: «کار خرمن باید امروز تموم بشه. برکت خدا رو باید از زیر پای گاو جمع کنیم و ببریم انبار. اگه امشب گندم بیرون بمونه، مریض می‌شه. نور بی‌وقتی که دیده، اگه زاری جن رو هم بشنوه، ناخوشی به گندم راه پیدا می‌کنه و خوراک یه سال‌مون می‌شه غم.»

پرسیدم: «بَیک‌ننه جان نور بی‌وقتی چیه و زاری جن برای چی؟» گفت: «وقتی کائنات بی‌موقع چراغش رو خاموش کنه، شگون نداره. انگار توی کار خدا غلط افتاده باشه. البته که غلط به کار خدا راه نداره؛ بلکه اجنه، بزرگی رو از دست داده و فتیلهٔ چراغ آسمان رو برای عزای خودش پایین کشیده تا انسان خبر بشه و در عزاشون شرکت کنه. فاتحه رو برای همین خوندیم.»
تا دیر وقت کار کردیم تا همهٔ گندم خرمن شد. شب صدای شیون و افغان اجنه، دوزخ‌دره را پر کرد. حکمت‌جان بی‌قرار بود. گفت: «خیال می‌کنم باید امشب تا صبح سر از سجاده برندارم. باید نماز قضا بخونم.» گفتم: «تصدقتون، شما که از نقره پاک‌ترین و به عمر نازنین‌تون یه رکعت نماز قضا هم ندارین.» گفت: «برای خودم نه. انگار باید برای کسی که خودش دیگه فرصت نماز به‌جاآوردن نداره، نماز کنم.» شام نخورد. وضو گرفت و رفت روی پشت‌بام نشست رو به قبله تا نماز صبح.
برگزیدهٔ از ما بهتران بود. بعد معلوم شد خداوند عالم پردهٔ روی زن پادشاه اجنه را پوشانده و شاه جنیان که بی‌نهایت خاطر او را می‌خواسته، عزادار است. شاه جنیان دعا کرده که عاشق‌ترین مرد روی زمین تمام آن شب را برای زن از دنیا رفته‌اش نماز کند و امر از خدای پروردگار به قلب حکمت‌جان چنین برات شد که تا اذان صبح نماز کرد.
حالا ما چطور فهمیدیم جن و پری عزای که را دارند، هم حکایتی است. حاج‌ابوالقاسم خان امیرخانی، کدخدای ده، قاری قرآن بود. صدای خوبی هم داشت. دههٔ محرم مرثیه‌خوان ده بود. آن شب او را برده بودند برای جنیان مرثیه بخواند. وقتی تعریف می‌کرد، مو به تن آدمی سیخ می‌شد.
به‌گفتهٔ خودش نصف شب حکمت‌الله بی‌بی‌قلی در خانه‌شان را زده و گفته: «حاج‌ابوالقاسم محض خدا سؤال نفرمایین و فقط همراه من بیایین. صدای آسمانی شما نیاز دل داغ‌داره.» حاج‌ابوالقاسم از خواب پریده و پریشان پرسیده: «آخه چه خبر شده؟ کی فوت کرده و کِی فوت کرده که من خبر نشدم؟ چرا صبر نمی‌کنن تا فردا، روز به میان، آداب به جا بیارن؟» حکمت‌جان انگشت سکوت روی لب گذاشته و گفته: «سؤال و جواب صلاح

هیچ‌کس نیست.» حاج‌ابوالقاسم گفته: «حکمت‌الله خدا شاهده اگه هرکی جز تو بود، قدم از قدم برنمی‌داشتم؛ اما نمی‌تونم روی تو را زمین بندازم.» و به حرمت حکمت‌جان قبا تن کرده و کتاب مرثیه‌اش را برداشته و پی او راه افتاده.

وقتی دیده بیراهه در پیش گرفته‌اند و دارند از ده دور می‌شوند، خوف کرده و دوباره پرسیده: «حکمت‌الله من رو کجا می‌بری؟» ولی حکمت نه جواب داده و نه رو برگردانده. حاج‌ابوالقاسم باز هم حرمت نگه داشته و پابه‌پا رفته تا به دوزخ‌دره نزدیک شده‌اند. یک‌مرتبه صدای شور و شیون که از ده خفیف شنیده می‌شد، بالا گرفته و از لبهٔ دره می‌بینند ـ ای امان ـ دره پر از نور است. انگار بفرما رودخانه‌ای از نور ته دره روان است.

می‌گویند اشک اجنه آب نیست؛ بلکه آتش است. عین شعله شمع از چشم‌شان می‌چکد. اجنه به‌عبث اشک نمی‌ریزد. چطور بشود که اجنه داغ‌دار شود. اگر برای کسی از کسان‌شان عزا بگیرند، آن کس باید خیلی مهم و عزیز باشد که گویا آن زن نه‌تنها برای پادشاه که برای همهٔ جنیان ملکهٔ عزیزی بوده. این شد که خوش‌ترین صوت از میان آدمیان را به‌واسطهٔ معتمدترین آن‌ها به مجلس شام غریبان ملکهٔ خود بردند. البته این درست که حکمت‌جان معتمدترین اهل ده از آدمی بگیر تا جن بود اما در واقع همان‌طور که گفتم او آن شب روی بام رفت و تا صبح نماز قضای ملکهٔ جنیان را جا آورد. بنابراین او را به مجلس‌شان نبرده بودند؛ فقط کسی را در هیئت او پی حاج‌ابوالقاسم فرستاده بودند تا مطمئن باشند او همراه‌شان می‌رود.

حالا شما فرض کن که در نیمه‌شب و در دوزخ‌دره و در میان خیل جنیان چه وحشتی بر حاج‌ابوالقاسم مستولی شده. خودش می‌گفت تنها به دلگرمی حکمت‌الله جان از ترس قالب خالی نکرده و توانسته برایشان مرثیهٔ ام‌البنین و فاطمهٔ زهرا بخواند. اول توی آن تاریکی چشمش خوب نمی‌دیده و عینکش را هم همراه نبرده بوده.

به پادشاه می‌گوید: «معذور بدار برای خوندن فقط صدا کافی نیست؛ عینک هم از لوازمه که منزل جا مونده.» می‌خواهند حکمت‌جان یا همان شمایل حکمت‌جان را بفرستند پی عینک که می‌بینند حاج‌ابوالقاسم از ترس نفسش پس رفته و منصرف می‌شوند. گویا جن ناقلای دیگری را به هیئت حکمت‌جانم ـ روحش در بهشت خدا شاد باد ـ می‌فرستند درِ خانهٔ حاجی پی عینک و به چشم‌برهم‌زدنی عینک را حاضر می‌کنند.

از طرفی جنیان در غم ملکه و اینکه حاجی عینک برای خواندن ندارد، چنان غم‌دار می‌شوند که بدون مرثیه گریه‌های بی‌امان سر می‌دهند و دره یک‌سر می‌شود چهل‌چراغ، شما بفرما روز روشن. حاجی که نور و عینک را فراهم داشت و از عزای آن‌ها احساساتش به غلیان افتاده بود، شروع می‌کند به خواندن و خودش می‌گوید هرگز به آن غمناکی نخوانده و می‌گوید آنجا بوده که فکر کرده مرثیهٔ ام‌البنین افسانه نیست و توانسته آن را برای همیشه باور کند.

از آن سال به بعد هم آن مرثیه را در همهٔ مناسبات می‌خواند، چه به مجلس ربط داشت چه نداشت. یک بار هم خواست روز سیزده‌به‌در بخواند که کدخدای قبلی، همان که از ترس ارتفاع سوار تاب نشد و کناره‌گیری کرد مانع شد و گفت: «با ذکر مصیبت جون مردم رو آزار نکن. اگه تاب غمگین بشه، ممکنه سوار رو حفاظت نکنه و تأسف به‌بار بیاره.»

بعد هم پادشاه جنیان به حاج‌ابوالقاسم دعا و ثنا گفته و پیغام سرسلامتی برای حکمت جانم فرستاده و به حاج‌ابوالقاسم هم گفته که از خدا چه خواسته بوده. حاج‌ابوالقاسم‌خان که نمی‌دانسته حکمت‌جان داشته برای روح همسر پادشاه نماز جا می‌آورده کمی فکر کرده ولی در آخر به‌خوبی تأیید کرده که حکمت عاشق‌ترین مرد دنیا به همسرش است.

حکمت جان ـ قربان جدش ـ کرامات کم نداشت. پیش همه عزت داشت از خدای باری‌تعالی گرفته تا جن و انس و حتی گربهٔ خانه. یک روز زمستانی از سر زمین آمدیم منزل برای ناهار و چُرت نیمروز. بعد از آنکه خواستیم دوباره برویم سر زمین توی راه دیدم حکمت‌جانم ژاکت تن نکرده. علت را

جویا شدم؛ چیزی نگفت. برگشتم خانه ژاکت را بردارم، دیدم همان‌جایی که زیر کرسی چرت زده بود ژاکت را درآورده. ژاکت همان‌طور گرد افتاده بود و گربه هم روی دامن آن خوابیده بود. فهمیدم نخواسته گربه را بیدار کند و یواشی از توی کت درآمده. این‌طور مردی بود. حالا شما فقط ببین برای ازدست‌دادن چنین مردی در دل من چه غوغایی است.

حالا گربه هیچ، گربه خودش را برای همهٔ آدمیان لوس می‌کند؛ ولی مار که دیگر لوس‌بازی نیست. مار زهرهٔ هر تنابنده‌ای را می‌برد. سال‌ها تو پستوی خانه، پشت کندوی گندم، مار بزرگی لانه داشت؛ ولی امر از خدای پروردگار آزارش به ما نمی‌رسید. وقتی اولین بار مار را دیدم، پاسنگین بودم. نزدیک بود بچه توی دلم سقط بشود. سراسیمه رفتم بیرون و هوار کردم: «مار! مار! افسونگر خبر کنید!» همسایه‌ها جمع شدند. همه سرک می‌کشیدند توی پستو؛ ولی کسی زهره نداشت وارد شود. مار به خودش می‌پیچید و فِشّه می‌کرد. منتظر ماندیم تا افسونگر رسید.

جانم بگوید برایتان، وقتی افسونگر مار را به یک ضرب گرفت و بلند کرد، بقیه زهره کردند بروند تو. یک آن دیدم، ای خدای منّان! چه خبر است! دور باد، دور باد، مار آنجا لیله کرده بود. بگویم ده تا، بگویم بیست تا، فقط خدا می‌داند چندتا لیلهٔ مار توی سبد پیله‌های ابریشم بود. عین اطلس و دیبا، نقش در نقش و رنگ در رنگ می‌لولید. افسونگر مرا منع کرد که نزدیک بروم مبادا خدای‌نکرده بچهٔ توی شکم خوف کند. احسن‌عمو یک گونی آورد و لیله‌ها را ریخت توی گونی و برد بیرون.

غروب داشتم سفرهٔ شام می‌انداختم. حکمت‌جان داشت سر حوض وضو می‌گرفت که از توی پستو صدای فِشّه مار شنیدم. از پنجره پستو نگاه کردم دیدم، ای خدا، مار خانه را پیدا کرده و برگشته بود. آمدم توی حیاط و حکمت‌جان را صدا زدم و نَقلِ صبح را گفتم. سَروصورتش خیس آب وضو بود و دست به آسمان برد و خدایا گفت.

- زن، مگه خودت مادر نیستی؟ خدا رو خوش نمی‌آد. این چه کاری بود کردی؟ این مار خیلی وقته اینجا منزل کرده.

- خدایا! آقا شما خبر داشتی و هیچ کار نکردی؟
- چی‌کار می‌کردم؟ خودت خوش داری بزایی و آل بچه‌ات رو ببره؟
- اگه من رو می‌گزید، چی؟ من هیچ، بچه‌ها، دو روز دیگه نوزاد می‌آد توی این خونه، شما دست رو دست گذاشتی مار اینجا لونه کنه؟
- او هم بندهٔ خداست. اول بار که دیدم، قول گرفتم کار به ما نداشته باشه. او هم چنبر شد سرش رو رو به قبله گذاشت. حالا هم فقط یه راه داره. لیله‌ها رو کجا بردین؟

از توی حیاط احسن‌عمو را صدا زدم. منزل‌شان نزدیک بود و می‌شنید. گفتم: «احسن‌عمو جان دستم به دامنت لیله‌ها را چه کردی؟» لیله‌ها را برده بود قمچیل دره رها کرده بود. چند نفر از همسایگان با مشعل و فانوس همراه احسن‌عمو رفتند دنبال لیله‌ها.

به این سوی چراغ مار صیحه می‌کرد. مار عین آتش زبانه می‌کشید به هوا. انگار بفرما دو ذرع بود دو ذرع هم قد کشیده بود و همین‌طور به خودش می‌پیچید. کسی زهره نداشت در پستو را باز کند. حکمت‌جان همان‌طور با وضو شروع کرد دعا خواندن و از لای در خودش را انداخت توی پستو و در را بست. فریاد کردم «آقا شما جان عزیزت رو به خطر ننداز.» نشنیده گرفت. نمی‌دانم آن تو چه کرد که مار آرام گرفت. یک ساعت نشده بود که احسن‌عمو با یک گونی جنبان پر از لیلهٔ مار آمد.

- چقدر دیر اومدی. سیزده‌به‌در که نرفته بودی.
- گلزار دای‌قزی ماره، یه جا نمی‌مونه که! هر کدوم راه گرفته بود یه طرف. چند نفری تونستیم همین چندتا رو پیدا کنیم.
- خدا من رو ورداره الهی! یعنی از لیله‌ها کم شده؟ اگه مار لاکردار بفهمه و حکمت‌جان رو بزنه چه کنم؟ توروخدا برو افسونگر رو خبر کن.
- بابا مار که حساب کتاب سرش نمی‌شه. قد یه کاسه آش رشته بودن که به‌هم می‌لولیدن. الان هم همونه.

گونی را از لای در رد کرد و داد حکمت‌جان. او هم گونی را برد و خالی کرد توی سبد پیله‌های ابریشم. خدا نگذرد از آن مار هفت‌خط که زحمت چهار ماه نگهداری کرم ابریشم و برگ توت و پیله جوشاندن و کوفت و زهرمار را هدر داد. گذاشته بودم زمستان که شد سر فرصت بریسم و ببافم که حیف شد. با خودم گفتم «سر حکمت‌جان سلامت، فدای یه تار موش.»

مار یک نگاه به حکمت‌جانم کرد و یک نگاه به من که پشت پنجره بودم و یک نگاه به شکم من، که باور بفرما بچه توی دلم قوز کرد و قلمبه شد. بعد هم رفت خودش را کلاف کرد دور تغار ماست فشرد و فشرد تا تغار شکست و ولو شد. ماست عین صابون کف کرد و جوشید.

حکمت خدابیامرز گفت:

- همگی باید دو رکعت نماز شکرانه به جا بیاریم.
- حکمت‌الله خان عقل‌تون زایل شده خدای‌نکرده؟
- این مار جون ما رو نجات داده. تا وقتی که خودش نرفته، ما کار به کارش نداریم و خیال‌تون راحت اون هم کار به کار ما نداره.
- آقا قربون سرتون، مگه ندیدی چطور تغار رو ولو کرد؟ این مار اگه ما رو نکشه هم، خونه‌خراب‌سون می‌کنه. دل‌رحمی هم حدی داره والله.
- ندیدی ماست چطور می‌جوشید؟ زهر ریخته بود توش. خونواده‌ش رو پس گرفت و خونوادهٔ من رو به من پس داد. همین که گفتم. مار می‌مونه سر جاش.

مار ماند و شد عضوی از خانواده. خدا رحمت کند حکمت جانم را گفت: «حالا که با ما زندگی می‌کنه باید نام داشته باشه. اگه بدونه نامی داره، حیا می‌کنه و هرگز از دوستی سر نمی‌پیچه. پس، باشه محبوبه‌خانم.» هرچه فکر کردم، دیدم دلم راضی به این اسم نیست. مار هرچه باشد، دیگر محبوب نیست. البته این را نگفتم. فقط اشاره کردم: «چه خوش‌آب‌ورنگه، انگار بفرما قالی ابریشم کرمان.» ایشان هم قالی را قبول کرد و مارِ پتیاره شد «قالی‌خانم».

نشان به آن نشان که مار سال‌ها توی پستوی خانهٔ ما با ما زندگی کرد و دو سه سال یک بار هم لیله کرد و لیله‌ها بزرگ شدند و رفتند؛ ولی خودش ماند. سبد و پیله‌ها هم شد خوابگاهش. دیگر هرگز نه ماست و تغار را ولو کرد و نه هیچ‌چیز دیگر را. نه هرگز از آذوقهٔ ما خورد، نه فضله کرد؛ انگار که خانهٔ خودش باشد. منزه و پاکیزه با ما زندگی کرد. خاطرم نیست چند سال ولی آن‌قدر شد که همهٔ اهل خانه عادت کردند. دیگر حتی یک وقت‌هایی توی خانه گردش می‌کرد. گاهی توی ایوان توی آفتاب چمبره می‌زد. یک بار هم در انظار آمد و در عزاداری ریحان عمه‌جانم، مادر حکمت‌جان، شرکت کرد.

خدابیامرز بعد از غروب آفتاب قالب تهی کرد. او را غسل و کفن کردند و شب توی خانه نگه داشتند. مرده باید روز به میان دفن شود. شب تا صبح فانوس‌ها می‌سوخت و اهل خانه و خیلی از اهالی ده هم به عزت حکمت‌الله جان بالاسر مرده قرآن خواندند و روضه و زاری کردند. ابوالقاسم‌خان امیرخانی هم روضهٔ ام‌البنین خواند. درست وقتی روضه را شروع کرد، قالی خانم فش‌فش‌کنان یواشکی از پستو درآمد و از گوشهٔ دیوار خزید تا کنار جنازه. با هیبتش زهرهٔ همه را ترکاند و اهالی را پراکنده کرد. حکمت‌جان همه را آرام کرد و گفت که نترسید، کاری با کسی ندارد. اهل خانه است و برای خداحافظی آمده. قالی‌خانم چمبره زد روی سینهٔ عمه‌خانم جان و سرش را راست بالا گرفت رو به قبله تا وقتی روضه تمام شد.

ریحان‌عمه جانم با اینکه کور بود و توقعی ازش نبود، اما مسئولیت‌هایی را هرگز فروگذار نکرد، از جمله آب‌دادن به مار در زمستان که چندین ماه می‌خوابید و فقط دو سه بار بیدار می‌شد و آب می‌نوشید. هرگز هم نمی‌فهمیدیم ریحان عمه‌جان از کجا می‌دانست مار تشنه است. درست سر وقت، امر از خدای پروردگار، کاسهٔ کوچک سبز لعابی را پر از آب می‌کرد و می‌گذاشت کنار سبد مار و روز بعد، کاسه خالی بود.

یک سال بهار که شد از خواب زمستانی‌اش بیدار نشد. هوا گرم و گرم‌تر شد؛ ولی مار بیدار نشد که نشد. روزی بعد از نماز صبح رفتم سراغش. صدا کردم

قالی‌خانم! خبری نشد. کاسهٔ آبش مدت‌ها دست‌نخورده مانده بود. بعد از
ریحان‌عمه‌جان ما که علم غیب نداشتیم، همیشه کاسه آب را پر
می‌گذاشتیم کنار سبد. رفتم نزدیک‌تر دیدم قالی‌خانم رفته. یعنی سر جایش
بود؛ ولی انگار از توی رخت خوش‌آب‌ورنگش درآمده بود و رفته بود. پوستش
عین لنگهای جوراب ساق‌بلند توی سبد گرد شده بود. حکمت‌جان فاتحه
خواند و گفت: «نمی‌خواسته جنازه‌اش بمونه روی دستمون و آذوقهٔ زمستانی
و تغار ماست بوی مار بگیره. خوبه سبد رو ببریم جای خوش‌منظری از
قبرستان دفن کنیم.» که کردیم.

این که افسونگر خبر کردیم به این خاطر نبود که خودش از پس مار بر
نمی‌آمد. او سر ترس نداشت. خیلی بی‌باک بود. اتفاقاً یک بار سروکله یک
مار شاخدار توی ایوان خانه زبیده عم‌قزی پیدا شده بود. دو سه خانه آن‌طرف‌تر
از ما منزل داشت. یک‌مرتبه صدای فریادش بلند شد بعد هم صدای شکستنی
آمد. حکمت‌جان سر نماز بود. سلام آخر نماز را می‌گفت. بلند الله اکبر گفت
و جلدی پرید از روی دیوار خودش را رساند به خانه زبیده. من هم دویدم
ولی دیرتر از او رسیدم. ماشالله به جانش چابک بود. دیدیم زبیده دراز به
دراز افتاده توی حیاط و کاسه آبگوشت هم شکسته و دستش را زخمی کرده.
یک وضعیتی که سگ صاحبش رو نمی شناخت. آب طلا ریختم گلوی زبیده
عم‌قزی. چشم باز کرد و گفت مار شاخدار لای تیرهای سقف خانه دیده و از
هوش رفته. هر چه گفتیم «بابا مار شاخدار کجا بود! اصلاً مار که شاخ نداره.»
چانه‌اش از لرز نمی‌ماند و یک سر ناله می‌کرد.

ناگهان دیدیم —دور باد، دور باد- اژدها توی آسمان فِشّه‌ای کرد و خزید لای
تیرهای سقف. سر تیرها، که از توی ایوان پیدا بود، گنجشکی لانه کرده بود
و جوجه داشت. جوجه‌ها عین زن زائو جیغ می‌زدند. قربان عقلش بروم، کی
به فکرش می‌رسید که این اژدها نیست و یک مار معمولی است. بسم الله
گفت و چشم‌های پر جذبه‌اش را تو چشم‌خانه گرداند و دست انداخت گردن
اژدها را گرفت. فشار داد و فشار داد تا گنجشک بینوایی از توی حلقش پرید
بیرون. دیدیم دیگر شاخی در کار نیست که نیست.

بالشت پَرم شوهر

از آنجا که گنجشک بد اقبال مادر بود توی حلقوم مار هم دست از جنگ برنداشته بود. مار بدجنس نتوانسته بود آن را قورت بدهد. پرنده سر گلویش گیر کرده بود و سر و ته شده بود و لنگانش عین شاخ از زیر پوست سر مار زده بود بیرون. باور بفرما اگر افسونگر می‌آمد جرات نزدیک شدن به آن اژدها را نداشت. گنجشک بال باز کرد روی جوجه‌هایش. حکمت جانم چنان اخمی به اژدها کرد که زهره من آب شد چه برسد به اژدها. اژدها شرمنده شد و با خجالت از کنار دیوار خرید و رفت و هرگز هم پیدایش نشد. اینطور مردی بود.

خلاصه آن سفر آمدیم تهران که کاش هرگزِ خدا نمی‌آمدیم. ماشاءالله جانم او را برد دکتر و همان روز او را فرستادند بیمارستان. سرطان بی‌امان خودش را رسانده بود به همهٔ جانش. خودم کردم. همه گناه خودم بود. از عاشقی اینطور شد. این‌همه داستان‌ها از درد عاشقی می‌گویند که بیخود نیست. می‌گویند درد عاشقی توی جان آدم رگ‌وریشه می‌دواند. دکتر هم همین را گفته بود. گفته بود این هرچه هست، ریشه دوانده به جانِ نازنینش. القصه، فردای آن روز با ماشاءالله‌جانم رفتیم بیمارستان دیدنش. بند دلم پاره شد. رنگ به رخ نداشت و همان یک روز و یک شب، قدر سال‌ها شکسته شده بود. من هرگز به عمرم ایشان را بدون سبلت ندیده بودم. البته این را هم بگویم که هیچ از هیبتش کم نشده بود. سر و صورتش را تراشیده بودند. سرش فرق چندانی نکرده بود؛ اما سبیلش خیلی. می‌دانستم طاقت یک روز دورماندن از مرا ندارد؛ ولی گمان نمی‌بردم این‌طور بشود.

تا ما را دید، گفت: «کفشانم کجاست؟» خوشحال شدم فکر کردم بحمدالله مرخص است. ماشاءالله جانم رفت با دکترش صحبت کند. برایش شیربرنج و سوپ برده بودم. هرچه التماسش کردم، یک قاشق هم نخورد. گفت داروهایی را که بهش داده‌اند، اگر پای سرو صدساله بریزی، خشک می‌شود. ماشاءالله جانم برگشت. گفتم: «کفش و لباسان آقاجانت رو چرا نیاوردی؟» گفت: «آقاجان اقلاً یه ماه باید بمونه.»

ای خدای ارحم الراحمین به من رحم نمی‌کنی، به این مرد رحم کن. گفتم: «پس من هم می‌مونم. زن باید خدمت شوهر مریضش رو بکنه نه اینکه بشینه خونه، بخوره و بخوابه، کونش رو توی آفتاب هوا کنه. الا و بلا من می‌مونم.» امر از خدای پروردگار تخت دیگری هم توی اتاق بود. زنبیلم را گذاشتم زیر همان تخت و گفتم: «این هم جای من.» حالا از من اصرار به ماندن، از حکمت جانم اصرار به رفتن.

ماشاءالله جانم میله‌ای را که یک بطری سروته بهش آویزان بود، آورد کنار تخت و گوشی تلفن را برداشت و پرستار را صدا زد. پرستار آمد.

- فکر می‌کنم این پایه سرم دیگه حالش خوب شده و سِرم لازم نداره. اگه ممکنه، سرم رو بزنین به این مریض که تازه شیمی‌درمانی شده.
- ببخشین. آوردم؛ ولی یادم رفت بهشون تزریق کنم. الان ترتیبش رو می‌دم.

دخترک دستپاچه و تروفرز شلنگ باریک بطری را وصل کرد به سوزنی که توی دست نازنین حکمت‌جانم زده بودند. تا نگاهش به شیربرنج و سوپ افتاد، گفت: «اجازهٔ خوراک نداره تا فردا.» بعد هم زنبیل را برداشت گذاشت کنار کمدچهٔ کنار تخت حکمت‌جان. از فضولی دخترک هیچ خوشم نیامد و دوباره زنبیل را گذاشتم زیر همان تخت.

- دخترجان! دست به وسایل من نزن. من قراره همین جا پیش شوهرم بمونم و خدمتش رو بکنم تا شما نکشیدش.

دخترک بی‌نزاکت خندید.

- نمی‌شه.
- باید بشه. همین که گفتم.

در همین گفت‌وشنود تخت باریکی سُر خورد آمد توی اتاق. پرستاری که تخت را هل می‌داد به کمک پرستارِ مردِ دیگری بیمار بدحال روی تخت باریک را خواباندند روی تخت من. هیچ خوشم نیامد. وسط جروبحث دیدم حکمت جانم دارد یواش با ماشاءالله جانم پچ‌پچ می‌کند و اشک از گوشهٔ

چشمش سر می‌خورد روی بالش. بند دلم پاره شد. خدایا مرا وردار که اشک او را نبینم.

نمی‌دانم چه گفت که ماشاءالله جانم با چشمان خیس دست از چانه‌زنی برداشت و از توی کمد لباس‌هایش را آورد و گفت: «اقلاً صبر کن سِرُمت تموم شه.»

این مرد مثل ورق قرآن پاک بود. اشاره کرده بود به پرستار و گفته بود: «این دخترک تمام دیروز و دیشب عین پروانه دور من گشته. شرم دارم زندگی جوون او صرف حفظ زندگی پیر من بشه. من دیگه عمرم رو کرده‌ام. اگه مصلحت خدا چنینه، دست تو کار پروردگار نبریم. روا نیست چشم یه دختر جوون تا صبح نخوابه که منِ پیرمرد بخوابم. یه مرد جوون هم برام لگن گذاشت. این خفّت رو هم نمی‌تونم تحمل کنم. اگه صلاح خداوند در اینه که من برم، نباید زور زد و مقاومت کرد. مگه من ضحاکم که برای زنده‌موندن زندگی جوون‌ها رو بخورم.»

قبل از بیمارستان رفته بودیم عکاسخانه و یک شیشه عکس یادگاری از حکمت‌الله جانم برداشته بودیم. عکس برای دفترچه بیمه‌ای بود که قرار شد زیر سایهٔ ماشاءالله جانم که توی شهربانی و دستگاه دولت بود، صادر شود؛ وگرنه کنارش می‌ایستادم تا با هم عکس داشته باشیم. با آن تصمیمی که گرفت، استفادهٔ چندانی از دفترچه نکرد؛ ولی باز هم خدا آقای عکاس‌باشی را عمر باعزت بدهد. بعد از ایشان آن عکس شد مونس تنهایی همهٔ عمرم.

بهش می‌گفتم: «مرد! عاشقی هم حدوحساب داره.» می‌گفت: «گلزارجان تو که عاشق نیستی، بفهمی.» می‌گفتم: «حکمت‌جان عاشق نیستم؛ ولی کور هم نیستم. می‌فهمم توی چه آتیشی می‌سوزی؛ ولی آخه من که اینجام. الان که شما معجر سرم هستی، چرا آتیش این عشق کم نمی‌شه؟» می‌گفت: «آخه تو عاشق من نیستی.» می‌گفتم «آقا شما من رو ببخش و بیامرز. اینکه شما می‌خوای از وجود من مبرّاست. هر کار شما بفرمایی، به‌خاطر شما انجام می‌دم؛ اما از این یکی معذور بدار. از من برنمی‌آد. زن آبرومندی هستم.» می‌گفت: «عاشق همینت هستم.» الان که می‌گویم، اشک خودم از توی

آستینم سر می‌رود. برای همین است که سی سال است دارم می‌سوزم و دم نمی‌زنم. آن‌طور زنی نبودم که عاشق بشوم.

کاش من هم می‌توانستم مثل او عاشقی کنم. فقط برای اینکه بتوانم جان عزیزش را نجات بدهم. ای کاش، ای کاش! چون می‌دانم چقدر عاشق بود و در جوانی پرپر همین عشق شد. غم عاشقیِ او مرا به این روز انداخت.

۱۵

ما روز دوم عید می‌نشینیم، یعنی خانه می‌مانیم تا بقیه فامیل بیایند دیدن‌مان. قبل‌ها روزهای سوم، چهارم و حتی ششم را هم به یاد دارم که روز نشستن خانوادهٔ ما بود و معنای آن، این بود که هنوز پنج نفر بزرگ‌تر از نن‌جان در فامیل بود که به‌ترتیب سن‌وسال روزهای اول تا پنجم به دیدار آن‌ها اختصاص پیدا می‌کرد. حالا همهٔ آن بزرگان به رحمت خدا رفته‌اند و فقط یک نفر بزرگ‌تر از نن‌جان خانم توی فامیل بود؛ آن هم برادر بزرگش ابراهیم دایی جان بود.

روز اول عید سر صبح تمام قوم که از ریز و درشت حدود پنجاه شصت نفر می‌شدند، راهی خانهٔ ابراهیم دایی جان و زن‌دایی گلزاده می‌شدند و فردای آن روز همهٔ همان آدم‌ها سرازیر خانهٔ ما. این مراسم هر سال شبیه به حمله و ضدحملهٔ سریع و طاقت‌فرسایی بین دارودستهٔ مارشال دوگل اتفاق می‌افتاد. بعد از روز دوم ما مثل لشکر شکست‌خورده‌ای بودیم که برای تجدید قوا حداقل به سیصدوشصت‌وسه روز استراحت نیاز داشت؛ اما نن‌جان خانم یک روز بیشتر به ما فرصت استراحت نداد و روز چهارم مرد، آن‌هم چه مردنی.

روز خاک‌سپاری وقتی همه جمع بودند، زن‌دایی گلزاده مرتب تکرار می‌کرد: «چه خوب مُرد. نمُرد، نمُرد، آخر سر چه مردنی کرد!» و از خنده غش می‌کرد. انگار می‌خواست بگوید چه خوب شد مرد. تمام تلاشش را کرد که بتواند به نکتهٔ خوبی دربارهٔ متوفی اشاره کند که آن هم همین مردنش بود. انگار هیچ‌چیز خوب دیگری در او سراغ نداشت. البته درست هم می‌گفت؛ مردنش قشنگ بود.

از سر صبح هرچه دلش خواست، راجع به زن‌دایی گلزاده بدگویی کرد. داستان مرگ آقاجان حکمت را برای هزارمین بار تعریف کرد و اشک ریخت. تنها داستانی که دروغ نمی‌گفت و اغراق نمی‌کرد؛ شاید چون خود داستان به‌کمال بود و هیچ اغراق لازم نداشت. همیشه بابا همهٔ داستان را مو‌به‌مو تأیید می‌کرد و سر تکان می‌داد.

بعد از آن قربان‌صدقهٔ تک‌تک نوه نتیجه‌هایی رفت که طی دو سه روز قبل از هر دو خانواده دیده بود. این درست که دشمن آشتی‌ناپذیر زن‌دایی گلزاده بود؛ اما بچه‌هایش را بدون اینکه به او منسوب بداند، دربست برادرزاده‌های خودش می‌دانست و جانش برای آن‌ها درمی‌رفت.

انواع غذاهای لذیذ باقی‌مانده از روز مهمانی را بدون پرهیز نوش جان کرد. آخرین قسمت سریال تلویزیونی را تماشا کرد که قرار بود قبل از سال جدید تمام شود؛ ولی انگار خللی در محاسبات کارگردان پیش آمده بود و یک قسمت آن به سال جدید افتاده بود. از پایان شاد و عبرت‌انگیز آن لذت برد و برای ما سخنرانی طولانی‌ای در باب نتیجه‌گیری اخلاقی فیلم کرد. بعد دستش را گذاشت روی قلبش و چند ثانیه ساکت و ساکن ماند، مثل چرت‌زدن آفتاب‌پرست در حین راه‌رفتن. بعد هم رو به پدرم گفت: «ماشاءالله جان، قلبم داره بازی درمی‌آره.»

بابا زنگ زد به اورژانس و پنج دقیقه بعد آمبولاسی دم خانه پارک کرد و دو فرد کاردان، چیزی بین پرستار و آتش‌نشان، وارد عمل شدند. آزمایش‌ها و درمان‌های اولیه انجام گرفت و موضوع با یک قرص زیرزبانی خاتمه پیدا کرد.

نن‌جان که سرحال آمده بود و از اینکه همهٔ توجه‌ها به اوست و دو نفر هم مأموریت‌شان فقط توجه به او بود، حسابی داشت کیف می‌کرد. کل سخنرانی‌اش دربارهٔ سریال را تکرار کرد؛ چون به نظر می‌آمد پرستار_آتش‌نشان‌های محترم که سرکار بودند، اطلاعی از قسمت آخر آن نداشتند. آن‌ها هم هرچه این‌پاوآن‌پا کرده بودند که از دستش دربروند، نشده بود. بعد هم هر دو پرستار را که اتفاقاً جوان و خوش‌قیافه هم بودند، بوسید و گفت: «شما هم مثل پسرم هستید. حالا که جونم رو نجات دادید، بگذارید دست‌تون رو ببوسم.» و سریع خودش را آویزان گردنشان کرد و صورت‌شان را بوسید. بابا خیلی حرص خورد؛ ولی چیزی نگفت.

بالاخره جان نن‌جان و هر دو پرستار نجات پیدا کرد و آن‌ها رفتند. حدود ده دقیقه بعد نن‌جان دوباره مثل چرت آفتاب‌پرست مکث کرد و رو به بابا گفت:

- ماشاءالله جان زنگ بزن به دایی جانت بگو بیاد. من دارم می‌میرم.

بابا هول شد و گفت:

- کدوم دایی جان؟
- همون دایی جان که شاخ داره! یه دایی که بیشتر نداری. پاشو بهش زنگ بزن و بگو من دارم می‌میرم. اینقدر منو به چونه نگیر.

بابا همان‌طور که دستپاچه به سمت تلفن می‌رفت گفت:

- خدا نکنه، مزخرف نگو اینقد. خیلی هم خوبی.

چند دقیقه‌ای نگذشت که نن‌جان مرا صدا زد و گفت: «وقتی من مُردم، لازم نیست به دیگران بگین من پرستارها رو ماچ کردم. مردم بی‌تربیت هستن و حرف درمی‌آرن.» بعد هم گفت: «راستی برای عید نامزدت نمی‌آد به دیدنت.» گفتم: «نن‌جون خانم سربازه و اختیارش دست خودش نیست.» تا این را شنید، گفت: «آخ‌آخ بَبَم‌جان می‌فهمم خیلی سخته. سرباز راه دور داشتن مخصوصاً اگه عاشقت هم باشه، غم سنگینی داره. خب، کاغذی عکسی چیزی نداده؟»

قبل از اینکه پرسشش تمام شود، من خودم عکس را از توی یقه‌ام درآورده بودم و داده بودم دستش. عینکش را با بخار دهان و لبهٔ پیراهنم پاک کردم که خوب ببیند. عکس را عقب و جلو برد و چشم‌هایش را تنگ و گشاد کرد و صلوات فرستاد و عکس را دو سه بار بوسید.

- نن‌جون خانوم خوشگله؟
- آره، خیلی خوشگله. انگار چشمونش هم کبوده.
- سبزه.
- درست جورِ حکمت‌الله‌جانم. دخترم، چی‌کاره‌ست؟
- نقاشه نن‌جون خانوم.
- چی؟ نقاش ساختمون؟ خدایا دور دار! این‌همه درس خوندی، زن نقاش بشی؟
- نه، نن‌جون خانوم. نه از اون‌جور نقاش‌ها، هنرمنده.
- ماشاءالله به جونش باشه. چه خوب. ببینم دختر جان نقاش‌ها می‌تونن به آمِریگا برن؟ منظورم اینه که خیال نداره به آمِریگا بره؟

- نه، ننجون خانوم فکر نکنم. فعلاً که تا دو سال سربازه.
- دو سال؟ دختر جان دو سال عمر تباه این جوون نکن. ببین می‌تونی یه بهترش رو پیدا کنی، کسی که بره به آمِریگا؟ من که نشد از اون ده‌کوره برم بیرون. هرچی به حکمت‌الله جانم گفتم مرد، بیا دو روز عمر رو بریم ببینیم دنیا چه خبره، به خرجش نرفت. ولی تو برو. برو ته دنیا رو دربیار. ببینم، از آمِریگا دورتر هم جایی هست؟
- دورتر به کجا؟
- معلومه! به اینجا دیگه. ببین دورترین جا کجاست. عاشق بشو و شوهر کن به همون‌جا. اون‌قدر دور که وقتی داری می‌میری، آرزویی به دلت سنگینی نکنه. ببینم نکنه عاشق این پسرک شدی؟

من چیزی نگفتم ولی بغضم گرفت.

- آخ! آخ! آخ! خب دیگه کار تمومه. اگه الان سفیر کبیر آمریگا هم بیاد دنبالت، نمی‌تونه کاری از پیش ببره. الهی که خوشبخت بشی.

بعد هم کون‌خیزه چرخید رو به قبله و از من خواست جانمازش را بیاورم. بعد بابا را صدا زد و گفت: «ماشاءالله جان من که مُردم، چونه‌ام رو با دستمال توی جانمازم ببند. انگشتان پام رو با نخ به‌هم گره کن. این برادر دراز داهولم هم که مثل همیشه دیر کرد.»

و در طعنه به برادرش دست‌هایش را به حالت شست‌وشو به هم مالید و شعری خواند: «بپوشم شال و بربندم قدک را. بنازم گردش چرخ‌وفلک را. ببندم آب دریا را سراسر. بشویم هر دو دست بی‌نمک را.»

دیدم دست‌هایش می‌لرزد. سریع رفتم و بالش پَرَش را از روی تختش آوردم و گذاشتم زیر سرش. بعد همان‌طور که زیر لب دعا می‌خواند، دندان‌مصنوعی‌ها و انگشترهایش را درآورد و به بابا گفت: «ماشاءالله جان یه بوس بده ببینم. من دارم می‌رم.» بابا را با دهان خالی از دندان بادکش کرد و پای عکس دست به سینه و منتظر آقا جان مرد.

بیوگرافی نویسنده از زبان خودش

فاطمه زارعی عاشق‌پیشه است. جان‌به‌جانش کنید عاشق‌پیشه است. درس
گرافیک خوانده ولی مشق عشق کرده. همه عمر کار هنر و تبلیغات و
داستان‌سرایی کرده ولی نرد عشق باخته. تنها بردش در زندگی همین باختن
نرد عشق است. ارثیه‌اش همین عشق است و در آن ولخرجی می‌کند. اوایل
شرمنده این بود که فضول آدمیزاد است ولی کم‌کم باورش تغییر کرد به این
که عاشق آدمیزاد است. اصلاً هرچه قصه در او می‌جوشد و قوت می‌گیرد از
برکت عاشقی است. او می‌تواند چنان عاشق شما بشود که از رازهای دلتان
باخبر شود. کاسه سرتان را بو بکشد و داستان شما را بفهمد. می‌تواند شما
را بغل بگیرد و خاطرات‌تان را جوری برایتان تعریف کند که بیش از پیش به
آنها مشتاق شوید و گذشته‌تان را دوست‌تر بدارید. بلد است دست گذشته را
بگذارد توی دست آینده اگر به او فقط فرصت یک بوسه بدهید.
قبلاً دو کتاب با عناوین «حرفه من خواب دیدن است» توسط نشر چشمه
سال ۱۳۸۸ و رمان کوتاه «ای یار جانی یار جانی» در لندن توسط نشر
H&S مدیا در سال ۲۰۱۳ برای شما به چاپ رسانده.

دوست و دوستدار شما،
فاطی

انتشارات آسمانا (تورنتو) منتشر کرده است:

پژوهش‌های علمی و دانشگاهی

- *Music on the Borderland: Remembering and Chronicling the 1979 Revolution's Shadow on Iranian Music*, by K. Emami, 2024.
- *Whispers of Oasis: Likoo's Poetic Mirage*, by M. Ganjavi, A. Fatemi and M. Alimouradi, 2024
- *زبان، انسان و جامعه: ادبیات و زبان‌های اقلیت در ایران*؛ ویرایش امیر کلان؛ مهدی گنجوی، آنیسا جعفری و لاله جوانشیر، ۲۰۲۴.
- *تنگلوشای هزار خیال؛ جستارهایی در ادب و فرهنگ*، رضا فرخفال، ۲۰۲۴
- *دلالت‌های تحلیل طبقاتی در سرمایه‌داری امپریالیستی*، محمد حاجی‌نیا و شهرزاد مجاب، ۲۰۲۴
- *شبِ سیاه و مرغان خاکسترنشین؛ شعر نیما در دهۀ دوم: ۱۳۲۱ ـ ۱۳۱۱*، ۲۰۲۴
- *حافظ و باژگویی*، تالیف رضا فرخفال، ۲۰۲۴
- *زنان کُرد در بطن تضاد تاریخی فمینیسم و ناسیونالیسم*، تالیف شهرزاد مجاب، ۲۰۲۳
- *شورش دهقانان مکریان ۱۳۳۲ ـ ۱۳۳۱ : اسناد کنسولگری، مکاتبات دیپلماتیک و گزارش روزنامه‌ها*، پژوهش امیر حسن‌پور، ۲۰۲۲

تصحیح انتقادی

- *تاریخ شانژمان‌های ایران*، تالیف میرزا آقاخان کرمانی (به کوشش م. رضایی تازیک)، ۲۰۲۴
- رستم در قرن بیست‌ودوم (تصحیح انتقادی و مصور)، تالیف عبدالحسین صنعتی‌زاده (ویرایش م. گنجوی و م. منصوری)، ۲۰۱۷

شعر

- *زیر گنبد دوار*، شعر از عباس امانت، ۲۰۲۵.
- *شهرآشوب*، شعر از امیر حکیمی، ۲۰۲۵.
- *خمار صدشبه*، شعر از منصور نوربخش، ۲۰۲۵.
- *دفتر الحان*، شعر از امیر حکیمی، ۲۰۲٤.
- *با سایه‌هایم مرا آفریده‌ام*، شعر از هادی ابراهیمی رودبارکی، ۲۰۲٤
- *شهروندان شهریور*، غزل از سعید رضادوست، ۲۰۲٤
- *آینه را بشکن*، شعر از نانائو ساکاکی، ترجمه مهدی گنجوی، ۲۰۲٤
- *عجایب یاد*، شعر از امیر حکیمی، ۲۰۲۳
- *کهکشان خاطره‌ای از غروب خورشید ندارد*، شعر از مهدی گنجوی، ۲۰۲۳
- *غریبه‌هایی که در من زندگی می‌کنند*، شعر از مهدی گنجوی، ۲۰۲۱
- *تبعیدی راکی*، شعر از علی فتح‌اللهی، ۲۰۱۸

داستان

- *Destined to Lead?*, a novel by Hushand Dowlatabadi, translated by Hadi Dowlatabadi, 2025
- *An Iranian Odyssey*, a novel by Rana Soleimani, translated by Fereidon Rashidi, 2025
- *مجتمع دخترانه*، رمان از محبوبه موسوی، ۲۰۲۵.
- *مستیم و خرابیم وکسی شاهد ما نیست*، رمان از مهدی گنجوی، ۲۰۲۵.
- *اسباب شر*، رمان از جواد علوی، ۲۰۲۵.
- *جلوی خانه ما یکی مرده بود*، مجموعه داستان از اکبر فلاح‌زاده، ۲۰۲٤
- *زینت*، رمان از وحید ضرابی‌نسب، ۲۰۲٤
- *فیل‌ها به جلگه رسیدند*، رمان از کاوه اویسی، ۲۰۲٤
- *مقامات متن*، رمان از مرضیه ستوده، ۲۰۲٤
- *انتظار خواب از یک آدم نامعقول*، مجموعه داستان از مهدی گنجوی، ۲۰۲۰

نمایش‌نامه

- بغلم کن، *لعنتی، بغلم کن*، نمایش‌نامه از علی فومنی، ۲۰۲۵.
- *درنای سیبری*، نمایش‌نامه از علی فومنی، ۲۰۲٤
- یوسف، یوزف، جوزپه، نمایش‌نامه از علی فومنی، ۲۰۲۵

برای ارتباط با نشر آسمانا:

Asemanabooks.ca

My Husband, My Feather Pillow

A novel by

Fatemeh Zarei

Asemana Books
2025

-------------------------------------Asemana Books-------------------------------